Tôt ou tarte

Les Thés meurtriers d'Oxford
Livre 5

H.Y. Hanna

Traduit de l'anglais (britannique) par

Diane Garo

Édition originale parue sous le titre : *MUFFINS AND MOURNING TEA (Oxford Tearoom Mysteries ~ Book 5)*

ISBN : 978-1-922436-70-2

Sommaire

Chapitre 1

Le 1er mai avait toujours été un événement majeur à Oxford et cette année, il allait être encore plus mémorable – après tout, quoi de plus marquant qu'une matinée se terminant par un meurtre ?

À mille lieues d'imaginer ce qui m'attendait, je regrettais déjà d'avoir succombé à l'enthousiasme de ma meilleure amie Cassie. Elle avait voulu « faire comme au bon vieux temps » en participant aux célébrations du 1er mai. Une tradition en particulier consistait à se lever aux aurores pour écouter la chorale du Magdalen College chanter du haut de son imposant clocher. C'était le genre d'idée qui semblait géniale après quelques verres au pub, mais à présent – tandis que je titubais dans le noir, luttant pour m'habiller, à 4 h 45 du matin – j'avais envie de me cogner pour avoir accepté cette suggestion stupide.

J'ignorais ce qui m'avait pris. Je suppose que nous aimons tous croire secrètement (surtout lorsque nous approchons de la trentaine !) que, quel que soit notre âge, nous sommes toujours la même personne à l'intérieur, que nous avons toujours l'énergie et le dynamisme de la jeunesse. Malheureusement, je découvrais à mes dépens que ce qui était « amusant » pour une étudiante insouciante de 19 ans l'était bien moins lorsque vous approchiez de la trentaine et que vous étiez debout toute la journée pour tenir un salon de thé.

Alors que je sautillais sur un pied, cherchant ma deuxième chaussette et jurant sous cape, j'étais plus qu'heureuse de concéder que je m'étais assagie et… que je savais désormais quand conserver mon énergie (soit, je me fatiguais beaucoup plus facilement). Mais j'avais *promis* à ma meilleure amie de venir et je savais qu'elle ne me pardonnerait jamais si je lui faisais faux bond.

Au moins, j'avais osé intervenir lorsque Cassie, poussée par une vague de nostalgie, avait suggéré que nous fassions *vraiment* comme à l'époque, à savoir une nuit blanche. *Rester debout toute la nuit ?* J'aurais eu du mal à garder les yeux ouverts le lendemain. Or le Little Stables Tearoom serait ouvert – je doutais que les touristes venus de loin pour goûter mes célèbres scones anglais apprécient que je m'endorme dans leurs tasses de thé !

J'avançai à tâtons jusqu'à la porte de la chambre et je poussai un cri de douleur en heurtant le côté de la commode. *Aoutch !* J'allais avoir un méchant bleu le lendemain. J'avais vraiment besoin d'une lampe de chevet. En fait, j'avais des tas d'achats à faire pour mon nouveau cottage, mais je n'avais pas eu un moment de libre depuis mon emménagement le week-end précédent. J'avais tout juste réussi à déballer l'essentiel, et ma maison regorgeait encore de cartons. Un vrai chaos. Mes doigts trouvèrent finalement l'interrupteur près de la porte et une faible lumière illumina la chambre.

— *Miaouuu* ? fit une petite voix endormie.

Je jetai un coup d'œil au lit. Ma petite chatte tigrée, Muesli, était roulée en boule au milieu de la literie froissée. Elle me regarda en clignant des yeux, émit un bâillement délicat dévoilant les profondeurs de sa petite bouche rose, puis se retourna et se blottit plus profondément dans les couvertures.

J'aurais aimé pouvoir la rejoindre. Au lieu de cela, je me baissai pour trouver la chaussette manquante et l'enfilai. Puis, m'arrêtant juste le temps d'enfiler un pull en laine supplémentaire, je quittai la pièce et descendis à tâtons l'escalier en bois branlant. En bas, il y avait encore des piles de cartons qui menaçaient de me piéger, ainsi que des meubles qui n'avaient pas encore trouvé leur place. Par miracle, je réussis à atteindre la porte d'entrée sans me cogner les orteils ni renverser de cartons, et j'enfilai mon manteau. Puis, après avoir jeté un dernier coup d'œil autour de moi, je sortis dans la fraîcheur matinale.

Le 1er mai marquait officiellement le début du printemps en Angleterre, mais la matinée était encore suffisamment froide pour que mon souffle forme des nuages de buée devant moi alors que je marchais d'un bon pas sur le chemin de halage près de la rivière. Mon cottage était situé près du Folly Bridge, un pont qui enjambait la Tamise au sud d'Oxford. En remontant, je tournai à droite et franchis les portes en fer géantes qui menaient au Christ Church Meadow. C'était un raccourci bien pratique pour rejoindre High Street, le boulevard principal qui traversait le centre d'Oxford et où se concentraient la plupart des célébrations du 1er mai.

Le ciel était encore d'un bleu indigo, mais on pouvait déjà apercevoir une teinte rose pâle à l'horizon, côté est. Une brume matinale recouvrait le sol et, au travers, je distinguais les formes bossues du troupeau de longhorns, ces vaches britanniques qui paissaient dans la prairie. Accélérant le pas, je quittai le large Broad Walk qui bordait le côté nord de la prairie et suivis le sentier pour rejoindre le Dead Man's Walk – ainsi appelé, car c'était l'ancienne route des cercueils vers le cimetière juif à l'époque médiévale. Malgré son nom macabre et le fait qu'il était supposé être hanté, c'était en fait l'un des plus beaux sentiers d'Oxford, longeant l'ancien mur de pierre du Merton College, avec ses rosiers grimpants et ses massifs de marguerites sauvages poussant à travers les fissures, et la verdure du Christ Church Meadow s'étendant au loin.

Le ciel commençait à s'éclaircir. De faibles bruits de musique et de rires flottaient dans l'air, devenant plus forts et plus nets à chaque pas, et au loin, se détachant nettement sur le ciel pâle de l'aube, se dressait l'imposant clocher de Magdalen, qui gardait l'entrée est de la ville. J'atteignis la fin du sentier et je franchis la barrière pour entrer dans Rose Lane, puis débouchai enfin sur la High Street.

En temps normal, le vaste boulevard aurait été désert et silencieux à cette heure de la matinée, mais ce jour-là, il y régnait une atmosphère de carnaval avec une foule de personnes – touristes, étudiants et résidents – qui parlaient et riaient avec enthousiasme. Les badauds se déplaçaient en masse vers l'extrémité est de la High Street, à sa jonction avec le Magdalen Bridge, juste en dessous de l'imposante tour du Magdalen College. Tout le monde voulait trouver une place de choix au pied de la tour pour écouter la chorale chanter.

Je regardai autour de moi, à la recherche d'un signe de Cassie. Il était difficile de distinguer les visages parmi la foule. Tout le monde était emmitouflé dans des manteaux sombres et des anoraks similaires. Beaucoup portaient capuches ou bonnets de laine pour protéger leurs oreilles du froid. Il semblait y avoir encore plus de monde que dans mes souvenirs d'étudiante. La rue grouillait de gens en mouvement. Je commençai à me poser des questions. N'aurions-nous pas dû arriver un peu plus tôt ? À ce rythme, nous n'avions aucune chance de trouver une bonne place sous la tour…

— Gemma !

Je me retournai et vis Cassie me faire signe en se frayant un chemin parmi la foule. Elle avait le regard vif et était bien trop enjouée pour cette heure si matinale. Ses cheveux noirs luxuriants étaient attachés en une queue de cheval basse et rentrés dans son anorak à capuche, et elle avait une épaisse écharpe enroulée chaudement autour du cou. Elle s'arrêta devant moi et frissonna.

— Brrr ! Il fait un froid glacial, non ? Je ne me souviens pas qu'il faisait si froid quand on était à l'université.

— Je ne me souvenais pas non plus d'avoir eu autant de mal à me lever à 4 h 30 du matin, grommelai-je.

— Oh, tu ne vas pas jouer les trouble-fête, hein, Gemma ? Je n'aurais pas dû te demander de venir – tu n'as jamais été du matin, fit Cassie en souriant.

— Si Seth n'avait pas dû assister à cette conférence, je lui aurais volontiers cédé ma place, dis-je.

Seth Browning était mon autre meilleur ami de l'université. Timide, gentil et studieux, Seth était resté dans le milieu universitaire et était désormais postdoctorant et tuteur dans l'un des collèges d'Oxford. En dehors du fait qu'il avait secrètement le béguin pour Cassie et qu'il aurait fait n'importe quoi pour elle, il aurait été dans son élément en prenant part à cette ancienne tradition d'Oxford.

— Tu pourras lui raconter tout ça quand il rentrera, dit Cassie d'un ton joyeux. Allez ! Il faut qu'on y aille, sinon on n'aura jamais de place sous la tour !

Elle se retourna et replongea dans la foule.

Je m'empressai de la suivre. Tandis que je me frayais un chemin parmi les corps, essayant de ne pas la perdre de vue, je dus admettre que je commençais à m'amuser. L'atmosphère de carnaval et le sentiment de gaieté étaient contagieux, et il était difficile de rester de marbre face aux sourires exubérants et aux visages enthousiastes qui m'entouraient. Plusieurs personnes s'étaient déguisées pour l'occasion – certaines portaient déjà les costumes de la traditionnelle danse Morris, qui aurait lieu dans les rues plus tard dans la matinée – et d'autres étaient parées de guirlandes de fleurs et de feuilles, incarnant des arbres ambulants, des nymphes des bois et autres figures païennes.

Je réalisai soudain que, focalisée sur les costumes, j'avais perdu de vue Cassie. Je me hissai sur la pointe des pieds, mais ne parvins pas à la voir au milieu de la masse de têtes qui s'agitaient devant moi. J'hésitai un moment, puis poursuivis vers le Magdalen Bridge – j'étais sûre de l'y retrouver.

La Magdalen Tower se dressait, à la jonction entre la High Street et le Magdalen Bridge. La foule était de plus en plus dense, les gens se bousculaient avec excitation, parlaient et riaient, et observaient avidement la tour. Je suivis leurs regards et vis du mouvement tout en haut. Des silhouettes en robe blanche se rassemblaient derrière les créneaux : les choristes prenaient place. Il était presque 6 heures du matin. La chorale allait bientôt commencer à chanter. Déjà, un sentiment d'impatience s'emparait de la foule.

Je cherchai Cassie du regard, mais ne la vis pas. *Peut-être qu'elle est allée plus loin, sur le pont ?* J'avançai en traînant les pieds, rejoignant la foule qui s'entassait sur toute la largeur du pont, fermé à la circulation pour l'occasion. Toujours aucun signe de Cassie. En fait, je ne pouvais pas voir grand-chose, coincée au milieu de la foule. *C'est vraiment une très mauvaise place*, pensai-je avec irritation. Un sentiment de claustrophobie s'empara de moi et je ressentis un soudain besoin de m'extraire de la cohue. Je me retournai, repérai un espace à côté d'un groupe de touristes japonais et m'y engouffrai. En débouchant de l'autre côté, je me retrouvai en bordure de la foule, contre la balustrade en pierre qui longeait le Magdalen Bridge. Il y avait un peu plus d'espace et je poussai un soupir de soulagement.

Une voix d'homme guindée, à l'accent prononcé, demanda à côté de moi :

— Tu as vu Damian ? Je n'arrive pas à croire qu'il nous ait plantés. Ce fainéant n'a pas dû se réveiller…

— Ça n'a pas d'importance. Nous n'avons pas besoin de lui.

Je tournai la tête pour regarder le couple à côté de moi. Le jeune homme ressemblait au cliché de l'étudiant d'Oxford, avec son blazer en tweed Harris taillé sur mesure, son jean de marque et son écharpe rayée de l'université enroulée autour du cou. La seule chose légèrement incongrue était son bonnet tricoté aux couleurs de l'arc-en-ciel, qui aurait paru plus à sa place sur les dreadlocks de Bob Marley. Comme pour beaucoup d'étudiants, c'était probablement un moyen d'affirmer sa personnalité. En particulier quand vous veniez d'un milieu bourgeois conservateur, vous pouviez ressentir le besoin de revendiquer encore plus votre individualité en matière de mode (je parlais en connaissance de cause, ayant passé une grande partie de mes études en salopette rouge en flanelle d'Oxfam).

C'était toutefois la jeune femme qui avait attiré mon attention lorsqu'elle avait pris la parole, principalement en raison de sa voix rauque et profonde et de son accent exotique avec quelque chose de guttural. Je n'arrivais pas à le reconnaître : pas allemand, pas français... russe, peut-être ? Elle avait clairement l'air slave, avec ses pommettes hautes, sa mâchoire bien dessinée et ses yeux profonds, en amande, sous des sourcils sombres et arqués qui contrastaient fortement avec sa peau pâle. Ses cheveux étaient longs et blonds, attachés en une tresse lâche sur une épaule, avec des mèches s'échappant au niveau de son front, et ses yeux étaient d'un gris clair, encadrés de cils épais. Elle était d'une beauté éblouissante et aurait facilement pu faire partie de n'importe quel défilé de mode à

Paris ou à Milan. La seule chose qui entachait son apparence était son expression ennuyée et cynique, et son air de mépris las. Je me demandai pourquoi elle avait pris la peine de venir si cela lui déplaisait autant.

Puis j'oubliai tout le reste, car, au-dessus de moi, les cloches de la Magdalen Tower commencèrent à sonner. Un son riche, profond, sonore, au carillon porté par l'air vif du matin. Nous tendîmes tous l'oreille, enchantés, alors que les cloches sonnaient au-dessus de nous.

Puis elles s'arrêtèrent. Il y eut un moment de silence.

Je fus surprise de voir à quel point la foule était calme. Il semblait que même les oiseaux avaient cessé de chanter alors que nous attendions tous en retenant notre souffle.

Puis dans ce silence total s'éleva le doux son de voix harmonieuses descendant de la tour. Le Magdalen College Choir chantait l'hymne latin, *Hymnus Eucharisticus*, comme chaque 1er mai depuis cinq cents ans, pour annoncer l'arrivée du printemps. Riches et pures, les voix des enfants de chœur et des étudiants de la chorale s'élevaient et emplissaient l'air, me faisant frissonner. Soudain, je fus bien contente d'avoir accepté de venir après tout. Cela faisait plus de onze ans que je ne m'étais pas tenue ici, sous cette tour, mais la magie était la même que la toute première fois.

Après le dernier couplet, les choristes se turent. Il

y eut un léger soupir parmi la foule – qui éclata soudain en un rugissement quand tout le monde se mit à crier, siffler, applaudir et acclamer la chorale. Les gens s'enlaçaient impulsivement, agitaient les bras, lançaient des objets en l'air, alors qu'un sentiment d'exaltation l'emportait.

Je remarquai de l'agitation non loin de moi. La foule se pressait autour de la balustrade, les gens criaient, surexcités. Quelqu'un heurta le côté de la rambarde en pierre et se hissa dessus. Je me retournai juste à temps pour voir un corps basculer dans le vide, suivi par un bruit d'eau. Je me penchai par-dessus la barrière, souriant en regardant la rivière en contrebas.

Il semblait qu'une autre tradition du 1er mai à Oxford ait perduré : chaque année, les étudiants prenaient un malin plaisir à sauter du Magdalen Bridge dans la Cherwell en contrebas, généralement tout habillés – parfois même en robe de bal ou costume-cravate ! Malgré tous les avertissements et les mises en garde des autorités sur les dangers de se jeter dans une rivière aussi peu profonde, des étudiants pleins d'entrain poursuivaient ce rituel excitant.

Une acclamation s'éleva de la foule. Tout le monde était accoudé à la balustrade, attendant avec impatience d'applaudir le courageux qui avait sauté. Je vis quelque chose fendre la surface de l'eau et je reconnus le blazer en tweed Harris du jeune homme qui se tenait à côté de moi.

Puis je fronçai les sourcils. Autour de moi, la foule se tut, réalisant à son tour que quelque chose n'allait pas.

Au lieu de la tête habituelle qui fendait l'eau et de l'étudiant qui saluait joyeusement la foule au-dessus, le corps flottait silencieusement, sur le ventre.

Il y eut un hoquet de stupeur à côté de moi et je me retournai. La blonde avait la main sur la bouche, ses yeux gris écarquillés. Elle laissa échapper un cri étranglé, puis se retourna et se fraya un chemin à travers la foule jusqu'à ce qu'elle atteigne l'extrémité du pont et descende en courant jusqu'à la rivière en contrebas.

Un homme vêtu d'un gilet fluo était déjà là – l'un des agents de sécurité déployés par le conseil municipal pour protéger la foule – et il tendait le bras pour tirer le corps immobile sur la berge. La jeune femme l'écarta, pataugeant dans l'eau pour saisir le jeune homme et le hisser sur la rive.

Puis un cri déchirant fendit l'air. Même du haut du pont, je pouvais voir la sinistre tache rouge qui se répandait dans le bas du dos du garçon.

La foule s'était à nouveau tue, mais cette fois, le silence qui régnait était celui de l'appréhension. La voix de la jeune femme vint le briser, entre deux sanglots :

— *O bozhe moi !* Il est mort ! Il est mort !

Chapitre 2

— J'adore vos pâtisseries anglaises traditionnelles, et je pense que nous avons déjà goûté les plus réputées, mais je n'ai jamais entendu parler de tarte banoffee – qu'est-ce que c'est ?

Je souris à l'Américain dans la force de l'âge et à sa femme.

— Oh, c'est l'un des desserts britanniques les plus populaires. Il s'agit d'une tarte sucrée composée d'une base de biscuits friables, recouverte d'une couche de caramel et de bananes en tranches, puis de crème fouettée. On ajoute souvent de petits copeaux de chocolat sur le dessus. C'est vraiment délicieux, surtout si vous avez un faible pour le sucré.

— Ça a l'air absolument succulent ! s'exclama la femme. Je vais vous en prendre une part.

— Ça me semble un peu trop copieux pour moi, fit son mari en riant. Je pense que je vais m'en tenir à la tarte au citron meringuée. Ça a toujours été l'une de mes préférées.

— Voudriez-vous une tasse de thé en accompagnement ? Nous avons une sélection de thés en vrac de grande qualité, du traditionnel English breakfast à l'Earl Grey et…

J'étouffai un bâillement et leur adressai un sourire gêné.

— Vraiment désolée, je vous prie de m'excuser. J'ai commencé très tôt ce matin…

— Oh ! Êtes-vous allée écouter la chorale à la Magdalen Tower ? demanda la femme. Nous y étions ! On nous a dit à l'hôtel que nous devions *absolument* nous lever pour y assister, et nous n'avons pas été déçus. C'est apparemment l'une des célébrations du 1er mai les plus connues en Angleterre.

— C'est exact. C'est une expérience vraiment unique. J'y suis allée pour la première fois lorsque j'étais encore étudiante à Oxford, et mon amie et moi y sommes retournées ce matin pour « faire comme au bon vieux temps » et je dois dire que c'était tout aussi spécial.

— Mais quelle horreur que cet étudiant soit tombé du pont et se soit tué, dit la femme avec un frisson. Nous n'étions pas assez près pour voir ce qui s'est passé – nous n'avons pas eu de place sous la tour –, mais nous avons entendu tout le monde en parler dans la foule après coup et nous avons vu l'agitation devant nous. C'était un accident, c'est ça ?

Je repensai un instant à ce corps immobile flottant dans l'eau et à la sinistre tache rouge s'étirant lentement dans le dos du garçon. Non, ce n'était pas un accident. Mais je ne voulais pas alimenter les ragots. La police n'avait pas encore fait de déclaration officielle, mais les rumeurs se répandaient déjà comme une traînée de poudre.

— J'ai entendu dire que ce *n'était pas* un accident, fit son mari. Un couple de touristes allemands que nous avons croisés en rentrant nous a dit qu'ils étaient près du pont et que le garçon avait sauté dans l'eau. Et ce n'est pas tout ! Ils ont dit qu'ils étaient sûrs d'avoir vu du sang. Il semble que le garçon ait pu être poignardé.

Il secoua la tête.

— Dommage qu'on ne connaisse personne dans la police, on aurait pu avoir une idée de ce qui se passait.

Je n'allais pas l'admettre à haute voix, mais j'*avais* une idée de ce qui se passait : mon petit ami, Devlin O'Connor, était inspecteur au CID et l'un des principaux enquêteurs de la police de l'Oxfordshire. Je ne l'avais pas vu arriver ce matin-là – les policiers en uniforme m'avaient rapidement éloignée du pont, moi ainsi que le reste de la foule, et avaient fermé cette section de la High Street –, mais j'étais sûre que

Devlin avait été le premier appelé sur les lieux.

À voix haute, je dis :

— Je crois que la police enquête toujours. Ils vont probablement faire une déclaration ce soir.

— Je dois dire que c'est tragique pour ce pauvre garçon, mais c'est assez excitant en même temps. J'ai presque l'impression d'être dans une de ces séries policières britanniques que nous aimons regarder aux États-Unis, dit la femme en riant. Je m'attendrais presque à voir l'inspecteur Morse ou Barnaby entrer dans ce salon de thé et commencer à interroger les témoins !

Et ils auraient du pain sur la planche, pensai-je amèrement, alors que je notais la commande du couple et retournais vers le comptoir. Le salon de thé tout entier parlait de la mort du jeune homme. Il semblait que chaque table était remplie de touristes qui avaient assisté aux célébrations de la matinée et chacun racontait avec empressement ce qu'il avait vu et entendu. Des bribes de conversations me parvenaient en passant entre les tables et je dus réprimer un sourire devant les récits et les théories ridicules qui circulaient.

— On lui a tiré dessus. Aucun doute. Hmm ? Non, je n'ai pas entendu de coup de feu non plus, mais ça a dû être fait avec un fusil à lunette et un silencieux. Probablement du haut de la tour…

— … ces sociétés secrètes universitaires font faire à leurs membres les choses les plus *dangereuses*…

— Un pacte de suicide. C'était clairement un

pacte de suicide. Le garçon a probablement fait une dépression. J'ai connu ce gars une fois...

— ... et c'est sûr qu'on l'a poussé ! Après tout, il est bien tombé en arrière du pont ? Non ? C'est ce que j'ai entendu...

— ... Je vous le dis, ça doit être la fille ! La blonde ! C'est probablement sa petite amie. Oui, je sais qu'elle était bouleversée, mais les gens peuvent faire semblant, vous savez...

Je m'arrêtai devant une table de routards australiens et commençai à débarrasser leurs assiettes vides tandis qu'ils parlaient avec enthousiasme.

— ... J'étais tout près d'eux – juste à côté de la fille – quand la chorale s'est mise à chanter. Si j'avais su ! déclara l'un d'eux.

— Tu l'as vu passer par-dessus bord ? demanda son ami avec enthousiasme.

— Non, quand j'ai entendu le cri, c'était trop tard...

— Oh ! Tu crois qu'il a dit quelque chose à propos de son agresseur ? demanda un troisième type.

— Peut-être bien ! J'ai entendu quelqu'un crier. On aurait dit qu'il disait « Bon sang, pourquoi moi ? » ou quelque chose comme ça...

— Mais non, espèce d'andouille, c'était moi, dit son ami. J'ai marché dans une crotte de chien avec mes nouvelles chaussures.

Rires bruyants.

— Ha ! Ha ! Ha ! Je me disais que c'était bizarre...

— Moi, j'ai entendu un cri bizarre aussi, quelque chose comme « Argh ! Né tôt chez l'évêque ! » dit un quatrième type.

— Hein ? Qu'est-ce que ça veut dire ?

Il haussa les épaules.

— Je ne sais pas. Je ne fais que répéter ce que j'ai entendu : *Né tôt chez l'évêque.*

— Pourquoi aurait-il dit ça ?

— Ce n'était pas lui, c'était quelqu'un à côté de lui. Mais c'était juste avant qu'il ne passe par-dessus le pont.

— C'était la blonde ? demandai-je.

Ils me regardèrent d'un air étonné, réalisant ma présence. Je rougis légèrement.

— Désolée, je n'ai pas pu m'empêcher d'entendre votre conversation.

— Pas de souci, dit le premier avec un sourire en soulevant son assiette vide. Avec des pâtisseries aussi bonnes, vous pouvez entendre tout ce que vous voulez. C'est le meilleur cheesecake aux myrtilles que j'ai mangé depuis des années.

Ma rougeur s'accentua, de plaisir cette fois.

— Merci – je suis contente que ça vous ait plu.

Les autres se tournèrent vers le quatrième larron.

— Alors comme ça, il a crié quelque chose en rapport avec un évêque ? Tu penses que c'était un crime religieux ?

— Je te l'ai dit, ce n'était pas lui. C'était quelqu'un à côté de lui, insista le quatrième convive.

— Ce n'était pas la fille ? demandai-je à nouveau.

Il haussa les épaules.

— Peut-être bien. Mais c'était une voix grave.

Je me souvins de la voix rauque de la fille et de son accent guttural. Elle aurait facilement pu être confondue avec une voix masculine dans le feu de l'action.

Le premier Australien se pencha en avant, les yeux brillants.

— Ça doit être une sorte de conspiration du gouvernement. Peut-être que ce type était un espion !

Je réprimai l'envie de rouler des yeux et je retournai vers le comptoir, une pile d'assiettes dans les bras. Quand j'arrivai, je trouvai Cassie en train d'essayer de remplir un plateau avec des scones, de la confiture et de la *clotted cream,* tout en répondant aux questions de quatre petites vieilles qui venaient d'entrer dans le salon de thé. Je souris affectueusement en les voyant. Mabel Cooke, Glenda Bailey, Florence Doyle et Ethel Webb. Surnommées affectueusement les « vieilles chouettes », elles étaient les reines des commérages du petit village de Meadowford-on-Smythe, dans les Cotswolds, où se trouvait mon salon de thé. Elles s'enorgueillissaient notamment de savoir tout ce qui se passait – la moindre rumeur, le moindre scandale – et elles étaient fort mécontentes d'avoir manqué cet incident majeur.

Mabel Cooke, une femme redoutable d'environ 80 ans avec un casque de cheveux blancs bouffants, à la voix forte et aux manières autoritaires, pinça les lèvres en signe d'agacement.

— Si seulement nous avions su qu'il y aurait un meurtre là-bas, nous aurions fait en sorte d'assister aux célébrations du 1er mai, déclara-t-elle comme quelqu'un qui se plaindrait d'avoir manqué un spectacle.

— Oui, dommage qu'ils ne l'aient pas annoncé dans le programme, dis-je en cachant un sourire.

— Cassie vient de nous dire que tu étais juste à côté du garçon sur le pont ! dit Florence Doyle, sa silhouette dodue frémissant d'excitation. L'as-tu entendu hurler, très chère ?

— Y avait-il beaucoup de sang ? demanda Glenda Bailey, son joli visage ridé virant au rose sous l'effet de l'excitation – ainsi que du fard qu'elle avait appliqué si abondamment sur ses joues.

Ethel Webb, d'habitude la plus calme et la plus douce du groupe, s'empressa de prendre la parole :

— Qu'en est-il de l'arme, très chère ? Avec quoi a-t-il été poignardé ? J'ai lu un livre une fois – quand je travaillais encore à la bibliothèque du village – sur une dame qui avait été poignardée avec une aiguille à tricoter. Très créatif ! Je ne pensais pas que l'on pouvait tuer quelqu'un avec une aiguille à tricoter… en même temps, si elle est bien aiguisée…

Elle se tut, pensivement.

Je les regardai, abasourdie. Je ne comprenais pas comment quatre vieilles dames qui ressemblaient tellement au stéréotype de gentilles mamies pouvaient avoir un tel appétit macabre pour le chaos et le meurtre.

— Je n'ai pas vu ou entendu grand-chose, dis-je. Il y a eu de l'agitation à côté de moi et, l'instant d'après, j'ai entendu un *plouf* et j'ai compris que quelqu'un était passé par-dessus bord. Je pensais que c'était juste un étudiant qui perpétuait la tradition – jusqu'à ce que je voie le corps flotter...

Je haussai les épaules.

— De toute façon, on n'est même pas encore sûrs que ce soit un meurtre. La police n'a pas publié de déclaration officielle.

— Oh, bien sûr que c'est un meurtre ! dit Mabel en agitant la main avec impatience. La prochaine fois que tu parleras à ce jeune homme, demande-lui tout ce qu'il sait sur l'affaire et reviens nous le dire immédiatement !

Certainement pas. Devlin avait été suffisamment agacé par les tentatives des vieilles chouettes de s'immiscer dans les enquêtes de police par le passé. Il n'apprécierait pas qu'elles essaient encore d'interférer. Heureusement, elles changèrent de sujet. Elles se rassemblèrent autour de moi et me firent signe d'avancer avec impatience.

— Maintenant, très chère, dit Mabel en soulevant un sac en plastique, nous devons te montrer ce que nous avons acheté pour ton nouveau cottage.

— Oh, c'est vraiment gentil de votre part, dis-je, surprise et touchée. Vous n'aviez pas à...

— Nous l'avons trouvé au marché ce week-end et nous avons tout de suite su que ce serait absolument *parfait* pour ta nouvelle maison, déclara Glenda.

Je souris devant son enthousiasme et regardai Florence glisser la main dans le sac en plastique et en sortir quelque chose de couleur pêche et tricoté. Mon sourire faiblit.

— Euh… c'est… c'est joli… dis-je en prenant l'objet entre mes mains. Où… Hum… où suis-je censée le mettre ?

— Dans les toilettes, bien sûr ! dit Mabel.

— Oh… euh… d'accord…

Je regardai fixement la chose hideuse que je tenais. À l'une de ses extrémités se trouvait une poupée en plastique, qui ressemblait vaguement à une Barbie (au sourire angoissant) portant une sorte de robe en tricot avec une énorme jupe à volants, dans des tons pêche à vomir. Mais ce qui était particulièrement inquiétant, c'était qu'à la place de ses jambes, il y avait une tige de bois trapue.

— C'est un porte-rouleau en forme de poupée en crochet ! lança fièrement Ethel. Là, tu vois ? On glisse le rouleau de papier toilette sur le bâton et ensuite sa robe descend autour, pour le couvrir discrètement.

Elle fit une démonstration avec un rouleau qu'elle avait veillé à apporter.

— L'incontournable des toilettes qui se respectent, déclara Mabel.

— Et regarde, tu peux aussi bouger ses bras pour la mettre dans différentes positions, ajouta Florence en me montrant toute la gamme de poses effrayantes de la poupée.

— C'est... euh... c'est charmant, bafouillai-je.

— Nous avons hésité à t'en prendre deux, mais tu n'as qu'une seule toilette au cottage, n'est-ce pas ? Mais peut-être en voudrais-tu un deuxième, juste au cas où...

— Non, non, un seul est plus que suffisant. Merci, dis-je précipitamment. C'est très gentil de vous être donné la peine de...

— Nous n'avons pas encore fini ! dit Mabel en plongeant à nouveau la main dans le sac en plastique.

Je la regardai avec horreur, puis me détendis légèrement lorsqu'elle sortit une boîte en carton et que j'entendis le tintement de la porcelaine. *Ça doit être un ensemble de tasses. Ouf.* Ça aurait pu être pire. Après tout, on a toujours besoin de tasses, non ?

— Ce sont des éditions spéciales limitées, fit Ethel, rayonnante. La dame du stand a dit qu'elles étaient uniques, et que c'était un vrai investissement.

J'ouvris la boîte et regardai les tasses rouges, blanches et bleues, le cœur serré. Elles représentaient la famille royale britannique. La tête de chaque membre, mal détourée avec *Photoshop*, était collée de travers : la reine, le prince Phillip, le prince Charles, Camilla, le prince William et le prince Harry, tous avec un visage grimaçant.

— Une tasse de thé avec la photo de notre chère reine, dit Mabel avec satisfaction. Il n'y a pas mieux pour commencer la journée !

Je cherchai difficilement quelque chose à dire. J'aimais la famille royale autant que n'importe qui d'autre, et j'avais beaucoup de respect et d'admiration pour la reine, mais les matins étaient déjà assez difficiles pour moi sans avoir à affronter son visage souriant sur ma tasse au petit-déjeuner.

— Elles... hum... sont vraiment... hum... uniques, dis-je. En fait, elles sont si précieuses... que je les réserverai pour les occasions spéciales.

— Oh, ne t'inquiète pas, très chère, la dame qui les fabrique a dit qu'elle en avait d'autres en stock, dit Glenda en me tapotant le bras. Nous pourrons toujours t'acheter un autre ensemble. Elle fait même des théières et des pots à lait. Oh, et des soupières. Peut-être pourrions-nous t'en offrir pour Noël ?

— NON !

Je baissai la voix.

— Non, merci. C'est vraiment gentil de votre part, mais... hum... je suis pleinement équipée en matière de vaisselle à l'effigie de la famille royale maintenant.

Chapitre 3

Ce n'est que bien après 14 heures que la cohue se calma, et que Cassie et moi eûmes enfin un moment pour souffler. Il ne restait que deux tables occupées – et les clients avaient déjà été servis. Nous en profitâmes donc pour nous asseoir derrière le comptoir et manger un morceau.

— Tu as prévu quelque chose de sympa pour ce week-end ? demanda Cassie, la bouche pleine de muffin généreusement beurré.

— Non... Devlin va probablement travailler tard encore.

Quelque chose dans ma voix attira son attention et elle me regarda d'un air appuyé.

— Tout va bien, Gemma ?

J'évitai son regard et baissai les yeux sur ma tartelette à la confiture.

— Oui, bien sûr… pourquoi ça n'irait pas ?

Elle posa le muffin.

— Arrête, Gemma… Pas de ça avec moi. Quelque chose te tracasse… c'est lié à Devlin ? Vous vous êtes disputés ?

— Non, non, rien de tout ça.

— Alors quoi ?

J'hésitai, me sentant un peu bête d'exprimer mes préoccupations à voix haute.

— Je ne sais pas… Il semble juste un peu… distant et préoccupé ces derniers temps. Par exemple, parfois on est assis ensemble et il semble à des kilomètres… et si je lui pose une question, je dois souvent me répéter parce qu'il n'a pas entendu la première fois. Et quand je lui demande ce qui ne va pas, il dit toujours que ce n'est rien, qu'il est juste un peu fatigué.

Cassie haussa les épaules.

— Peut-être que c'est *vraiment* le cas. Il a un travail vraiment difficile avec des horaires de folie.

— Je sais, répondis-je précipitamment. Et j'essaie d'être compréhensive. J'ai perdu le compte du nombre de dîners manqués et d'annulations de dernière minute que j'ai dû supporter… et nous ne sommes toujours pas partis en week-end alors qu'il me l'avait promis !

Je poussai un soupir irrité.

— Mais j'ai l'impression que ça dépasse son

travail – il y a quelque chose qu'il ne me dit pas.

— Tu ne crois pas qu'il est contrarié que tu aies refusé d'emménager chez lui ?

— Je ne pense pas... On en a parlé et il semblait d'accord avec ma décision. Il a eu l'air de comprendre que j'avais besoin de mon propre espace et ça lui convenait. Du moins, c'est ce que je me suis dit.

Je fronçai les sourcils.

— Peut-être que ça le dérange plus qu'il ne l'a laissé paraître ? ajoutai-je.

— Tu as essayé de lui demander directement ?

— Oui, mais comme je te l'ai dit, il botte toujours en touche. Il soutient qu'il est préoccupé par son travail... mais ça, c'est ce qu'il dit.

Cassie haussa un sourcil.

— Qu'est-ce que tu insinues ?

Avant que je puisse répondre, mon téléphone sonna dans ma poche. Je le sortis et consultai le message.

— Mauvaises nouvelles ? demanda Cassie en scrutant mon visage.

Je haussai les épaules.

— Je m'y attendais un peu. C'est Devlin qui dit qu'il va devoir annuler le dîner de ce soir à cause de la nouvelle affaire de meurtre.

Je remis le téléphone dans ma poche en marmonnant :

— Au moins, cette fois, je sais que c'est vrai...

— Comment ça ?

— Laisse tomber, dis-je en tripotant à nouveau

ma tartelette à la confiture.

Cassie me jeta un regard sévère.

— Gemma, tu ne peux pas faire un sous-entendu pareil et ensuite me laisser en plan ! Qu'est-ce qui se passe ?

Je me redressai et dis, d'un air qui se voulait nonchalant :

— Il y a d'autres distractions pour un homme que le travail, n'est-ce pas ? Et tu sais qu'avec son physique, Devlin a beaucoup de succès auprès des femmes.

Cassie écarquilla les yeux.

— Tu veux dire... tu penses qu'il y a quelqu'un d'autre ?

Je tressaillis légèrement. Même si cette petite pensée insidieuse avait fait son chemin dans mon esprit, c'était différent de l'entendre exprimée à haute voix par mon amie.

— Attends... Attends...

Cassie attrapa mon bras.

— Tu es en train de me dire que tu penses que Devlin pourrait avoir... une liaison ?

— Je ne sais pas ! soupirai-je. C'est juste que... Il y a quelque chose qu'il ne me dit pas... et il n'a pas été lui-même ces deux dernières semaines.

— Est-ce que tu as vu quelque chose de suspect ? Qu'est-ce qui t'a mis cette idée en tête ?

Je remuai, mal à l'aise.

— Non, rien de spécial. C'est juste un pressentiment...

— Tu as vérifié son téléphone ? Consulté ses SMS ?

J'eus un mouvement de recul.

— Cass ! Je refuse d'être ce genre de petite amie qui lit en douce les textos de l'autre ! J'ai toujours méprisé les femmes comme ça !

Cassie haussa les épaules.

— Ça pourrait te rassurer. Ou… pourquoi ne pas lui demander directement ?

Je la regardai d'un air incrédule.

— Tu ne suggères pas sérieusement que je demande à Devlin s'il me trompe ?

— Je pensais que dans une relation saine, on pouvait parler de tout. Si ça te dérange, alors tu devrais en parler à Devlin.

— Mais je ne peux pas lui parler de ça ! Je veux dire… Il penserait que je suis… Je ne peux pas ! Il serait probablement contrarié et penserait que je suis ridicule ou paranoïaque ou autre…

— Peut-être que tu l'es, dit Cassie.

Je serrai les dents, regrettant d'avoir abordé le sujet.

— Je ne me fais pas de films, d'accord ? Devlin me cache quelque chose. Je le sens. Et je ne vois pas pourquoi il aurait besoin de faire ça, à moins que ce soit une autre femme.

— Je pense quand même que…

Mon téléphone sonna, coupant Cassie. Je le sortis de ma poche et mon cœur fit un bond en voyant le nom de Devlin sur l'écran. Je me dirigeai vers la petite boutique attenante au salon de thé pour avoir un peu d'intimité.

— Salut, Gemma, tu as reçu mon message ?

— Oui, pour le dîner, tu veux dire ?

— Je suis désolé, chérie. C'était de la folie aujourd'hui. On a eu un homicide à Blackbird Leys la nuit dernière et ensuite j'ai été appelé sur la scène de Magdalen Bridge ce matin... Je vais y passer toute la nuit.

— Ce n'est rien. Je comprends. Du nouveau concernant Magdalen Bridge ?

— Est-ce que les vieilles chouettes t'ont encore demandé de me tirer les vers du nez ? demanda Devlin avec ironie.

J'eus un rire gêné.

— Eh bien, oui, en quelque sorte – mais là, c'est juste ma propre curiosité qui parle. J'étais là ce matin, tu sais.

— Oui, je sais, et c'est la raison de mon appel – je voulais avoir ta version des faits. Tu étais sur le pont près de la victime, pas vrai ? Tu es un témoin précieux.

— Oh.

Je ressentis une pointe de déception. J'avais pensé que Devlin appelait pour s'excuser d'avoir dû annuler le dîner et pour vérifier que j'allais bien, mais c'était strictement professionnel, comme d'habitude.

— Tu n'as parlé à personne sur place ?

— Ça a été un cauchemar, pour te dire la vérité. Quand ils nous ont appelés, la moitié de la foule s'était dispersée et personne n'avait pensé à les retenir pour les interroger. Je suppose que ce n'est pas vraiment leur faute – les agents de sécurité étaient pour la plupart d'anciens membres de la police, pas du CID, et ils ne sont pas formés pour ce genre de choses. Mais ça ne nous facilite pas la tâche pour obtenir des informations.

— Et la petite amie du type ? Elle était là, non ?

— Oui, mais je n'ai pas encore eu l'occasion de lui parler. Ils ont dû la mettre sous sédatif et l'ont emmenée à l'infirmerie d'Oxford. Je suis sur le point d'y aller pour l'interroger, en fait. Un autre garçon s'est précipité sur la rive un peu après la fille. Apparemment, c'est le colocataire de la victime et il était censé les retrouver plus tôt. C'est ce qu'il a dit à l'agent de sécurité. Mais il a pris ses jambes à son cou juste avant mon arrivée et les policiers le recherchent toujours.

— Il a pris ses jambes à son cou ? Tu veux dire qu'il s'est enfui ? Ça ne le fait pas paraître coupable ?

— Peut-être... mais d'après mon expérience, les gens peuvent paniquer et faire des choses stupides parfois. Surtout s'ils sont choqués – et voir son ami assassiné suffirait à effrayer n'importe qui.

— Donc c'est bien un meurtre ?

— Oh oui.

Devlin parut amer.

— Aucun doute là-dessus. Le garçon a été poignardé dans le dos. Je n'ai pas encore reçu le rapport d'autopsie complet, mais Jo pense que le foie et la rate ont probablement été perforés, ainsi que la veine cave inférieure. Hémorragie interne massive. Il se serait vidé de son sang en quelques minutes.

Je frissonnai. C'était une pensée assez terrible. Une fois encore, je me demandai comment le Dr Jo Ling – la jolie légiste asiatique qui venait de rejoindre l'équipe du CID – pouvait faire ce métier. Elle ressemblait à une fragile poupée chinoise et pourtant, elle passait la plupart de ses journées à s'enfoncer jusqu'au coude dans des cavités corporelles sanglantes. C'était stupéfiant. Et elle faisait tout cela avec un enthousiasme débordant.

— Quelle est l'arme du crime ? demandai-je.

— Tu ne vas pas le croire, c'était une brochette à barbecue.

— Une *quoi* ?

— Oui, une brochette de quarante centimètres en forme d'épée. Tu sais, un de ces objets qu'on offre souvent en cadeau. Mais celle-ci avait l'air assez vieille, presque vintage. De très bonne qualité, avec une poignée ornée de faux bijoux. Un peu dans un style moyen-oriental. Elle pourrait faire partie d'un ensemble.

— Tu as une idée de sa provenance ?

— J'ai des agents qui vérifient les magasins autour d'Oxford pour voir si quelqu'un vend ce type d'articles. Mais si elle est aussi vieille qu'elle en a l'air, elle a pu être achetée ailleurs il y a bien longtemps.

— Pas d'empreintes digitales ?

— Non, la brochette a été nettoyée et le tueur devait porter des gants.

Je frissonnai à nouveau. Il y avait quelque chose d'horriblement sinistre à l'idée que cet inoffensif outil de cuisine ait été soigneusement nettoyé pour effacer toutes empreintes digitales, avant d'être utilisé pour tuer quelqu'un.

— Et la victime ? Tu as découvert quelque chose sur lui ? C'était un étudiant d'Oxford ? demandai-je.

— Oui. Il s'appelait Charles Foxton et il fréquentait le Haverton College, un peu plus haut que Magdalen sur la High Street. Il était le fils du très honorable David Foxton, le financier, gros bonnet de la City et membre du Parlement. Charles était orphelin – ses parents ont été tués dans un accident de voiture il y a quelques années. Il était fils unique. Il a hérité de tout le patrimoine. La fortune était gérée par des administrateurs, mais il était quand même très riche.

— Est-ce qu'il était impliqué dans quelque chose de louche ? Drogues ? Gangs ?

Je prononçai cette dernière phrase avec de sérieux doutes en repensant au garçon que je me rappelais avoir vu. D'une certaine manière, je ne pouvais pas imaginer qu'un type qui avait l'air si chic soit impliqué dans des gangs et d'autres choses illégales. Il ressemblait davantage au stéréotype de l'élite britannique, passant son temps dans des clubs huppés ou se rendant à Wimbledon ou Ascot pour suivre les débats depuis une loge privée – quand sa maison familiale ne faisait pas l'objet d'un article dans le magazine *Hello*. Pourtant, les apparences pouvaient être trompeuses. Et puis, il était de notoriété publique que les riches s'ennuyaient souvent avec leur mode de vie privilégié et aimaient prendre des risques pour s'offrir un peu d'adrénaline.

Je réalisai que Devlin était en train de parler et m'efforçai de revenir au présent.

— Ce n'est que le début, disait-il. Mais jusqu'à présent, nous n'avons rien trouvé. J'ai parlé à son université. Il avait l'air d'être un étudiant assez classique. Quelques fêtes bruyantes dans sa chambre qui ont dû être interrompues par les concierges du collège, mais rien d'inhabituel. C'était un gars assez sympa, en fait. Populaire. Aucune mesure disciplinaire de la part du collège. Il était en deuxième année de linguistique, et, d'après son tuteur, tout le monde s'attendait à ce qu'il réussisse ses examens finaux.

— Donc en gros, aucun ennemi, c'est ça ?

Je secouai la tête, perplexe.

— Toute cette histoire est bizarre. Pourquoi le tuer, et dans un lieu avec autant de public ?

— C'est pour ça que j'espérais que ton témoignage pourrait m'offrir quelques pistes.

— Très bien, que veux-tu savoir ?

— Raconte-moi tout depuis le début, tout ce dont tu te souviens, depuis le moment où tu es arrivée sur le pont et où tu as remarqué Foxton et sa petite amie.

Je m'exécutai, essayant de lui donner le plus de détails possible. Je pouvais entendre Devlin prendre des notes à l'autre bout du fil.

— Tu as entendu ce qu'ils ont dit ? demanda-t-il quand j'eus fini.

— Quelques mots ici et là – ils semblaient attendre quelqu'un et se plaindre qu'il n'arrivait pas. Je crois que c'était un certain Damian.

— C'est le colocataire qui s'est enfui, dit Devlin. Intéressant... Donc ils étaient censés le retrouver et il ne s'est pas présenté ? Je me demande où il était...

— Il a pu se perdre dans la foule. C'était vraiment bondé et c'était facile d'être séparé de ses amis – c'est ce qui m'est arrivé. J'essayais de suivre Cassie et je l'ai perdue de vue, c'est pour ça que je me suis retrouvée seule sur le pont. Ce Damian ne devait pas être loin s'il est arrivé sur la rive peu après la fille.

— Si seulement nous avions plus de témoignages...

Devlin paraissait frustré.

— Si seulement je pouvais parler à des touristes qui auraient vu quelque chose...

Je gloussai.

— Eh bien, si tu veux trouver des touristes utiles, passe au salon de thé. À en croire les conversations de la matinée, tout le monde a vu ou entendu quelque chose – et tu devrais entendre certaines de leurs théories !

Devlin gémit.

— C'est ce qui me fait peur. Les gens sont si

influençables et tout le monde veut son quart d'heure de gloire. Nous avons lancé un appel à l'aide au public plus tôt dans la journée et depuis, nous n'arrêtons pas de recevoir des appels de personnes affirmant avoir tout vu, depuis un drone tirant un rayon laser sur le garçon jusqu'à une sirène le poignardant avec une lance dans la rivière. Et je ne plaisante pas.

Je m'étranglai de rire.

— Évidemment les personnes qui ont réellement vu ou entendu quelque chose d'important ne se manifesteront probablement pas et c'est à elles que nous devons parler.

Devlin soupira.

— Quoi qu'il en soit, merci, Gemma. Je ferais mieux d'y aller.

Je m'empressai de demander :

— Je sais qu'on ne dînera pas ensemble ce soir, mais est-ce qu'on pourrait se retrouver plus tard ? Peut-être que tu pourrais passer après avoir fini au poste et on pourrait prendre un verre ou un en-cas de fin de soirée…

— Désolé, Gemma, mais je ne peux rien te promettre. Je pourrais être retenu ici jusqu'à minuit au rythme où va cette affaire, je ne voudrais pas que tu m'attendes pour rien.

Il avait raison, bien sûr. Tout ça était parfaitement logique. Et pourtant, je ne pouvais m'empêcher de ressentir un certain malaise.

— Devlin… hum… Tu n'es pas fâché que j'aie

refusé d'emménager chez toi, hein ?

— Fâché ? Non, pourquoi le serais-je ?

Il avait l'air sincèrement surpris.

— Eh bien, je pensais juste que... peut-être...

Je m'interrompis, ne sachant pas trop comment continuer. Je me sentis stupide en prononçant les mots :

— *Tu es si distant ces derniers temps.*

On aurait dit une réplique sortie tout droit d'un mauvais feuilleton télévisé !

— Je suis vraiment content que tu aies trouvé ce cottage, m'assura Devlin. Surtout après toutes les difficultés que tu as eues à trouver un logement. C'est pratiquement un miracle de trouver une maison dans le centre d'Oxford à ce prix-là – et qui accepte les animaux domestiques ! C'était une occasion en or et tu as eu raison de la saisir.

Il hésita, puis ajouta :

— Et je comprends tout à fait que tu aies besoin de ton propre espace. En fait, je... eh bien, je pense que tu as eu raison de refuser qu'on emménage ensemble.

— Vraiment ? Je pensais que tu voulais absolument qu'on vive ensemble.

Il marqua une pause, puis dit :

— Oui, eh bien... peut-être que je n'avais pas bien réfléchi. Je pense que tu as raison et que c'est bien pour nous d'avoir chacun notre propre espace. Vivre ensemble aurait probablement précipité les choses.

Le malaise s'accentua. Sacré changement de

discours ! Devlin avait tellement envie que j'emménage chez lui à l'origine. C'était devant son insistance que j'avais initialement accepté et il avait semblé sincèrement heureux de nous faire de la place à Muesli et moi dans sa maison – et dans sa vie. À présent, j'avais l'impression qu'il essayait soudain de mettre plus de distance entre nous. Qu'est-ce qui avait changé ?

Je me souvins de ce que Cassie avait dit plus tôt et pris une profonde inspiration pour poser la question à Devlin, mais avant que je puisse intervenir, il m'interrompit :

— Écoute, Gemma, je suis désolé, mais je dois y aller. Quelqu'un m'attend dans la salle d'interrogatoire et je dois encore descendre à l'infirmerie d'Oxford pour interroger la petite amie de Foxton.

— Oh, bien sûr… pas de problème, balbutiai-je. Je… hum… à un de ces quatre.

— Je t'appellerai demain, promit Devlin. Passe une bonne soirée et caresse Muesli pour moi.

Il raccrocha et je restai à fixer mon téléphone. Devlin n'était pas du genre à s'adonner aux baisers téléphoniques et aux petits mots doux, mais tout de même… Je ne pouvais pas m'empêcher de penser que cet adieu abrupt ressemblait plus à celui d'un collègue distant qu'à celui d'un petit ami aimant…

Chapitre 4

J'étais sur le point de fermer le salon de thé en fin d'après-midi lorsque la porte d'entrée s'ouvrit et qu'une femme entra. Elle devait avoir une cinquantaine d'années, mais paraissait beaucoup plus âgée, avec un visage émacié et des cernes sous les yeux. Ses cheveux bruns grisonnants étaient attachés en un chignon bas et elle ne portait pas de maquillage. La seule chose glamour chez elle était son magnifique sac à main recouvert d'une mosaïque de perles et de paillettes qui me rappelait les motifs des mosquées et des palais arabes. Il y avait quelque chose de vaguement familier chez elle et pourtant j'étais sûre de ne pas l'avoir rencontrée auparavant.

Elle s'avança et demanda d'un ton hésitant :

— Excusez-moi... Je me demandais si Dora était dans le coin.

Je lui souris.

— Vous êtes une de ses amies ? Elle est dans la cuisine. Suivez-moi.

La femme jeta un coup d'œil dans le salon de thé.

— Oh, je ne voulais pas vous déranger.

— Non, c'est bon. Je suis en train de fermer.

Je tournai la pancarte « OUVERT » sur « FERMÉ », puis fis passer la femme par la porte battante pour la faire entrer dans la cuisine : un grand espace confortable dominé par une énorme table en bois à la surface délavée et élimée, habituellement couverte de plateaux de scones et de brioches sortant du four. Ma cheffe pâtissière, Dora Kempton, se tenait tout au bout, pressant avec application un rouleau à pâtisserie sur une grande plaque de pâte. La lumière de la fin d'après-midi qui pénétrait par les fenêtres de la cuisine faisait ressortir la courbe de ses joues et j'étais heureuse de constater qu'elle semblait avoir pris un peu de poids.

Lorsque j'avais rencontré Dora, la chance lui avait tourné le dos et elle mourait quasiment de faim, principalement en raison de sa fierté et de son refus d'admettre qu'elle avait besoin d'aide. Il avait fallu un peu de persuasion pour qu'elle accepte le poste de cheffe pâtissière au salon de thé, mais c'était un arrangement qui fonctionnait très bien jusqu'à présent. Ses pâtisseries étaient absolument divines et avaient permis à mon salon de thé de maintenir sa réputation. Nous proposions les meilleurs scones de tout l'Oxfordshire. Et j'avais rapidement compris que sous cette façade austère se cachait une âme douce et chaleureuse – bien qu'elle reste *très* fière et sensible à tout ce qu'elle considérait comme de la « charité ».

Ses yeux s'illuminèrent lorsqu'elle leva la tête et vit son amie dans l'entrée de la cuisine.

— Miriam, quel plaisir de te voir !

Dora se précipita vers elle, repoussant une mèche de cheveux gris et laissant une trace de farine sur sa tempe. Elle se tourna vers moi et me dit en souriant :

— Voici Miriam Hopkins. On travaillait ensemble comme *scouts* au Wadsworth College.

Je compris pourquoi Miriam Hopkins m'avait semblé familière. J'avais vu une photo encadrée sur la table du hall d'entrée de Dora, montrant les deux amies en tablier, debout ensemble dans le quadrangle avant du Wadsworth College. Elle avait dû être prise des années plus tôt, lorsqu'elles étaient *scouts*.

— Travaillez-vous toujours à Wadsworth ? lui demandai-je.

Elle hocha la tête.

— Non, j'ai été transférée au Haverton College il y a quelques années. Mais j'arrive bientôt à la retraite.

— Eh bien, ne reste pas là, assieds-toi, dit vivement Dora en faisant signe à son amie de prendre place à table. Je dois juste terminer ça, mais je ne serai pas longue.

— Voudriez-vous une tasse de thé ? demandai-je.

— Oh, ne vous dérangez pas pour moi, dit précipitamment Miriam. Je suis seulement venue demander à Dora si elle était libre pour m'accompagner voir ma mère. Elle est dans un foyer, voyez-vous. Elle souffre de démence avancée et... ils ont du mal à s'occuper d'elle.

— Ils ne *veulent* pas s'occuper d'elle, tu veux dire, dit Dora sombrement. Cet endroit est une honte ! Ils négligent terriblement leurs résidents et font le minimum syndical.

Miriam avait l'air bouleversée.

— C'est sûr qu'ils ne semblent pas faire beaucoup d'efforts. Je sais que maman peut être difficile et qu'elle a besoin de soins spécialisés, mais j'ai l'impression qu'ils n'essaient même pas...

— Ne pourrait-elle pas vivre ailleurs ? demandai-je.

Miriam soupira.

— Pas vraiment. Il y a bien un autre endroit – une maison de retraite privée spécialisée pour les personnes âgées atteintes de démence –, mais elle est tellement chère que... eh bien, je ne peux tout simplement pas me le permettre.

— Oh... Je suis désolée... murmurai-je, embarrassée d'avoir posé la question.

Dora renifla d'un air désapprobateur.

— Ça n'aide pas que ton fils continue à te ponctionner tout ton argent dès qu'il le peut.

Miriam se raidit.

— Ce n'est pas la faute de Jeremy s'il se retrouve mêlé à ces embrouilles, s'empressa-t-elle de préciser. Il fréquente juste des gens qui ne sont pas convenables et profitent de lui. Il ne m'emprunte de l'argent qu'en dépannage – il promet toujours qu'il me remboursera bientôt.

— Et l'a-t-il déjà fait ? demanda Dora.

Miriam rougit.

— Eh bien, pas encore... mais je sais qu'il en a l'intention, dès qu'il le pourra. Il a un nouveau travail en Irlande.

— En Irlande ? dit Dora. Qu'est-ce qu'il fait là-bas ?

— Il travaille sur un projet d'investissement, répondit vaguement Miriam. Jeremy ne m'a pas vraiment expliqué. Mais il a dit que c'était une sacrée opportunité et qu'il allait gagner beaucoup d'argent avec ça. Et qu'il pourrait me rembourser et bien plus encore.

Elle eut un sourire plein d'espoir.

Dora renifla.

— Ça ne résout pas le problème concernant ta mère.

Miriam soupira.

— Je sais... En fait, si j'y vais ce soir, c'est parce que la directrice m'a appelée et m'a dit qu'elle devait discuter de ma mère avec moi. Elle avait l'air un peu irritable au téléphone.

Elle me regarda d'un air angoissé.

— J'ai peur qu'ils disent qu'ils ne peuvent plus

s'occuper de maman et qu'ils me demandent de l'emmener ailleurs. Je ne sais pas quoi faire ! Je ne peux pas la garder à la maison et il n'y a aucun autre endroit à proximité qui l'accepterait. J'ai passé la journée à m'en faire... !

Sa voix se brisa et elle s'empressa de fouiller dans son sac à main pour trouver un mouchoir en papier et se moucher. Je détournai le regard, gênée, tandis que Dora tapotait la main de son amie d'une manière bourrue.

Il y eut une pause gênante, puis je dis à la hâte :

— C'est un beau sac, Miriam. Je l'admirais quand vous êtes entrée. Où l'avez-vous acheté ?

— Oh, ça...

Miriam parut reconnaissante pour la diversion. Elle tapota le sac à main et sourit.

— Je l'ai acheté dans un marché aux puces à Londres. C'est un designer marocain. J'adore les objets moyen-orientaux. J'en ai toute une collection.

— Vous devriez voir sa maison – tout droit sortie des *Mille et une nuits*, dit Dora en riant. Coussins à paillettes, lampes de génie, rideaux voilés, faux tapis persans... Je lui ai dit qu'elle pourrait faire fortune en les louant à des producteurs de cinéma pour des tournages.

— Je devrais peut-être y réfléchir. Si cet établissement refuse de garder maman, je vais devoir faire quelque chose de radical pour réunir l'argent nécessaire pour lui payer autre chose, dit Miriam, le visage défait.

Dora me jeta un regard, puis dit, essayant manifestement de changer de sujet :

— Cet étudiant qui a sauté du Magdalen Bridge ce matin, j'ai entendu dire qu'il était à Haverton ?

Miriam hocha la tête, le chagrin traversa son visage.

— Oui, je le connaissais très bien en fait. C'était l'un des miens.

— L'un des vôtres ?

Je regardai Miriam, confuse.

Dora émit un petit rire.

— Un des étudiants dont Miriam s'occupait en tant que *scout*, m'expliqua-t-elle. Nous aimions les appeler « nos » étudiants... et nous avions nos préférés, bien sûr. Ceux pour lesquels ça ne nous dérangeait pas de faire un petit extra.

Je regardai Dora d'un air sceptique. Les *scouts* – ou « bedders » comme on les appelait à Cambridge – faisaient partie d'une tradition unique qui perdurait dans les universités d'Oxford et de Cambridge. Il s'agissait en fait de gouvernantes qui s'occupaient des chambres d'étudiants et gardaient un œil maternel sur les étudiants de premier cycle. Chaque *scout* était responsable de plusieurs escaliers et devait nettoyer chaque chambre d'étudiant, ainsi que les salles de bain et les toilettes communes de l'escalier. Cela pouvait sembler étrange à notre époque – et aux yeux des étudiants d'autres universités – de penser qu'il y avait quelqu'un qui venait vider vos poubelles tous les jours, et passer l'aspirateur, faire la poussière et ranger votre chambre une fois par semaine. J'avais même entendu dire que dans certains cas, les *scouts* lavaient vos tasses sales et vous aidaient à faire votre lessive !

Les *scouts* jouaient également un rôle officieux important, représentant une présence réconfortante pour les étudiants, en particulier les nouveaux arrivants qui étaient peut-être loin de chez eux pour la première fois de leur vie, et qui se sentaient seuls et désorientés dans leur nouvel environnement. La présence d'une personne plus âgée et attentionnée à proximité pouvait vraiment aider à lutter contre le mal du pays. Pourtant, j'avais toujours un peu de mal à imaginer Dora dans un rôle doux et maternel. Ses étudiants devaient être trop terrifiés pour laisser un grain de poussière à la vue de son regard perçant ! Miriam Hopkins, en revanche, avait l'air d'être le type de femme douce et réconfortante qui aurait pu servir de figure maternelle de substitution.

— Donc le garçon qui a été tué ce matin vivait dans un de vos escaliers ? demandai-je à Miriam.

Elle acquiesça et son visage s'assombrit.

— C'était un garçon adorable. Il s'appelait Charlie. Charlie Foxton.

— C'était Charlie ?

Dora regarda son amie avec consternation.

— Oh, je suis désolée, Miriam, je n'avais pas réalisé. Je sais combien tu tenais à lui.

Miriam soupira.

— Je n'arrive toujours pas à croire qu'il est mort. C'est tellement stupide de sauter du pont comme ça ! Je sais que des étudiants le font chaque 1er mai, mais je pensais que Charlie aurait eu plus de bon sens. La police met toujours en garde les étudiants contre la faible profondeur de l'eau dans la Cherwell et les risques de blessures. Quel gâchis ! Quel gâchis !

Je la regardai, surprise. Miriam n'avait pas l'air d'avoir compris que Charlie avait été assassiné. C'était étrange la façon dont les ragots fonctionnaient. Certaines personnes avaient accès à toutes les informations et d'autres restaient dans l'ignorance la plus totale. Pourtant, j'aurais pensé que Miriam avait entendu la plupart des rumeurs qui circulaient au collège.

— La police est-elle venue au collège ? demandai-je avec précaution. Ont-ils donné plus d'informations sur les circonstances du drame ?

— Je l'ignore. J'étais de repos aujourd'hui, et je n'y suis pas allée. J'ai entendu par hasard la nouvelle du décès à la radio alors que je roulais vers Meadowford cet après-midi et j'ai été choquée d'entendre le nom de Charlie.

Voilà qui expliquait tout. J'hésitai, me demandant si je devais la mettre au courant. Elle était déjà tellement bouleversée. Je ne voulais pas partager de nouvelles plus désagréables encore. D'ailleurs, jusqu'à présent, les déclarations publiées par la police ne mentionnaient que « la mort d'un étudiant lors d'un incident impliquant une chute du pont

Magdalen Bridge le 1er mai ». Nulle mention de coups de couteau ou de meurtre. Je décidai qu'il valait mieux que je garde l'information pour moi pour le moment.

Dora émit un bruit exaspéré.

— Ces étudiants d'Oxford… ils sont censés être les plus brillants du pays, mais beaucoup d'entre eux semblent manquer cruellement de bon sens ! L'année dernière, un idiot a décidé de faire un saut périlleux arrière depuis le pont et s'est cogné la tête contre la balustrade. Il a fini aux urgences et a eu de la chance de ne pas y rester. Le problème avec eux, c'est qu'ils ont une vie bien trop belle et qu'ils pensent qu'ils sont intouchables. C'est l'arrogance qui vient du fait d'avoir trop de choses, trop tôt. Ils sont riches, ils sont beaux, ils sont dans l'une des meilleures universités du monde…

— Oh, non, Charlie n'était pas comme ça, dit rapidement Miriam. Je veux dire, il venait d'un milieu très riche et oui, il s'habillait un peu comme un bellâtre parfois, mais c'était un garçon vraiment gentil. Il était toujours si poli et me traitait si gentiment. Parfois, quand j'avais fini de nettoyer sa chambre, il me demandait si je voulais boire une tasse de thé et m'invitait à m'asseoir et à manger des biscuits avec lui…

Elle eut un rire gêné.

— Je pense qu'il se sentait peut-être seul, bien qu'il ne l'ait jamais admis. Il était orphelin – il avait perdu ses parents dans un accident de voiture il y a quelques années. Je pense qu'il se sentait à l'aise avec moi et qu'il n'avait pas besoin de jouer la comédie, pas comme avec ses amis. J'imagine qu'il aurait pu avoir peur qu'ils se moquent de lui s'il avait admis que sa mère lui manquait ou quelque chose comme ça.

Elle eut un sourire triste.

— Charlie était si gentil : il m'offrait toujours de petits cadeaux à la fin de chaque trimestre – des chocolats de luxe, des parfums et des écharpes en soie... et l'année dernière, il m'a même acheté un bouquet de fleurs pour la fête des Mères ! J'étais trop embarrassée pour accepter, mais il a dit qu'il n'avait personne d'autre à qui les offrir...

Elle manqua de s'étrangler et déglutit rapidement.

— Charlie avait une petite amie, n'est-ce pas ? demandai-je gentiment.

Le visage de Miriam s'assombrit.

— Oui, une Russe, Tanya. Elle est aussi étudiante à Haverton, mais pas dans un de mes escaliers. Dieu merci, ajouta-t-elle d'un ton acerbe.

Elle jeta un coup d'œil à Dora.

— *Elle* correspondrait parfaitement au stéréotype. Une vraie princesse pourrie gâtée, celle-là. Et jamais un sourire sur son visage ! Je ne sais pas ce que Charlie lui trouvait. Il y a plein de jolies Anglaises dans le coin.

— Ils étaient ensemble depuis longtemps ? demandai-je.

— Eh bien, je ne sais pas exactement quand ils

ont « officialisé » les choses, pour ainsi dire, mais je pense qu'ils sont ensemble depuis près d'un an ? Au moins six mois, en tout cas. Difficile à dire, parce qu'ils avaient de terribles disputes – je les entendais parfois quand je venais nettoyer la chambre de Charlie. Ils hurlaient, c'était horrible. En général, c'était la fille qui criait sur Charlie, disant que c'était fini entre eux. Mais ils semblaient se réconcilier quelques jours plus tard et quand je les voyais à nouveau, elle était assise sur ses genoux et promenait ses mains partout sur lui.

— Certaines relations sont comme ça, je suppose, dis-je. Certains couples aiment le drame des disputes et des réconciliations.

Miriam pinça les lèvres.

— Eh bien, je ne pense pas que c'était bon pour Charlie. Il avait vraiment besoin de paix et de stabilité dans sa vie, surtout avec la disparition de sa mère, pas de toute cette hystérie ! Je pense que cette fille avait une mauvaise influence sur lui. Sans compter cet affreux Damian.

— Damian ?

— Le colocataire de Charlie. Damian Heath. Charlie et lui partageaient une des plus grandes suites en haut de l'escalier. Ils avaient chacun une chambre et un salon commun.

Miriam fit la grimace.

— Damian est un mauvais garçon. Toujours en train de s'attirer des ennuis. Il ne vous regarde jamais dans les yeux et il y a quelque chose de…

malhonnête chez lui. Je ne comprends vraiment pas ce que lui trouvait Charlie – ils semblaient vraiment s'entendre comme larrons en foire ! Apparemment, ils se sont rencontrés la première semaine et se sont tellement bien entendus qu'ils ont demandé à faire chambre commune en deuxième année. Mais Damian entraînait toujours Charlie dans ses histoires. Ces fêtes débridées qu'ils organisaient notamment... je suis sûre que c'était l'œuvre de Damian ! Leurs chambres étaient dans un état lamentable le lendemain... Tout le ménage que j'ai dû faire...

Elle secoua la tête, agacée, puis son expression se durcit.

— Je ne serais pas surprise que Damian ait poussé Charlie à sauter du Magdalen Bridge. C'est exactement le genre de choses stupides que ce garçon ferait.

Miriam baissa soudain les yeux sur sa montre et se leva d'un bond en poussant un cri.

— Oh ! Dora, on ne devrait pas trop tarder...

— J'ai fini, dit Dora en essuyant la table. Il ne me reste plus qu'à nettoyer...

— Allez-y, dis-je, je m'occupe du nettoyage.

— Merci, dit Dora avec reconnaissance en enlevant son tablier. À demain, alors.

Elle me jeta un regard sévère.

— Et j'espère que vous n'avez rien de prévu pour ce soir, jeune fille. Vous avez l'air éreintée. Vous devriez rentrer vous reposer.

Je réprimai un bâillement.

— Oh, ne vous inquiétez pas, Dora, je vais rentrer directement et me coucher tôt. Me lever à l'aube ce matin m'a vraiment épuisée.

J'eus un rire contrit.

— Je suppose que je ne suis plus aussi jeune qu'avant et que je n'ai plus l'endurance nécessaire. C'est triste de voir à quel point j'ai hâte de me mettre au lit !

Chapitre 5

Muesli m'attendait à la porte lorsque je rentrai au cottage. Elle entreprit de me faire comprendre – à grand renfort de cris plaintifs – *combien* de temps elle avait attendu, combien son petit ventre était affamé et combien j'étais irrespectueuse d'arriver si tard.

— Très bien, très bien... ça arrive, dis-je en me précipitant dans la cuisine pour préparer son dîner.

La petite chatte courut après moi et s'enroula autour de mes jambes pendant que je préparais sa nourriture, émettant de temps à autre un *Miaou* impatient pour me presser. Finalement, je posai le bol par terre et elle s'installa à côté pour manger. La cuisine fut bientôt remplie du son de délicats grignotages, couplé à un fort ronronnement satisfait.

Je restai la regarder pendant une minute, un sourire sur le visage, puis je me dirigeai vers le salon et m'effondrai sur le vieux sofa affaissé dans le coin. C'était un canapé deux places décoloré et fleuri qui se trouvait déjà là à mon arrivée. Il semblait manquer la plupart de ses ressorts, mais honnêtement, j'étais si fatiguée à ce moment-là que j'aurais pu m'asseoir sur le lit à clous d'un fakir.

Penchant la tête en arrière, je fermai les yeux et poussai un profond soupir. Puis je les rouvris et regardai autour de moi avec satisfaction. Certes, l'endroit était dans un désordre absolu avec des cartons empilés partout, sans parler des rideaux usés, des murs fissurés et des fenêtres tordues... *Mais c'est chez moi*, pensai-je avec un petit frisson de plaisir. C'était mon espace à moi, où je pouvais faire ce que j'aimais, faire les choses à ma façon, sans avoir à me soucier de partager ou de m'adapter aux caprices des autres.

Et sans avoir ma mère qui surgit constamment dans ma vie, pensai-je avec satisfaction.

La sonnette de la porte d'entrée me tira de mes pensées. *Qui cela pouvait-il bien être ?* Je n'attendais pas de visiteurs. Je me levai du canapé et me dirigeai vers la porte. Elle s'ouvrit et je me demandai si je n'avais pas des hallucinations. Il semblait y avoir un énorme – et je dis bien *énorme* – palmier sur le pas de ma porte, ses frondes épineuses s'étendant dans toutes les directions. Une minute plus tard, j'étais sûre d'avoir des hallucinations, car le palmier se mit à parler avec la voix de ma mère :

— Ma chérie, regarde ce que j'ai acheté pour ta nouvelle maison ! N'est-ce pas merveilleux ?

— Mère ? demandai-je d'un ton incertain.

La tête de ma mère surgit de derrière l'arbre. Je réalisai qu'il était si grand qu'il cachait la majeure partie de son corps.

— C'était une telle aubaine, ma chérie ! Je l'ai acheté à la jardinerie cet après-midi – ils font des soldes de printemps et, dès que je l'ai vu, j'ai su qu'il serait parfait pour toi !

Je regardai avec stupéfaction ma mère entrer dans la maison, poussant devant elle l'énorme palmier en pot sur un diable.

— Mère, je n'ai pas de place pour ça... protestai-je en fermant la porte et en la suivant dans le salon.

— Oh, une fois qu'il sera dans un coin, tu le remarqueras à peine. Alors... où le mettre ? Ah ! Près de la fenêtre, ce serait parfait.

Je la regardai, impuissante, installer le gigantesque palmier près des fenêtres, où il bloquait la moitié de la lumière entrant dans la pièce.

— Mais qu'est-ce que c'est que cet arbre ?

Ma mère se tourna vers moi et me dit avec enthousiasme :

— C'est un sagoutier, ma chérie, une plante d'intérieur merveilleuse et si facile à entretenir ! Il s'agit d'une espèce ancienne qui remonte à la préhistoire !

Oui, et celui-ci semblait tout droit sorti de l'ère

jurassique. Sans blague – il avait pratiquement la taille d'un dinosaure et était hérissé de feuilles piquantes comme un porc-épic vert géant.

— Mère, je n'avais pas vraiment prévu d'avoir des plantes d'intérieur, dis-je. Je voulais un style plus… euh… minimaliste…

— Oh, c'est absurde, ma chérie ! Tout le monde sait qu'une maison n'est pas une maison tant qu'il n'y a pas de plantes d'intérieur. Elles purifient l'air et absorbent toutes sortes de toxines, et elles contribuent à maintenir l'humidité, afin que notre peau ne soit pas trop sèche. *Et* elles rendent aussi les gens plus heureux ! Sais-tu que j'ai lu un rapport selon lequel des chercheurs de l'université d'État du Kansas ont découvert que les patients hospitalisés qui avaient des plantes dans leur chambre se rétablissaient beaucoup plus vite et avaient besoin de beaucoup moins d'antidouleurs que les autres ? Tu te rends compte ?

— Je ne pourrais pas avoir quelque chose de plus petit… comme… comme un bonsaï miniature ? tentai-je en désespoir de cause.

— Mais cela ne suffirait pas à purifier l'air ! Ils disent qu'il faut une grande plante tous les dix mètres carrés.

Elle jeta un coup d'œil au cottage.

— Ce n'est pas très grand, mais tu pourrais probablement en avoir d'autres – on n'a jamais trop de plantes, de toute façon. Respire, ma chérie, respire… dit ma mère en inspirant et expirant bruyamment et en agitant les bras comme un chef d'orchestre. Là ! Ne sens-tu pas déjà combien l'air est plus frais ?

Ce que je sentais, c'était un mal de tête qui arrivait. Pourtant, j'obéis, je pris quelques bouffées d'oxygène et convins que l'air semblait déjà rafraîchi. Ma mère hocha la tête, satisfaite, et commença à faire le tour de la maison en regardant dans les armoires et en passant un doigt sur les surfaces pour vérifier s'il y avait de la poussière.

— Vraiment… cet endroit est affreusement minable, Gemma. Je ne comprends pas pourquoi tu as voulu t'installer ici alors que tu as une très belle chambre chez nous, à North Oxford.

Je laissai échapper un soupir. Comment expliquer que, même si vous étiez reconnaissante envers vos parents de vous accueillir à nouveau dans le giron familial, une telle proximité (surtout avec quelqu'un comme ma mère) suffisait à vous rendre folle ?

— Ce sera beaucoup mieux quand j'aurai déballé les cartons et rangé la maison, mère, lui assurai-je. Et je pourrais acheter de nouveaux rideaux et quelques meubles au marché de Meadowford, le week-end. Ce sera un petit cottage très confortable. Tu verras.

— Hmm…

Ma mère n'avait pas l'air convaincue. Puis elle s'illumina.

— Oh, j'allais oublier – je t'ai apporté de la soupe, ma chérie.

Alors qu'elle sortait un thermos d'un sac en plastique et versait une soupe au poulet faite maison dans un bol, je réalisai soudain que j'étais affamée. À part quelques tartelettes à la confiture mangées à la hâte avec Cassie plus tôt dans l'après-midi, je n'avais rien avalé de la journée. Je m'assis avec reconnaissance devant le bol fumant et me sentis d'humeur bien plus charitable envers ma mère.

— N'oublie pas le dîner de mercredi soir, dit-elle en coupant une baguette de pain français croustillant qu'elle avait apportée.

— Le dîner ? demandai-je en prenant un morceau de pain.

— Oui, ma chérie, tu ne te souviens pas ? Je t'en ai parlé la semaine dernière. Le professeur Obruchev est l'expert mondial de l'histoire de l'État russe. Il a publié un ouvrage de référence en douze volumes sur l'histoire de la Russie au début du XIXe siècle. C'est un véritable érudit ! s'exclama ma mère. Ton père correspond avec lui depuis des années et ils ont même co-écrit quelques articles de journaux ensemble. Il vient à Oxford pour la première fois – en fait, il arrive demain – et je l'ai invité à dîner mercredi. Je sais qu'il aimerait te rencontrer.

Mon père, le professeur Philip Rose, était professeur à Oxford et, d'aussi loin que je me souvienne, il y avait toujours eu un flux constant d'universitaires qui venaient de l'étranger et étaient reçus chez mes parents. Cela promettait d'être une nouvelle soirée de conversations académiques passio-nnantes autour de la table. Mais j'avais été tellement occupée ces derniers temps que je n'avais pas beaucoup vu mes parents et je me sentais un peu coupable.

— Bien sûr, je serai là, dis-je. Mais je risque d'être un peu en retard comme je devrai rentrer nourrir Muesli.

— Oh ! En parlant de Muesli !

Ma mère se leva et prit son sac à main.

— Tu n'as pas oublié que sa première visite en tant que chat de thérapie est ce lundi, n'est-ce pas ? C'est à la maison de retraite de Magnolia Court, de l'autre côté du Magdalen Bridge.

Je gémis intérieurement. J'avais totalement oublié. Pour être honnête, je n'étais toujours pas convaincue qu'inscrire Muesli au programme des chats de thérapie était une bonne idée. La plupart du temps, mon petit félin espiègle semblait faire des choses qui *augmentaient* ma tension, au lieu de l'apaiser. Je redoutais vraiment notre première visite et je me demandais quel grabuge Muesli allait causer. Pourtant, ma mère avait été si enthousiaste à l'idée de se porter volontaire pour le programme que j'avais accepté. J'étais tout de même un peu contrariée. Le lundi était mon seul jour de repos de la semaine et j'aurais aimé passer la matinée à paresser dans mon nouveau cottage.

— Voudrais-tu que je t'accompagne, ma chérie ?

— Oh, non, dis-je précipitamment. Non, ça ira. Merci, mère.

Devoir m'occuper de mon chat était plus que suffisant. Alors, ajouter ma mère à l'équation...

À mon grand soulagement, elle ne chercha pas à discuter et partit peu après en faisant rouler le diable derrière elle.

⁂

Je fus réveillée le lendemain matin par le son lointain de cloches, suivi d'un son beaucoup plus proche : Muesli grattait à la porte de la chambre et miaulait pour que je le laisse sortir. J'enfilai une robe de chambre et la suivis au rez-de-chaussée puis dans le jardin, où je restai respirer à pleins poumons l'air frais du matin. La journée s'annonçait magnifique, avec un ciel déjà d'un bleu éclatant, entaché seulement de quelques nuages blancs.

Sur un coup de tête, je décidai de faire une promenade avant le petit-déjeuner. Le salon de thé n'ouvrait pas officiellement avant 10 h 30 et j'avais encore beaucoup de temps. Je m'habillai rapidement, quittai la maison et commençai à descendre le chemin de halage le long de la rivière. Inconsciemment, je me retrouvai à suivre le même itinéraire que la veille au matin : le large chemin qui longeait le côté nord du Christ Church Meadow, Dead Man's Walk, Rose Lane et enfin la High Street. De là, j'avançai lentement en direction du

Magdalen Bridge.

Le Madgalen Bridge et la High Street, principales routes menant à Oxford, avaient été rapidement rouverts la veille, et tout semblait revenu à la normale. Enfin, presque. Il y avait plus de monde que d'habitude autour de la balustrade où Charlie Foxton s'était jeté dans l'eau : des touristes et des habitants du coin venus faire leurs curieux ou échanger des commérages. La police avait finalement donné une conférence de presse la veille au soir et il n'y avait aucun doute maintenant sur le fait qu'ils traitaient cette affaire comme un meurtre.

On ne peut pas vraiment reprocher aux gens d'être curieux, pensai-je en observant les touristes penchés sur le côté du pont et regardant la rivière en contrebas. Après tout, que faisais-je là ? Pourquoi étais-je revenue ?

Je m'approchai de la balustrade en pierre et regardai à mon tour par-dessus bord l'eau verte et trouble en dessous. La Cherwell était un petit affluent qui passait sous le Magdalen Bridge et longeait le Christ Church Meadow pour rejoindre la Tamise à l'extrémité sud de la ville. La surface de la rivière était calme et sereine, mais je ne pouvais m'empêcher de revoir, dans mon esprit, ce corps flottant sans vie. Hâtivement, je levai les yeux et mon regard dériva vers la rive opposée, où plusieurs immeubles de standing bordaient la rivière. L'un d'entre eux était un grand bâtiment avec des balcons et des fenêtres symétriques, dont plusieurs étaient dotés de jolies jardinières débordant de fleurs printanières.

Quelque chose au niveau supérieur attira mon attention. Je plissai les yeux. Il semblait y avoir une sorte de lumière clignotante… Au bout d'un moment, je renonçai à essayer de comprendre ce que c'était et je me détournai. Je jetai un autre regard troublé au pont, puis je fis demi-tour et commençai à remonter la High Street. S'il y avait des indices sur ce qui s'était réellement passé la veille, ils ne se trouvaient pas ici.

Quelques heures plus tard, je descendis à vélo la rue principale de Meadowford-on-Smythe et m'arrêtai devant le Little Stables Tearoom.

— Bonjour ! dis-je en entrant dans la cuisine et en déposant mes affaires sur la table.

Dora leva un regard anxieux de la grande table en bois.

— Oh, Gemma, je vous attendais !

Je me figeai et la regardai, surprise. Son visage était tendu et ses yeux écarquillés par l'inquiétude.

— Il y a un problème ? demandai-je.

— C'est Miriam, dit Dora. La police l'a arrêtée pour le meurtre du 1er mai !

Chapitre 6

— Quoi ? Pourquoi ? demandai-je, perplexe.

Dora tripota nerveusement son tablier.

— La police est venue la chercher hier soir. Nous revenions de la maison de retraite et nous étions sur le point de prendre une tasse de thé quand le sergent s'est présenté sur le pas de sa porte. Il a dit qu'ils voulaient l'interroger...

— Oh, il n'y a pas de quoi s'inquiéter, dis-je d'un ton apaisant. Je suis sûre qu'ils interrogent tous ceux qui pourraient être liés à la victime. Comme Miriam était sa *scout*, il est normal que la police veuille lui parler.

Dora secoua la tête avec véhémence.

— Non, vous ne comprenez pas, Gemma – ce

n'était pas seulement en tant que témoin. Je le voyais bien à la façon dont le sergent lui parlait. Ils la traitent comme une suspecte !

— Mais pourquoi ? Ils doivent avoir une bonne raison.

Dora remua, mal à l'aise.

— Ils en ont une. La brochette utilisée pour tuer Charlie appartenait à Miriam.

Je la regardai fixement.

— Quoi ? Comment est-ce possible ?

Dora leva les bras au ciel.

— Je n'en sais rien ! Et Miriam non plus ! C'est ce que nous avons dit au sergent, mais il a continué à la harceler... et nous avons été choquées de découvrir que Charlie avait été assassiné... *Assassiné !* Vous le saviez ? demanda-t-elle.

— O-oui, admis-je. Mais je n'étais pas sûre de devoir en parler hier. La police ne l'avait pas encore annoncé officiellement et je ne voulais pas bouleverser Miriam plus que...

— Nous pensions que c'était un accident ! La pauvre Miriam était hors d'elle... et puis elle a réalisé que ce devait être pour la fête de Charlie et Damian... mais en réalité c'était pour le costume de Tanya et elle l'a donné à la fille et c'est là qu'elle l'a vue pour la dernière fois... C'est ce qu'elle a dit au sergent...

— Oula... doucement... dis-je en levant la main. Je suis désolée, j'ai perdu le fil. Pouvez-vous recommencer du début ?

Dora inspira profondément.

— La police a interrogé Tanya hier après-midi et elle a identifié l'arme qui a été utilisée pour poignarder Charlie comme étant une brochette à barbecue qui appartenait à Miriam.

— Comment le sait-elle ? demandai-je.

— Parce que – c'est une longue histoire – Charlie et Tanya ont décidé la semaine dernière d'organiser une fête jeudi soir ; c'était la nuit avant le 1er mai. C'était une fête costumée et Tanya a dit qu'elle voulait y aller en princesse guerrière – Xena ou quelque chose comme ça – et elle avait besoin d'une épée pour son costume. Charlie s'est souvenu qu'en discutant avec Miriam, elle avait mentionné qu'elle collectionnait des objets moyen-orientaux. Il lui a donc demandé si elle pouvait dépanner Tanya. Et Miriam a répondu qu'elle avait des brochettes pour barbecue qu'elle avait achetées il y a des années et qui ressemblaient à des épées arabes, avec des poignées incrustées de bijoux. Alors elle en a apporté une à l'université plus tôt dans la semaine pour la prêter à Tanya.

— Je vois… mais dans ce cas, Tanya ne serait-elle pas la dernière personne à avoir eu l'arme en sa possession ?

— Si, mais Tanya a dit qu'elle avait changé d'avis et décidé de ne pas se déguiser en princesse guerrière au final. Elle n'avait donc plus besoin de la brochette en forme d'épée et l'a laissée dans le salon de Charlie et Damian, pour la rendre à Miriam. Elle dit qu'elle ne l'a jamais revue après ça.

— Et Miriam ne l'a pas récupérée ?

— Non. Miriam dit que lorsqu'elle est entrée dans la chambre de Charlie et Damian jeudi matin, elle n'a pas vu la brochette. Les garçons étaient sortis, donc elle n'a pas pu leur parler – et de toute façon, elle n'aurait pas posé la question, puisqu'elle ne savait pas que Tanya avait changé d'avis. Elle a juste supposé qu'elle avait gardé la brochette.

— Donc... c'est la parole de Tanya contre la sienne, dis-je. Le problème, c'est que personne ne sait ce qu'est devenue la brochette quand Tanya l'a laissée dans la chambre des garçons... La police dira qu'elle n'a aucune preuve que Miriam ne l'a pas récupérée, hormis sa parole. Elle aurait pu la prendre jeudi et l'emporter – mais elle a prétendu ne jamais l'avoir vue.

Puis j'eus une idée.

— Comment sont-ils sûrs qu'elle appartient à Miriam ? Je veux dire, ça ne pourrait pas être une brochette qui ressemble à la sienne ?

— Je suppose que c'est possible, dit Dora, dubitative. Mais elles sont assez uniques. Elles sont vintage. Et de toute façon, le sergent a montré à Miriam une photo de l'arme et elle a convenu que ça ressemblait à l'une de ses brochettes. Il a demandé à voir le reste des brochettes et elle les lui a données – il les apporte au poste pour que la police scientifique les compare à l'arme, mais il est presque sûr qu'elles correspondront.

Je me mordis la lèvre. Je ne voulais pas le dire à

Dora, mais les choses ne se présentaient pas bien pour son amie. Être liée à l'arme du crime était toujours une mauvaise chose. Je parvins quand même à sourire et à dire aussi joyeusement que possible :

— Il doit y avoir un… un malentendu ou quelque chose comme ça. Je suis certaine que la police fera toute la lumière sur…

— Nous ne pouvons pas attendre la police, rétorqua férocement Dora. Ce sergent a été *horrible* avec Miriam ! Il l'a traitée comme une vulgaire criminelle ! Il ne lui offrira jamais un procès équitable ! En attendant, le Haverton College a suspendu Miriam de ses fonctions et il est même possible qu'elle perde son emploi, ainsi que sa pension de retraite. Oh mon Dieu, comme si la pauvre Miriam n'avait pas déjà assez de problèmes avec son fils et sa mère… C'est la pire chose qui puisse lui arriver maintenant !

Dora fit un pas vers moi et me tendit la main.

— Gemma, je me disais… Peut-être que vous pourriez faire quelque chose ?

— Moi ? dis-je, surprise. Je ne comprends pas…

— Vous pourriez aider à trouver le vrai tueur et prouver l'innocence de Miriam.

Je levai les paumes vers le haut.

— Oula, Dora… Je crois que vous vous embrouillez. C'est le travail de la police. Ou au moins d'un détective privé. Je ne suis pas une professionnelle. Ce dont vous avez besoin, c'est un inspecteur...

— Mais vous êtes douée pour trouver la vérité, insista Dora. En fait, je pense que vous avez un avantage à ne pas être une professionnelle. Vous êtes juste la jeune femme qui dirige le salon de thé du coin. Les gens vous parlent, ils vous font confiance et baissent la garde. Et vous avez accès aux collèges d'Oxford – vous connaissez très bien le monde de l'université et vous avez des relations que la police n'a pas.

— Ce n'est pas tout à fait exact, dis-je. Vous savez que Devlin – l'inspecteur O'Connor – était à Oxford avec moi. Nous étions dans le même collège. Il a donc aussi un pied à l'université.

— Oui, mais c'est un policier ! Les gens se méfient toujours des policiers. Ils deviennent nerveux en leur présence. Ils ne lui parleront pas comme à vous. Et ce n'est pas la première fois que vous aidez sur une affaire de meurtre, ajouta Dora avec sérieux. Vous l'avez déjà fait. Plusieurs fois, en fait ! Les gens du village n'arrêtent pas d'en parler : comment vous avez résolu le meurtre de ce touriste américain au salon de thé... et cette fille qui a été empoisonnée à la galerie d'art... et puis le meurtre du professeur Barrow de mon ancien collège... et même à cette récente fête du village, où vous avez découvert la vérité sur le meurtre de Dame Clare à l'exposition féline !

— Eh bien, je... c'est vrai que je me suis impliquée dans ces affaires et que j'ai trouvé quelques réponses, mais... mais c'était probablement de la chance, dis-je sans conviction. Et je n'étais pas seule. J'ai reçu beaucoup d'aide de...

— Nous ! lancèrent quatre voix âgées enthousiastes.

Je me retournai et vis les vieilles chouettes passer la tête par la porte entrouverte de la cuisine. Je me demandai depuis combien de temps elles écoutaient notre conversation.

— Je confirme : Gemma n'aurait jamais pu résoudre ces affaires sans notre aide, dit Mabel avec suffisance en entrant dans la cuisine, suivie de Glenda, Florence et Ethel.

Je leur adressai un regard exaspéré. En fait, j'allais dire que j'avais reçu beaucoup d'aide de la *police,* et de Devlin en particulier. Les vieilles chouettes avaient certainement *essayé* de m'aider, mais la plupart du temps, leurs efforts semblaient me mettre dans les pires situations – et elles m'abandonnaient systématiquement !

— Nous aiderons votre amie à laver son nom, dit Mabel à Dora en retroussant ses manches. Il est évident qu'elle n'a rien à voir avec ce meurtre, mais la police n'a aucune idée de ce qu'elle fait – comme d'habitude ! Nous allons lancer une enquête...

— Attendez, attendez, l'interrompis-je précipitamment. Ce n'est pas un jeu. C'est d'un vrai meurtre qu'on parle. Et la police est la mieux placée pour enquêter...

— Pfoua ! La police ? dit Mabel avec un signe

méprisant de la main. J'ai rencontré ce sergent et il est aussi inutile qu'une théière en chocolat. Il ne trouverait pas une culotte dans un magasin de lingerie !

Je grimaçai. Je n'aimais pas particulièrement le jeune sergent arrogant de Devlin non plus, mais cela me semblait un peu dur.

Dora posa une main sur mon bras et dit doucement :

— Gemma, je... je ne vous le demanderais pas si ce n'était pas important. Miriam est mon amie la plus proche, et en ce moment elle a besoin de quelqu'un à ses côtés. Je crois vraiment que vous pouvez l'aider. Pouvez-vous au moins y réfléchir, s'il vous plaît ?

Je fus émue par le plaidoyer de Dora. Sachant à quel point elle était fière, et combien elle détestait demander de l'aide, je réalisai soudain combien il lui en coûtait d'agir ainsi.

Je lui serrai la main.

— Très bien, Dora, je vais faire de mon mieux. Mais je ne veux pas vous donner de faux espoirs...

— Tout ce que nous avons à faire, c'est aller au Haverton College et parler aux étudiants, déclara Mabel d'un ton hautain. Ils vivent tous ensemble – je suis sûre qu'ils doivent connaître tous les secrets et les scandales de leurs pairs.

— Vous ne pouvez pas entrer dans un collège et commencer à interroger les gens, protestai-je. C'est ce que je voulais dire. Nous ne sommes pas du CID et nous n'avons pas le droit d'interroger les gens. Nous aurons de la chance si les concierges du collège ne nous jettent pas dehors !

— Qui a parlé d'*interroger les* gens, très chère ? dit Mabel. Nous allons juste avoir une petite discussion avec eux. Les gens aiment bavarder, surtout si vous les questionnez sur eux-mêmes. Et ils sont plus susceptibles de vous livrer quelque chose ou de révéler un indice lorsque vous discutez d'un ton badin avec eux, que lorsque la police les interroge officiellement.

Elle avait peut-être raison. En vaquant à mes occupations le reste de la matinée, je réfléchis à ce que Mabel avait dit. Peut-être que cela ne ferait pas de mal d'aller au Haverton College et d'essayer de parler à certains étudiants. Il était peu probable que j'aie du temps, cependant – le salon de thé semblait être encore plus bondé que d'habitude. Je courais partout avec Cassie, servant de grands groupes de touristes, attirés par le beau temps printanier dans la campagne des Cotswolds.

Meadowford-on-Smythe, avec ses ruelles pavées sinueuses et ses jolis cottages au toit de chaume, était l'une des destinations les plus prisées des visiteurs de la région, notamment en raison de sa proximité avec Oxford. Il n'y avait qu'un court trajet en bus depuis le centre de la ville universitaire et, pour les étrangers, c'était le village anglais typique, avec son pub historique, son joli parc et sa charmante église pittoresque dont l'élégant clocher se découpait sur les collines des Cotswolds au loin. Les touristes adoraient se promener dans la rue principale du village, jeter un coup d'œil aux vitrines des magasins d'antiquités et d'artisanat, puis terminer par une délicieuse pâtisserie et un thé anglais dans mon petit salon traditionnel.

Mon entreprise n'existait que depuis six mois environ, mais le Little Stables Tearoom s'était déjà forgé une solide réputation dans la région. Je m'étais souvent demandé si j'avais fait le bon choix en abandonnant mon emploi de cadre supérieure à Sydney pour revenir en Angleterre lancer cette entreprise. Et comme si risquer ma carrière et mes économies ne suffisait pas, j'avais également dû faire face à une forte désapprobation sociale. Comme ma mère l'avait dit si succinctement à l'époque :

— Tu n'as pas étudié à Oxford pour... servir le thé !

Néanmoins, j'avais été très heureuse de constater qu'elle avait changé d'avis depuis et semblait même fière de ce que j'avais accompli. Et en regardant la salle, avec son joyeux brouhaha de rires et de conversations, et les sourires satisfaits sur les visages des gens qui dégustaient de délicieux gâteaux et scones, j'éprouvai une merveilleuse fierté que je n'avais jamais ressentie lors de ma précédente carrière.

— N'oublie pas que tu dois livrer cette commande au collège d'Oxford, dit Cassie en s'approchant de moi au comptoir.

— Oh, mon Dieu, j'avais complètement oublié ! dis-je en me frappant le front.

C'était un gros coup – notre première commande d'une institution de l'université d'Oxford. Le collège organisait un goûter dînatoire en l'honneur de ses anciens élèves et j'avais été ravie lorsqu'ils avaient contacté le Little Stables Tearoom et demandé que nous leur fournissions le repas. Il semblait que la bonne réputation des délicieuses pâtisseries de mon salon soit arrivée jusqu'à Oxford.

— Heureusement que tu me l'as rappelé. Je vais aller charger la voiture, dis-je à Cassie.

— Je viendrais bien te donner un coup de main, mais il vaut mieux que je ne quitte pas la salle, dit Cassie en regardant les tables bondées.

— Ne t'inquiète pas, je vais me débrouiller.

Je m'étais arrêtée à North Oxford sur le chemin du salon de thé ce matin-là et j'avais échangé mon vélo contre la voiture de ma mère. Je la chargeai soigneusement de plateaux et de boîtes de gâteaux, de brioches et de délicats sandwichs, essayant de stabiliser la nourriture. Les petits pains briochés grillés avec une compote d'abricots sentaient divinement bon et le *Victoria sponge* avec de succulentes fraises fraîches avait l'air si délicieux que je dus me retenir de tremper un doigt dans la crème fouettée pour y goûter.

Se garer dans le centre d'Oxford était toujours un cauchemar et mon cœur se serra à l'idée de trouver une place près de la High Street, mais heureusement, le collège avait quelques places de parking réservées près de l'allée qui longeait le terrain. Un vieux monsieur charmant – l'intendant du collège – vint m'aider à décharger la nourriture, puis me montra la magnifique salle à manger géorgienne où le goûter dînatoire serait servi. Il avait même déniché des présentoirs à plusieurs étages pour disposer mes scones, gâteaux et sandwichs, et avait sorti le service à thé en argent du collège.

— C'est absolument merveilleux ! dis-je avec admiration en pensant que mes présentoirs du salon de thé étaient bien ternes en comparaison.

— Les gens adorent l'étiquette et les traditions démodées, n'est-ce pas ? dit l'intendant. Cela fait partie du charme du mode de vie anglais. Et dans un endroit comme Oxford, nous excellons à maintenir les vieilles traditions en vie !

Il rayonnait.

Après l'avoir remercié pour son aide, je sortis du collège et me dirigeai vers ma voiture. Cependant, juste au moment où je m'apprêtais à entrer, un fort grincement attira mon attention. Je levai la tête. De l'autre côté de la ruelle s'étendait un long mur de pierre et je réalisai tardivement qu'il marquait la limite du collège voisin. *Ce doit être le Haverton College*, réalisai-je en me rappelant où je me trouvais dans la High Street. Comme beaucoup de collèges d'Oxford, Haverton avait une porte principale menant au quadrangle avant du collège, mais aussi une ou plusieurs portes plus petites menant à l'arrière ou sur le côté. Le grincement provenait de l'une de ces portes latérales : un lourd panneau de bois encastré dans le mur de pierre, menant manifestement à l'arrière du collège.

La porte s'ouvrit sur une silhouette élancée : une grande blonde à l'allure exotique avec un sac Louis Vuitton en bandoulière. Tanya. Elle franchit la porte, suivie d'un homme barbu plus âgé, vêtu d'une veste en tweed et d'un pantalon en velours côtelé délabré. Tandis que je les observais, Tanya lui dit quelque chose d'un air insouciant, puis tous deux commencèrent à s'éloigner dans la ruelle.

J'hésitai une seconde, puis, sur un coup de tête, je claquai la portière de la voiture et courus après la fille dans la ruelle.

Chapitre 7

— Tanya ?

Elle se retourna.

— Oui ?

C'était la même voix profonde et rauque que j'avais entendue sur le pont la veille. Elle me regardait d'un air surpris, se demandant visiblement qui j'étais et pourquoi je l'appelais. Je réalisai tardivement que je n'avais rien planifié. Je n'avais aucune idée de ce que je devais dire, aucune excuse toute prête.

— Oui ? répéta-t-elle, impatiente.

L'homme plus âgé s'approcha.

— Si vous êtes journaliste, allez-vous-en ! Elle ne veut pas vous parler !

Il me regardait de derrière ses sourcils broussailleux, comme un terrier en colère protégeant sa maîtresse. Il avait un fort accent russe – oh oui, il n'y avait aucun doute sur *son* accent : il ressemblait comme deux gouttes d'eau aux gangsters russes des films hollywoodiens – et il était vêtu d'une veste en tweed marron foncé, d'un gilet assorti, d'un pantalon en velours côtelé vert olive, et d'un gilet en soie délavé glissé dans son revers. Il avait l'air un peu ridicule, comme s'il sortait des pages d'un livre sur les érudits russes du XIXe siècle, et je m'attendais presque à ce qu'il sorte une montre à gousset pour consulter l'heure.

— C'est bon, Mikhaïl, dit Tanya en agitant la main.

Elle me regarda avec curiosité.

— Que voulez-vous ?

— Je ne suis pas de la presse, dis-je rapidement. Je... je voulais juste vous dire que je suis désolée. À propos de votre petit ami, Charlie. J'étais... hum... sur le pont à côté de vous hier matin. Ça a dû être... euh... terrible pour vous.

Ses yeux s'adoucirent un instant, puis l'impression disparut, remplacée par un masque d'indifférence froide. Quoi qu'elle ait pu ressentir pour son petit ami, elle n'avait certainement pas l'intention de le montrer en public.

— Ce n'était pas un bon moment. Je ne veux pas en parler, dit-elle sèchement.

— Elle ne veut pas en parler ! aboya Mikhaïl en

me regardant toujours fixement.

— Oh, bien sûr, je suis désolée.

J'hésitai, cherchant un autre moyen de poursuivre la conversation. Alors que je pensais devoir accepter la défaite et m'éclipser, la jeune Russe me surprit en prenant la parole :

— Vous dites que vous étiez sur le pont à côté de nous ?

J'acquiesçai.

— J'étais juste à côté de Charlie et vous quand la chorale a chanté, même si j'ai été poussée sur le côté quand tout le monde s'est mis à applaudir et à sauter partout.

— C'est la même chose pour moi, dit la jeune fille. Quand ils ont commencé à applaudir, les gens ont bougé et se sont enlacés, et j'ai été séparée de Charlie.

J'hésitai, puis dis doucement :

— Je ne l'ai pas vu passer par-dessus le pont. La foule était si bruyante que je n'ai rien remarqué avant d'entendre le *plouf*. Avez-vous… vu ce qui s'est passé ?

— Non, dit-elle. C'est pareil pour moi. La foule était surexcitée, ils m'ont poussée sur le côté… et puis j'ai entendu un *splash*. J'ai couru vers le côté du pont, j'ai regardé en bas et j'ai vu son corps…

Sa bouche se tordit à ce souvenir.

— Avait-il prévu de sauter ? Je sais que c'est une tradition pour les étudiants de sauter du pont le 1er mai, alors peut-être que…

— Non, ce n'était pas son plan.

— Alors pourquoi pensez-vous…

— Je ne sais pas ! s'écria-t-elle. La police – ils me demandent la même chose ! Pourquoi ? Comment ? Que s'est-il passé ? Mais je n'en sais rien ! Je n'ai rien vu ! Je ne sais rien… sauf concernant cette brochette de barbecue. L'arme qui l'a tué. Ça, je peux en parler. C'est la même que celle de la *scout* de Charlie. Je l'ai dit à la police : c'est à *elle* qu'ils doivent poser des questions.

— Mais la *scout* de Charlie a dit qu'elle *vous* avait prêté la brochette, pour votre costume, et que vous ne la lui aviez pas rendue. Alors vous êtes la dernière à avoir…

Elle me jeta un regard méprisant.

— Cette vieille bique. Elle ne dit pas la vérité. Charlie est son *malysh* – son bébé –, et elle ne m'aime pas. Je sais qu'elle pense que je ne suis pas assez bien pour lui. Et maintenant elle veut me faire porter le chapeau.

Je fus légèrement décontenancée. C'était un nouveau point de vue sur Miriam Hopkins que je n'avais pas envisagé.

— L'avez-vous dit à la police ? demandai-je.

— Oui, j'ai parlé à cet inspecteur. Le bel homme aux yeux bleus. L'inspecteur O'Connor.

Elle eut un léger sourire.

— C'est un homme très intéressant, pas vrai ? Il ne correspond pas à l'image que je me faisais de la police anglaise.

— C'est un imbécile, comme tous les autres policiers anglais, grogna Mikhaïl. Ils ne devraient pas t'interroger. Ils devraient parler à ce garçon, le colocataire. Sans aucun doute, c'est un *lzhets* – un sale menteur.

— Damian ? demandai-je prestement. Vous pensez qu'il est impliqué ?

— Bien sûr qu'il est impliqué, cracha Tanya. C'est une fouine. Il n'aurait jamais dû être l'ami de Charlie.

— Ce sont tous les mêmes, dit Mikhaïl. Même Charlie n'était qu'un stupide garçon anglais. Je ne comprends pas pourquoi tu étais avec lui.

Tanya eut un sourire amer. Elle semblait traiter le vieil homme comme une sorte de chien de garde surprotecteur, qu'elle tolérait pour son amusante dévotion.

— Mikhaïl ne comprend pas, me dit-elle. Il est trop vieux et trop sérieux ; il ne se soucie que de ses livres et de sa thèse. Il ne sait pas ce que c'est que d'être jeune et amoureux.

Le vieil homme se hérissa.

— Je sais ce qu'est la romance. Nous, les Russes, avons de grands romans sur l'amour. Il n'y a pas d'histoire d'amour plus grande que celle d'*Anna Karénine* de Tolstoï. C'est un classique ! C'est un monument de l'histoire littéraire !

Les yeux de Tanya s'assombrirent.

— Oui, et on sait comme il finit bien…

⁂

Ma conversation avec Tanya et Mikhaïl m'avait donné beaucoup à penser, mais je n'étais pas sûre que ce soit une bonne idée d'en parler à Dora. Aussi, quand je revins au salon de thé, je gardai le silence sur cette rencontre fortuite. L'activité se trouva être suffisamment intense pour que je mette rapidement de côté le mystère du meurtre de Charlie Foxton et que je me concentre sur mes clients.

Mais alors que je fermais le salon à la fin de la journée, le souvenir de cette conversation me revint et je décidai d'appeler Devlin pour voir ce qu'il en pensait. En décrochant mon téléphone, je fronçai les sourcils. Je n'avais pas eu de nouvelles de toute la journée. N'avait-il pas dit la veille au soir qu'il m'appellerait ? N'était-ce pas un peu étrange ? Puis je me réprimandai. Nous n'étions pas le genre de couple collé l'un à l'autre et je ne m'attendais certainement pas à ce que Devlin m'appelle tous les jours. De plus, il avait probablement été coincé en salle d'interrogatoire toute la journée, à interroger des témoins, et n'avait pas eu un moment pour lui. J'allais quand même l'appeler et, s'il n'était pas disponible, je lui laisserais un message.

Je ne réussis pas à le joindre sur son téléphone. J'essayais donc d'appeler le CID de l'Oxfordshire, mais à ma grande surprise, lorsque je fus mise en relation avec le sergent de Devlin, il m'indiqua que son officier supérieur était déjà parti.

— Oh… dis-je. Je pensais qu'il allait travailler tard sur cette nouvelle affaire de meurtre…

— C'est le cas ; il a un tas de rapports et de dépositions à examiner. Mais il a dit qu'il allait les rapporter chez lui.

— C'est étrange, je viens d'essayer de l'appeler sur son portable et il n'a pas répondu.

— Il a dû éteindre son téléphone, dit le sergent. Il fait ça parfois quand il travaille, sinon il ne s'arrêterait jamais de sonner.

— Oh, je vois… Je suppose que ça doit être ça.

Je raccrochai, vaguement déstabilisée, mais essayant d'ignorer ce sentiment. Au lieu de cela, je fermai le salon et pris le chemin de la maison. En arrivant au cottage, je trouvai quelque chose qui m'attendait sur le pas de la porte : un grand pot en plastique d'où sortait un étrange arbre filiforme dont les larges feuilles s'étalaient en cercle, comme un parasol. Il y avait une note attachée à la base de la tige et je la récupérai avec précaution. Je reconnus l'écriture élégante de ma mère :

Ma chérie,

J'ai vu ça et j'ai pensé que ce serait parfait pour ton cottage ! C'est un arbre-parapluie nain de Taïwan qui peut atteindre 6 mètres ! Parfait pour les maisons de toutes tailles et au feuillage persistant. N'oublie pas de l'arroser régulièrement, mais pas trop. Et assure-toi de trouver un bon endroit pour le mettre. L'idéal est de le placer directement devant une fenêtre orientée vers l'est, l'ouest ou le sud, avec un rideau transparent pour diffuser la lumière directe du soleil.

Je soupirai et déverrouillai la porte, puis poussai lentement le pot à l'intérieur. Muesli vint me saluer en trottinant, puis se figea sur place, fixant l'arbre. Le bout de sa queue tressaillit tandis qu'elle étirait son cou et reniflait une des feuilles avec méfiance.

— Dis bonjour à ton nouveau colocataire, Muesli, dis-je avec ironie. Un arbre-parapluie nain de Taïwan.

Je jetai mon sac et mon manteau sur une chaise voisine, et regardai autour de moi avec exaspération. Où allais-je mettre cette nouvelle plante ? Elle devrait aller dans le coin près de la fenêtre, à côté de ce monstrueux sagoutier. Au rythme où allait ma mère, le cottage allait bientôt ressembler à un jardin botanique miniature.

Je dus déplacer quelques cartons pour avoir assez de place pour faire passer le pot, et lorsque j'eus fini d'installer mon nouvel arbre-parapluie, j'étais hors d'haleine, en sueur et couverte de poussière. *Une bonne douche chaude*, pensai-je, *puis je vais préparer le dîner et passer la soirée avec un livre…*

Cependant, lorsque je me rendis finalement dans la cuisine une heure plus tard et que je sortis un plat micro-ondable du congélateur, je le regardai sans grand enthousiasme. Soudain, la soirée semblait s'étendre devant moi et la perspective de la passer recroquevillée au milieu d'une montagne de cartons ne m'attirait pas vraiment.

Puis j'eus une idée. Pourquoi dîner seule, alors que je pouvais manger avec mon petit ami ? Je jetai un coup d'œil à l'horloge. Il était presque 20 heures – même s'il travaillait, Devlin apprécierait sûrement de faire une pause pour le dîner. *Je vais passer le voir et le surprendre*, pensai-je en souriant. Il avait toujours les placards pleins. Je pourrais nous préparer à manger, puis nous pourrions passer le reste de la soirée pelotonnés devant sa belle télé à écran plat.

Ravie de mon idée, je mis Muesli dans sa caisse de transport pour chat, puis je sautai dans la voiture, heureuse de ne pas l'avoir encore rendue à mes parents. Le trajet jusqu'à la maison de Devlin fut assez rapide, même si le crépuscule commençait à poindre. Avec l'été qui arrivait, les jours rallongeaient et le soleil ne se couchait pas avant 20 h 30. Je m'arrêtai devant la maison de Devlin, une grange rénovée située sur un chemin de campagne tranquille, puis je sentis ma joie s'évanouir.

La maison semblait déserte. Les fenêtres étaient sombres.

Je sortis de la voiture et me dirigeai vers la grange, regardant à l'intérieur pour voir s'il y avait une lumière allumée à l'arrière de la maison – peut-être que Devlin travaillait dans la cuisine ou quelque chose comme ça. Mais non, l'endroit semblait désert, et quand j'essayai de sonner à la porte un moment plus tard, personne n'ouvrit.

Je m'éloignai de l'entrée en fronçant les sourcils. Devlin était-il sorti ?

Mais s'il était rentré puis ressorti, il aurait sûrement allumé les lumières et tiré les rideaux ? Policier typique, Devlin était paranoïaque en matière de sécurité et faisait toujours attention à laisser les lumières allumées s'il prévoyait de sortir à la nuit tombée. D'ailleurs, les rideaux n'étaient même pas tirés. Il semblait que personne ne soit revenu dans cette maison depuis que Devlin était parti ce matin-là. Et pourtant, son sergent avait l'air certain qu'il était rentré directement depuis le poste...

Je réessayai de l'appeler. À nouveau, pas de réponse. En retournant lentement à la voiture, je regardai fixement l'obscurité croissante.

Où était-il ?

Chapitre 8

Comme pour répondre à ma question, des phares apparurent soudain au coin de la route et me prirent dans leur faisceau. Je levai une main pour me protéger les yeux quand une Jaguar XK noire entra dans l'allée. C'était la voiture de Devlin. La porte du conducteur s'ouvrit et il sortit. Alors qu'il s'avançait vers moi, les lumières de la rue soulignaient son profil élégant et faisaient briller ses cheveux noirs ondulés. Je remarquai qu'il portait un costume italien bien taillé – sa tenue de travail habituelle – au lieu de quelque chose de plus décontracté... j'avais donc raison de penser qu'il n'était pas rentré du travail pour ressortir ensuite.

— Gemma !

Il y avait de la surprise et autre chose dans sa voix. Une note de consternation ?

— Salut... Je voulais te faire une surprise, dis-je.

Il se pencha pour me donner un baiser rapide.

— Tu attends depuis longtemps ?

— Non, je viens d'arriver...

J'hésitai, puis j'ajoutai avec désinvolture :

— Ton sergent m'a dit que tu étais rentré travailler chez toi.

Devlin eut un rire nonchalant.

— Oui, j'avais prévu de le faire, mais j'ai dû aller suivre quelques pistes.

— Sur le meurtre du 1er mai ?

Ses yeux bleus se détournèrent des miens.

— Non... c'est autre chose...

— Oh ? Une autre affaire de meurtre ?

— Tu sais que je ne peux pas toujours parler de mes affaires, Gemma, dit-il en se détournant rapidement et en ouvrant la porte d'entrée.

Je ne répondis pas, mais, alors que je le suivais dans la maison, je ne pouvais m'empêcher de penser que Devlin n'avait jamais hésité à partager des détails avec moi auparavant. Je savais qu'il avait confiance en ma discrétion, et par le passé, nous avions même réfléchi ensemble à ses affaires. Qu'est-ce qui avait changé ? Une pensée désagréable me vint. Peut-être que Devlin mentait et que la raison de son absence n'avait rien à voir avec le travail...

Je repoussai cette pensée et laissai Muesli sortir de sa cage. Elle gambada avec délice, refaisant connaissance avec la maison de Devlin, frottant son menton contre les coins de son canapé et les bords de ses étagères. Je suivis Devlin dans la cuisine et le regardai nous servir un verre à tous les deux. Il avait l'air fatigué. Ses cheveux noirs étaient légèrement ébouriffés et un soupçon de barbe agrémentait sa mâchoire. Il avait enlevé sa veste de costume et sa cravate, et défait les quelques boutons du haut, de sorte que sa poitrine musclée et bronzée se détachait nettement sur le coton blanc de sa chemise.

Pendant un instant, je repensai à l'époque où nous étions étudiants à l'université. Devlin ressemblait à ça après une nuit blanche pour terminer un essai avant un *tutorial.* Sauf qu'il n'avait pas l'air si préoccupé à l'époque et qu'il n'y avait pas cette expression étrange et distante dans ses yeux bleus perçants.

Je m'éclaircis la gorge.

— Hum… alors comment se passe l'enquête sur le meurtre du 1er mai ? Tu as parlé à la petite amie de Charlie Foxton hier après-midi ? Comment est-elle ?

Devlin haussa les épaules.

— À première vue, elle ressemble à n'importe quelle petite fille riche et gâtée. Son père est Vladimir Ivanovich Koskov, l'un des hommes les plus riches de Russie. Elle s'appelle Tatiana – Tatiana Vladimirovna Koskov.

— Sacrément impressionnant comme nom !

— En fait, l'un de nos agents est d'origine russe et il nous a expliqué leurs traditions pour les noms. Apparemment, tout le monde a trois noms : son prénom, son nom de famille et un deuxième prénom qui est en fait un patronyme : il est composé du nom du père et d'un suffixe, comme *-ich* pour les hommes ou *-ovna* pour les femmes. Donc si tu étais russe, tu t'appellerais Gemma Philipovna Rose. Tanya s'appelle Tatiana Vladimirovna, du nom de son père, Vladimir. Il s'appelle à son tour Vladimir Ivanovitch, comme *son* père, Ivan.

J'éclatai de rire.

— Les gens n'utilisent pas sérieusement tous ces noms ? C'est un peu long, tu ne trouves pas ?

— Je pense qu'ils s'y habituent. La plupart des Russes n'utilisent jamais leur nom complet, sauf sur les documents juridiques. Au travail et dans les situations formelles, on appelle toujours quelqu'un par son prénom et son nom patronymique. À moins que tu ne sois son patron, alors tu peux utiliser seulement son prénom. Par exemple, je pourrais appeler mon sergent par son prénom, mais il devrait m'appeler par mon prénom et mon patronyme. Confuse ?

Devlin me sourit.

— Et pour compliquer encore les choses, lorsque les Russes sont avec des amis proches et de la famille, ils n'utilisent même pas leur prénom – ils utilisent une version « courte » de leur nom, une sorte de surnom.

— Oh... comme Tanya au lieu de Tatiana.

— Oui, bien que je pense que Tanya a décidé de simplifier les choses en Angleterre et de s'appeler simplement Tanya Koskov.

— Dieu merci ! Alors, tu as pu en tirer quelque chose ?

— Hmm... Oui, elle avait des choses intéressantes à dire. Elle a notamment identifié l'arme du crime comme appartenant à la *scout* de Foxton et a suggéré qu'*elle* pourrait avoir quelque chose à voir avec le meurtre.

— C'est ridicule ! dis-je vivement. Miriam ne peut pas avoir assassiné quelqu'un !

Devlin me regarda d'un air appuyé.

— Miriam ? Tu la connais ?

Je rougis légèrement, m'en voulant d'avoir parlé trop vite.

— Oui, en fait, c'est l'amie de Dora, elle est venue au salon de thé hier après-midi. Elles travaillaient ensemble comme *scouts* au Wadsworth College, avant que Dora ne prenne sa retraite. Miriam a été transférée au Haverton College maintenant. Bref, tu sais déjà tout ça. Dora m'a dit que ton sergent a interrogé Miriam la nuit dernière.

— Oui, et je lui ai encore parlé ce matin.

— Oh ?

Je regardai Devlin avec circonspection. Je savais qu'il n'aurait pas fait l'effort d'interroger à nouveau Miriam à moins qu'elle ne soit une suspecte importante.

— Vous ne la considérez pas vraiment comme suspecte ?

— Elle n'a pas d'alibi pour le matin du meurtre. Elle nous a dit qu'elle n'était pas près du

Magdalen Bridge et pourtant, lorsque mon sergent a parlé à sa voisine – une certaine Mrs Fisk –, cette dernière dit avoir vu Miriam Hopkins sortir de chez elle vers 4 h 30 ce matin-là.

— Que faisait sa voisine debout à cette heure-là ? demandai-je, sceptique.

— Mrs Fisk souffre d'insomnie. Elle ne pouvait pas dormir, alors elle s'est levée pour se préparer une boisson lactée. La fenêtre de sa cuisine donne sur la façade et elle a distinctement vu Miriam quitter sa maison avant l'aube. Elle l'a remarqué parce que c'était inhabituel. En fait, elle s'est dit que Miriam allait probablement aux célébrations du 1er mai.

— Et tu lui as posé la question ?

— Oui, *elle* dit qu'elle n'arrivait pas à dormir non plus et qu'elle s'est levée tôt pour aller se promener au parc. Bien sûr, elle n'a vu personne là-bas, donc il n'y a personne pour corroborer ses dires.

Je haussai les épaules.

— Elle pourrait dire la vérité, non ?

— Oui, elle pourrait... mais ce que je trouve intéressant, c'est qu'elle soit restée si vague sur l'itinéraire de sa promenade, alors qu'elle était catégorique sur le fait qu'elle n'était pas à proximité du Magdalen Bridge.

— Qu'est-ce qu'il y a de si étrange à ça ? Je veux dire, c'est plus facile de savoir avec certitude que tu *n'étais pas* quelque part. C'est comme si tu n'étais pas sûr de ton gâteau préféré, mais que tu étais certain de ne pas aimer le *carrot cake.*

— Peut-être, concéda Devlin. Mais j'ai beaucoup d'expérience en matière d'interrogatoires maintenant et je peux te dire quelque chose : Miriam Hopkins a menti sur l'endroit où elle est allée ce matin-là.

Je remuai, mal à l'aise. L'idée que Miriam soit malhonnête me dérangeait. Mais je savais que Devlin était un inspecteur avisé et je faisais confiance à son instinct. S'il avait dit que Miriam mentait, alors il avait probablement raison.

— Elle n'est pas votre seule suspecte, n'est-ce pas ? dis-je. Je veux dire, et Tanya ? Elle essaie peut-être de faire de Miriam le bouc émissaire.

Devlin haussa les sourcils.

— Tu penses que c'est la fille la coupable ?

— Elle était bien placée pour le faire – elle se tenait juste à côté de la victime.

— Oui, mais ça aurait été un peu stupide, non ? De poignarder son petit ami en public en plein jour ? Si elle voulait se débarrasser de lui, il y avait sûrement d'autres moyens plus discrets de le faire.

— Oui, mais tu n'étais pas là ce matin-là. Tu ne sais pas comment c'était, Devlin. Tu dis « en public », mais en fait, ça aurait été très facile de poignarder quelqu'un dans cette foule. On était tous entassés comme des sardines ; la rue était bondée. On se tenait si près les uns des autres qu'on ne pouvait pas voir les mains des gens ou quoi que ce soit d'autre. Il n'y avait qu'une marée de têtes devant, derrière et autour de nous. Et tout le monde se bousculait et bougeait. Donc si une personne en avait poignardé une autre par-derrière, puis avait tourné les talons et s'était faufilée à travers la foule, personne ne l'aurait remarqué avant qu'il ne soit trop tard.

Je marquai une pause et réfléchis un moment, puis j'ajoutai :

— Et puis, ça pourrait être très intelligent de la part de Tanya. Une sorte de... double bluff ? Elle savait pertinemment qu'elle ne serait pas considérée comme une suspecte sérieuse, car personne ne croirait qu'elle ait pu prendre un tel risque en public. Et puis ça lui donnait une chance inespérée de se donner en spectacle – tous ces cris au bord de la rivière. Tout le monde a vu à quel point elle était bouleversée et, encore une fois, personne n'imaginerait qu'elle a tué son petit ami et fait une telle scène pour attirer l'attention sur elle... alors qu'en fait, la foule est son alibi. Je pense que cette apparence froide et ce joli visage cachent quelque chose. C'est le genre de plan alambiqué que Tanya Koskov serait assez intelligente pour élaborer.

Devlin me regarda avec curiosité.

— On dirait que tu la connais très bien et pourtant tu ne lui as même pas parlé.

Je rougis et baissai les yeux.

— Eh bien, en fait... euh... si.

— Comment ça ?

À contrecœur, je lui racontai ma « rencontre fortuite » avec Tanya et Mikhaïl cet après-midi-là.

Devlin parut ennuyé.

— Qu'est-ce qui t'a pris de l'interroger comme ça ?

— Je ne l'interrogeais pas, je faisais juste la conversation, dis-je. En plus, j'ai promis à Dora...

Je m'interrompis.

Les sourcils de Devlin se rapprochèrent.

— Promis à Dora quoi ?

— J'ai dit que je... j'allais me renseigner sur l'affaire.

— Tu veux dire que tu as promis d'aider son amie à laver son nom.

Je me sentis rougir. Devlin avait toujours été très perspicace.

— Gemma, fit-il d'un ton sévère. C'est une enquête pour meurtre. Ce n'est pas fait pour les amateurs.

— Je ne suis plus une amatrice ! dis-je avec indignation en repensant à l'éloge de Dora et en y faisant écho inconsciemment. Sur les dernières affaires de meurtre, j'ai découvert des choses auxquelles la police n'aurait même pas pensé.

Devlin fit un geste d'impatience.

— Tu as peut-être eu de la chance une ou deux fois, Gemma, mais ce n'est pas la même chose que de faire un travail d'inspecteur sérieux. Je suis sûr que je n'ai pas besoin de te rappeler qu'à force de fouiner, tu as déjà failli être blessée... voire tuée.

— Mais ce n'est pas dangereux cette fois. Je veux dire, ça n'a aucun lien personnel avec moi, et...

— C'est toujours dangereux quand il y a un meurtrier en liberté, dit Devlin. N'oublie pas que cette personne a tué quelqu'un de sang-froid *et* en plein jour, dans la foule. Ce n'est pas un simple crime domestique. C'est une personne impitoyable qui sait exactement ce qu'elle fait.

Quelque chose dans la façon dont Devlin dit ça me poussa à le regarder avec insistance.

— Comment ça, « sait exactement ce qu'elle fait » ?

Devlin hésita, comme s'il se demandait s'il devait me le dire, puis il soupira et dit :

— J'ai parlé à Jo Ling cet après-midi après qu'elle m'a envoyé le rapport d'autopsie. Elle a mentionné quelque chose de très intéressant : Charlie Foxton a été tué par un coup de couteau dans le bas du dos, mais ce n'est pas une façon facile de tuer quelqu'un. Il faut savoir exactement où poignarder, viser le foie et la rate, ainsi que la veine cave inférieure - la principale artère qui descend dans le bas du dos - afin de causer suffisamment de dégâts pour entraîner une mort rapide. Donc le meurtrier connaît bien l'anatomie humaine.

— Un médecin, par exemple ?

Devlin fit un signe de tête.

— Pourquoi pas un étudiant en médecine ? demandai-je.

Devlin m'adressa un regard d'admiration réticente.

— Tu cogites vite. Oui, un étudiant en médecine aurait les connaissances nécessaires pour le faire. Et avant que tu ne me poses la question, oui, Tanya Koskov étudie la médecine à Oxford. J'ai vérifié auprès de ses *tutors* : tous les étudiants en médecine dissèquent un cadavre en première année, ils ont donc tous une connaissance très détaillée de l'anatomie humaine. Mais…

Il se pencha en avant.

— Miriam Hopkins pourrait tout autant être dans le coup. Elle était infirmière dans un hôpital dans sa jeunesse avant de commencer à travailler comme *scout*, donc elle doit aussi avoir une excellente connaissance de l'anatomie humaine et savoir exactement comment infliger une blessure mortelle.

Je digérai l'information en silence, puis dis :

— Et le colocataire ? Damian…

— Damian Heath. Oui, il a enfin rejoint sa chambre d'étudiant la nuit dernière. Nous avions un agent en poste là-bas. Je lui ai parlé ce matin : il prétend que Tanya Koskov lui a donné une mauvaise heure de rendez-vous – exprès ! – et que c'est pour ça qu'il était en retard le 1er mai.

— Attends… Je pensais qu'il partageait une chambre avec Charlie, donc il ne se serait pas levé en même temps que son ami ?

— Charlie a passé la nuit dans la chambre de Tanya. Il semble qu'elle ait organisé une soirée costumée la veille – il est courant que les étudiants organisent de grandes fêtes la veille du 1er mai, comme tu le sais – et Charlie avait beaucoup bu, alors il a décidé de rester dans la chambre de Tanya au lieu de retourner dans sa propre chambre. Mais Damian est reparti, et il s'est donc retrouvé seul chez les garçons le 1er mai. Il prétend qu'en quittant la fête la nuit précédente, Tanya lui a dit de la retrouver avec Charlie à la porte d'entrée à 5 h 30 pour marcher ensemble jusqu'au pont – mais quand il est arrivé, ils étaient introuvables. Il a attendu pendant dix minutes, puis, voyant qu'ils n'arrivaient pas, il s'est dit qu'ils avaient dû avancer sans lui et il s'est lancé à leur poursuite. Bien sûr, il était déjà très tard et la High Street était tellement bondée qu'il n'a pas réussi à s'approcher suffisamment du pont et de la tour. Il a dû attendre que la chorale ait terminé pour pouvoir s'y rendre.

— Et en arrivant, il a découvert que son ami avait été assassiné, dis-je. Alors pourquoi s'est-il enfui ?

— Il dit qu'il a perdu la tête. Il voulait juste s'éloigner de la foule et de tout le reste.

Je fronçai les sourcils, repensant à ce que Devlin venait de me dire.

— Mais… pourquoi Tanya Koskov lui aurait-elle donné rendez-vous à la mauvaise heure ?

Les yeux bleus de Devlin croisèrent les miens.

— Damian dit que c'était pour avoir Charlie pour elle toute seule…

J'inspirai profondément.

— Donc il suspecte Tanya aussi ? Tu le crois ?

— Je ne crois personne à ce stade, dit Devlin d'un ton égal. Pour l'instant, chacun s'en tient à sa version des faits. Nous avons besoin de preuves solides si nous voulons avoir une chance de découvrir la vérité.

Chapitre 9

Nous dégustâmes un risotto aux champignons accompagné d'un verre de vin rouge, puis nous fîmes la vaisselle ensemble dans la cuisine. Devlin semblait être d'humeur espiègle, me taquinant et venant derrière moi pour glisser un bras autour de ma taille et me voler un baiser alors que je me tenais devant l'évier. Il régnait une atmosphère agréable et confortable, comme à l'époque où je vivais là. J'eus honte de mes soupçons initiaux et je me reprochai ma paranoïa stupide.

Mais lorsque je m'effondrai sur le canapé du salon et que je dis en prenant la télécommande : « Je me demande s'il y a de bons films à la télé ce soir... », Devlin grimaça.

Il se frotta la nuque et dit :

— Ne prends pas trop tes aises, Gemma, je dois me lever très tôt demain matin.

— Oh, d'accord.

Je lui adressai un sourire entendu.

— Ça ne me dérange pas de me coucher tôt. J'ai mon sac de voyage avec moi. Je vais aller le chercher dans la voiture...

J'allais me lever du canapé quand Devlin tendit une main pour m'arrêter.

— Non, en fait, Gemma...

Il marqua une pause maladroite.

— Ce n'est probablement pas une bonne idée. Comme je te l'ai dit, je dois me lever très tôt...

— Ne t'inquiète pas, tu ne me dérangeras pas. Tu sais comment je suis le matin. Tu as pratiquement besoin de me tirer du lit.

J'éclatai de rire.

Devlin semblait mal à l'aise, ses yeux bleus refusant de croiser les miens.

— Oui... mais tu ne dors probablement pas aussi bien ici que dans ton propre lit. En plus, tu devrais te lever encore plus tôt que d'habitude pour retourner chez toi déposer Muesli et te changer pour le travail. Et surtout après t'être levée si tôt le 1er mai et avoir enchaîné sur ta journée au salon de thé... tu es probablement crevée. Ce serait mieux pour toi de rester chez toi, où tu pourras te détendre et rattraper ton sommeil correctement. De toute façon, je... je ne serai probablement pas de très bonne compagnie. Je suis tellement fatigué que je pense que je vais m'effondrer.

Je le fixai et réalisai que Devlin ne voulait pas que je passe la nuit chez lui. Je ressentis un frisson de doute. Pourquoi ne voulait-il pas de moi ? Nous étions en effet fatigués et probablement en manque de sommeil – et une longue journée de travail nous attendait le lendemain –, mais cela ne l'avait jamais empêché de vouloir que je passe la nuit avec lui.

— D'accord… dis-je lentement. Je suppose que tu as raison. De toute façon, je dois déposer la voiture chez mes parents et récupérer mon vélo que j'ai laissé là-bas. Ce sera beaucoup plus facile de le faire demain matin en quittant le cottage.

— Oui, dit Devlin, l'air soulagé. Et tu as Muesli aussi.

Il avait raison. Je savais qu'il y avait des raisons pratiques pour que je ne reste pas pour la nuit. Et pourtant…

Je m'efforçai de ne pas y penser. Au lieu de cela, je rassemblai mes affaires et me préparai à partir. Muesli n'était pas contente d'être dérangée. Elle avait adopté une position confortable sur le canapé. Elle était couchée sur le dos, avec ses petites pattes avant repliées contre sa poitrine et son ventre exposé. Elle avait les yeux fermés, le menton relevé, et elle était l'image même de la détente et du contentement. Je vis Devlin grimacer légèrement quand il s'approcha et toucha doucement sa tête pour la réveiller.

— *Mmm…miaou ?*

Elle remua, ensommeillée, et ouvrit un œil vert pour nous regarder.

— Allez, Muesli, il est temps de rentrer à la maison… dit Devlin.

— *Miaouuu !*

Muesli s'assit et bâilla, l'air contrariée.

Devlin s'approcha doucement pour la prendre, mais elle émit un bruit irrité et sauta du canapé en trottinant. Elle bondit sur le meuble télé et grimpa sur l'étagère supérieure, se retournant et nous présentant ses fesses.

Devlin avait l'air embarrassé, et je devais admettre que j'étais secrètement ravie que Muesli lui donne du fil à retordre. Au moins, elle se vengeait un peu pour moi ! Je reculai et masquai un sourire en regardant Devlin essayer d'expliquer à Muesli pourquoi elle ne pouvait pas passer la nuit lovée dans sa position favorite sur son canapé.

— Muesli, descends maintenant… Allez, chaton, la supplia Devlin.

La petite chatte l'ignora.

Devlin essaya de l'atteindre, mais elle était trop haut.

— *Muesli !* Descends de là ! dit Devlin, essayant de paraître sévère et autoritaire.

Le ton de l'inspecteur Devlin O'Connor faisait abdiquer jusqu'aux criminels les plus endurcis, mais ma petite chatte fit juste onduler la fourrure de son dos, comme si elle chassait une mouche gênante, et ne tourna même pas la tête pour le regarder.

Devlin poussa un soupir exaspéré, puis saisit une des chaises de la salle à manger et grimpa dessus pour être à sa hauteur. Je me dis que Muesli allait attendre qu'il soit presque à son niveau avant de sauter sur l'étagère d'à côté – c'était exactement le genre de choses sournoises qu'elle aimait faire –, mais Devlin fut trop rapide pour elle. Il l'attrapa au moment où elle essayait de s'enfuir en se tortillant et la remit par terre.

— *Miaou !* cria-t-elle d'un air irascible alors qu'on la descendait doucement dans la cage à chat.

— Désolé, petit chat, dit Devlin en passant un doigt à travers les barreaux de la cage pour essayer de lui gratter le menton.

Muesli renifla et détourna la tête, aplatissant ses oreilles. Elle ne lui pardonnerait pas si facilement.

Devlin eut à nouveau l'air embarrassé et se racla la gorge.

— Euh… bien, conduis prudemment, Gemma… et dors bien.

Je ne dis rien, pris la cage du chat et me dirigeai vers la porte d'entrée. Devlin me suivit jusqu'à la voiture et me donna un baiser rapide avant que je grimpe dedans. En conduisant, je repensai à ce baiser. Je ne me souvenais pas de la dernière fois où Devlin m'avait donné un vrai baiser, un baiser à me faire tourner la tête et frissonner. Ce baiser avait été comme tout ce que Devlin avait fait dernièrement : rapide, précipité, et préoccupé, comme si son esprit était ailleurs.

Ou... pensai-je mal à l'aise, *que son esprit était avec quelqu'un d'autre.*

⁂

— Ce n'est qu'un ramassis de mensonges !

Je regardai Dora, stupéfaite. Je venais d'entrer dans la cuisine du salon de thé le lendemain matin et je l'avais trouvée en train de frapper une pâte sur la table en bois avec une telle force que j'avais été surprise que la table n'explose pas.

— Qu'est-ce qu'il y a ? demandai-je.

Elle me regarda, en colère.

— Ces vieilles commères du village ! Elles n'ont rien de mieux à faire que de raconter des histoires désagréables sur les gens ! Comment osent-elles dire ça de Miriam ? Elles ne savent rien d'elle et pourtant elles répandent des rumeurs si malveillantes...

— Que disent-elles ?

— Elles disent que Miriam a tué Charlie Foxton pour l'argent.

— Quoi ? Mais ça n'a aucun sens – pourquoi aurait-elle gagné de l'argent à sa mort ?

Dora sembla légèrement mal à l'aise.

— Apparemment, Charlie lui a laissé de l'argent dans son testament. Une sacrée somme d'argent.

— Oh.

Je ne pus cacher ma surprise.

— C'est assez… inhabituel, non ?

Elle haussa les épaules.

— C'était son argent. Il faisait ce qu'il voulait avec. Il avait plus de 18 ans. Et il voyait Miriam comme une seconde mère, je crois. Il savait qu'elle vivait dans un foyer modeste, alors il voulait s'assurer de subvenir à ses besoins. Je trouve que c'était une belle intention – pas besoin d'y ajouter de la laideur !

— Non, non, bien sûr que non, dis-je précipitamment. Mais vous devez admettre que ça lui donne un mobile, d'autant plus que Miriam avait des difficultés financières, n'est-ce pas ? Je veux dire, elle avait l'air assez désespérée ce soir-là quand je l'ai vue… et avec son fils qui lui demande de l'argent… et sa mère qui a besoin d'être placée dans une maison de retraite spéciale…

Je jetai un regard en coin à Dora.

— Avec tout cet argent, Miriam pourrait déplacer sa mère dans cette maison privée spécialisée dans les soins aux patients atteints de démence, n'est-ce pas ?

— Oui, admit Dora. Et la maison de retraite où se trouve actuellement la mère de Miriam a dit qu'elle ne pouvait plus y rester. C'est la raison pour laquelle ils l'ont convoquée vendredi soir. La directrice a dit que Miriam devait trouver un autre endroit pour sa mère.

Elle se renfrogna.

— Mais ça ne veut pas dire que Miriam aurait tué Charlie juste pour son argent !

— Dora…

Je m'éclaircis la gorge.

— Hum… êtes-vous absolument certaine que Miriam vous dit la vérité sur tout ?

— Bien sûr que oui ! s'offusqua-t-elle. Miriam ne me mentirait pas !

— C'est juste que… j'ai parlé à Devlin de l'affaire hier soir et il m'a dit qu'il avait interrogé Miriam sur ses mouvements du 1er mai.

— Et alors ?

Dora me regardait d'un air belliqueux.

— Miriam a dit qu'elle n'était pas à proximité du Magdalen Bridge.

— Oui, sauf que Devlin est sûr qu'elle mentait.

— Grâce à quoi ?

— Eh bien… son instinct et son expérience d'inspecteur, je suppose.

— Son instinct est faux ! lâcha Dora. Je connais Miriam. C'est mon amie depuis plus de vingt ans maintenant et il n'existe pas de femme plus décente, honnête et gentille que Miriam Hopkins. La voir entraînée dans cette situation maintenant à cause de quelques malheureuses coïncidences…

— Mais c'est justement ça, Dora, protestai-je. Il semble y avoir *trop de* coïncidences. Je veux dire, c'est sa brochette de barbecue qui a été utilisée comme arme du crime. Et maintenant, il semble qu'elle ait un mobile… et elle ne peut pas expliquer pourquoi elle a quitté son domicile si tôt le 1er mai ni prouver où elle est allée.

— Elle est allée se promener. Ce n'est pas un crime, n'est-ce pas ? grogna Dora.

— Non, mais, vous devez admettre que ça rend les choses très suspectes. Vous ne pouvez pas reprocher à la police de la traiter comme telle, dis-je doucement.

La bouche de Dora adopta la forme d'une ligne mutine.

— Je me fiche des apparences, je sais que Miriam ne peut pas avoir tué quelqu'un. Surtout pas le garçon qu'elle aimait tant et qu'elle traitait pratiquement comme un second fils.

Elle prit le rouleau à pâtisserie et l'agita de manière menaçante.

— C'est ridicule de penser qu'elle a pu lui faire du mal !

— Très bien, très bien...

Je levai les mains en signe d'apaisement.

— J'essaie juste d'envisager la situation sous tous les angles. Nous ne pourrons aider Miriam que si nous savons à quoi elle est confrontée.

Le visage de Dora s'adoucit et elle sembla contrite.

— Je suis désolée, Gemma. C'était injuste de ma part de m'en prendre à vous. Mais vous devez me croire : Miriam est innocente ! Et avec tout le monde contre elle maintenant, vous seule pouvez l'aider. Vous *devez* trouver le vrai tueur et aider Miriam à laver son honneur !

Chapitre 10

Quand je quittai enfin la cuisine, j'étais troublée et mal à l'aise. Dora semblait penser que je pouvais tout arranger pour son amie, mais je n'avais aucune idée de la marche à suivre. Et même dans le cas contraire, l'avertissement de Devlin de ne pas m'impliquer dans l'enquête résonnait encore dans mon esprit. Je ne voulais pas laisser tomber Dora et Miriam, mais je ne voulais pas non plus contrarier Devlin. *Aaargh !* J'avais l'impression d'être coincée entre le marteau et l'enclume.

Ce fut une matinée bien remplie et je fus reconnaissante envers les vieilles chouettes d'être venues me donner un coup de main. Nous avions mis au point un arrangement officieux quelques mois plus tôt, lorsque Mabel et ses amies avaient découvert qu'elles appréciaient de pouvoir bavarder avec les clients du salon de thé – enfin, de les « servir » – et elles avaient décidé de m'aider régulièrement. Elles refusaient catégoriquement que je les paie. Je les remboursais donc du mieux que je pouvais en leur permettant de piocher allègrement dans toute la carte et, bien sûr, en les laissant utiliser le salon de thé comme une sorte de QG du troisième âge où retrouver leurs amies.

Jusqu'à présent, l'arrangement fonctionnait mieux que je n'aurais pu l'imaginer. Mabel considérait l'endroit comme « son » salon de thé, le montrant à ses amis du village et donnant des ordres à tout le monde, et les touristes semblaient penser qu'être servis par quatre petites dames aux cheveux blancs était charmant.

— J'ai reçu un appel téléphonique de l'intendant du collège au sujet de la commande d'hier, me dit Cassie pendant une brève accalmie en milieu de matinée. Il a dit que le goûter dînatoire avait remporté un franc succès et que tout le monde avait demandé d'où venaient les plats. La prochaine fois, tu devrais laisser des cartes de visite.

Je laissai échapper un gémissement.

— C'est une très bonne idée. Pourquoi n'y ai-je pas pensé plus tôt ?

— Ne t'inquiète pas, je suis sûre que ce sera la première d'une longue série de commandes, à en croire l'intendant, dit Cassie avec un sourire.

— Oh, je l'espère, dis-je avec ferveur.

— Sérieusement, Gemma, si les choses continuent comme ça, tu devrais peut-être songer à engager une autre serveuse, dit Cassie. Si les vieilles chouettes ne nous aidaient pas, on serait totalement débordées – surtout s'il faut en plus gérer régulièrement des missions de traiteur.

— Hmm, tu as raison… J'ai eu de la chance jusqu'à présent de pouvoir compter sur les vieilles chouettes, mais je suppose que je ne devrais pas trop me reposer sur elles.

— Oh, je ne pense pas qu'elles soient près de disparaître, dit Cassie en riant. Non, à moins que le CID de l'Oxfordshire ne leur offre un emploi ! Tu aurais dû entendre Mabel ce matin – elle était en grande forme juste avant ton arrivée. On aurait dit qu'elle donnait une conférence de presse sur le meurtre du 1er mai.

Je fis la grimace.

— Je suppose qu'elle a entendu les ragots du village. Miriam Hopkins figure sur le testament de Charlie Foxton.

Cassie acquiesça.

— C'est elle qui l'a dit à Dora. Elle a entendu tout le monde en parler à la poste du village ce matin et s'est précipitée ici pour nous le dire.

— Et il n'y a aucun doute là-dessus ?

— Je suppose que tu devrais vérifier avec Devlin juste pour être sûre. D'autres théories farfelues ont circulé, alors peut-être que ce n'est qu'une rumeur…

mais j'ai eu l'impression que c'était réel.

— Quelles autres théories ? demandai-je.

Cassie éclata de rire.

— Oh, des trucs idiots. La théorie plus farfelue est que Miriam Hopkins aurait assassiné Charlie pour des motifs religieux !

Je secouai la tête, incrédule.

— Où les gens trouvent-ils ces idées ?

Puis je dégrisai.

— Je m'interroge quand même sur le mobile…

Cassie arrêta de rire et me regarda fixement.

— Tu ne prends pas cette suggestion au sérieux ?

— Non, non, pas le fait que Miriam soit une meurtrière – bien sûr que non ! Mais il y a bien quelque chose…

Je fronçai les sourcils dans un effort pour me souvenir.

— Ce matin-là, après les célébrations du 1er mai, tout le monde discutait du meurtre au salon de thé, et j'ai entendu un groupe de routards australiens en parler. L'un d'eux se tenait apparemment sur le pont à côté de Charlie Foxton, et il a dit avoir entendu quelqu'un crier juste avant que Charlie ne passe par-dessus le pont.

Cassie me regarda, perplexe.

— Et ?

— Et… et si c'était le *meurtrier* qu'il avait entendu crier ?

— Et il aurait dit quoi ? « Meurs, victime ! » en plantant Charlie ? demanda Cassie en gloussant.

Je lui adressai un regard lourd de reproches.

— Non, mais c'était bizarre.

— Qu'a-t-il entendu ?

Je fermai les yeux brièvement, puis récitai lentement : « Né tôt chez l'évêque »... Oui, c'est ce qu'il dit avoir entendu. Un cri comme « Argh ! » et ensuite « Né tôt chez l'évêque ».

— *Né tôt chez l'évêque ?*

Cassie fronça les sourcils.

— Tu penses qu'il parlait d'un évêque ? Comme le responsable religieux ?

— Oui, c'est ce que j'ai pensé – c'est pour ça que je me suis demandé s'il pouvait y avoir une sorte de mobile religieux.

— Charlie Foxton aurait eu des convictions religieuses radicales ? demanda Cassie, sceptique.

— Je ne crois pas. Je vais devoir vérifier avec Devlin, mais il n'a rien mentionné. Je suis sûre que la police s'y est intéressée en vérifiant ses antécédents, et si Charlie avait été impliqué dans des groupes religieux radicaux, Devlin l'aurait mentionné. Mais...

Nous fûmes interrompues par le carillon des clochettes de la porte d'entrée et nous vîmes trois personnes entrer dans le salon de thé. Mes yeux s'écarquillèrent de surprise lorsque je reconnus mes parents. Ils étaient accompagnés d'un homme âgé à la barbe et aux sourcils touffus.

— Ma chérie !

Ma mère se précipita vers moi. Je réalisai

lorsqu'elle s'approcha qu'elle tenait quelque chose et mon cœur se serra quand je vis ce que c'était. Une autre plante à l'aspect bizarre. Celle-ci avait de longues feuilles vertes en forme de lames d'épée et une étrange chose orange hérissée au centre qui ressemblait à un ananas chétif.

— Qu'est-ce que c'est que *ça* ? demandai-je.

— C'est un bromélia, ma chérie ! dit ma mère, radieuse. Une plante merveilleuse pour maintenir l'humidité ambiante. Et, contrairement aux autres plantes d'intérieur, elle *libère de* l'oxygène pendant la nuit. De cette manière, combinée aux autres plantes du cottage, tu auras une purification de l'air 24 heures sur 24 !

À ce rythme, j'allais aussi faire des cauchemars 24 heures sur 24 à cause de toutes les plantes effrayantes avec lesquelles je vivais. J'acceptai tout de même le bromélia hérissé d'épines avec toute la bonne grâce dont j'étais capable et je le rangeai à la hâte derrière le comptoir. Puis je me retournai pour regarder leur invité d'un air interrogateur.

Ma mère agita la main.

— Voici le professeur Obruchev, ma chérie – tu te souviens que je t'ai dit qu'il venait me rendre visite ? Nous l'avons emmené faire un petit tour dans les Cotswolds et nous nous sommes dit que nous devions absolument nous arrêter ici pour prendre le thé !

Le vieil homme s'avança, les deux mains tendues, le visage rayonnant sous ses moustaches.

— Ah ! C'est un réel plaisir de rencontrer la merveilleuse fille de mon collègue !

J'étouffai un rire devant ses manières galantes et démodées. C'était un homme aux épaules voûtées, avec des yeux bruns scintillants sous des sourcils épais et une barbe touffue qui cachait la moitié de son visage. Il était habillé comme s'il sortait d'un drame d'époque. Il portait un costume trois-pièces d'un brun délavé, avec une cravate tachetée et des brogues vintage. Le tout assorti d'un accent russe prononcé. En fait, il me rappelait un autre érudit russe que j'avais rencontré récemment : l'ami de Tanya, le pompeux et belliqueux Mikhaïl. Le professeur Obruchev était beaucoup plus âgé que lui et, en plus, il avait une attitude joyeuse et souriante qui contrastait radicalement avec l'universitaire russe grincheux.

Il tapa des mains en regardant le salon de thé et dit avec enthousiasme :

— Vos parents m'ont dit que vous serviez un petit-déjeuner anglais traditionnel. J'ai déjà pris un thé à mon hôtel, mais ils m'ont assuré que ça n'aurait rien à voir !

Je souris. Son exubérance était contagieuse et semblait remonter le moral de tout le salon. Je vis Cassie glousser derrière le comptoir et plusieurs clients regarder en souriant pendant que je le conduisais avec mes parents à une table près des fenêtres. Ils s'assirent et le professeur Obruchev parcourut le menu avec grand intérêt, poussant de petites exclamations.

— Ah ! Les fameux scones ! J'en ai beaucoup entendu parler... et les *crumpets* aussi... oui, oui... et le *Victoria sponge cake* – c'est un gâteau anglais fait pour la reine, non ? Ah, et je connais le cheesecake – en Russie, j'en mange, mais c'est différent. On l'appelle *zapekanka.* On le prépare avec du fromage fermier et des raisins secs, et on le mange au petit-déjeuner.

— Du cheesecake au petit-déjeuner ? Juste ciel ! dit ma mère.

— C'est très sain, je vous l'assure ! déclara le professeur Obruchev.

Puis il ajusta ses lunettes et regarda le menu.

— Mais ça... je ne comprends pas... *finger sandwiches...* des sandwichs aux *doigts ?* C'est impossible ! Je n'ai jamais entendu dire que les Anglais... mangeaient des *doigts* ?

J'éclatai de rire.

— C'est juste un nom – parce que les sandwichs sont découpés en petits segments rectangulaires appelés *fingers.* Ce sont des mets très délicats. On les mange généralement en guise d'en-cas léger avec l'*afternoon tea* et ils contiennent des choses comme du concombre et du beurre, ou des œufs et du cresson, ou du saumon fumé et du fromage frais. Mais pas de doigts, ne vous inquiétez pas !

— Et vous les mangez lors de l'*afternoon tea* ?

— Eh bien, oui, traditionnellement, on les mangeait vers quatre heures de l'après-midi. Mais comme vous pouvez le voir sur le menu, on les propose désormais toute la journée. De toute façon, les gens ne prennent plus seulement le « thé » l'après-midi, le *morning tea* est également très populaire. Il se déroule généralement vers 10 h 30 - 11 heures. En fait, là où il existe la « pause-café », certaines personnes l'appellent la « pause-thé ». C'est le moment où les gens arrêtent généralement de travailler et font une petite pause entre le petit-déjeuner et le déjeuner.

— C'est une tradition délicieuse ! Mais je pense que je vais laisser *madame* commander pour moi, dit le professeur Obruchev en faisant une petite révérence à ma mère. Il y a trop de choix ! Tout m'a l'air délicieux. Vous savez, en Russie, nous aimons aussi le thé et nous avons beaucoup de gâteaux et de biscuits.

— Vous faites votre thé un peu différemment, n'est-ce pas ? dis-je. Dans un samovar ?

Il s'illumina.

— Oui ! C'est ça, dans un samovar ; c'est un récipient en métal qui sert à faire bouillir l'eau pour le thé. Nous en avons en bronze et en cuivre, avec de belles gravures – ce sont des antiquités ! Le samovar est très important, car, voyez-vous, nous faisons notre thé différemment. Il y a deux étapes : d'abord nous préparons du thé avec des feuilles sèches dans une petite théière, puis chaque personne en prend un peu dans une tasse et ajoute de l'eau chaude pour le diluer à sa convenance.

— C'est une très bonne idée, dis-je. Comme ça, chacun peut avoir le thé qu'il aime et vous n'avez jamais à vous inquiéter qu'il soit trop fort ou pas assez.

Il hocha la tête avec enthousiasme.

— Oui ! Oui ! C'est exactement ça ! Mais je suis ravi de goûter le thé à l'anglaise.

— C'est dommage que vous ne soyez pas arrivé quelques jours plus tôt, professeur Obruchev, dit ma mère. Vous auriez pu participer à une autre vieille tradition anglaise : la célébration du 1er mai.

— Ah ! J'en ai entendu parler – c'est un grand événement à Oxford chaque année, n'est-ce pas ? Mais il y a eu un problème cette année, non ? demanda le vieux professeur russe en fronçant les sourcils. Ils en parlaient à mon hôtel. La mort d'un étudiant… l'accident du pont ?

— Ce n'est pas un accident, dit mon père. C'était un meurtre.

— Un *meurtre ?*

Le professeur le regarda fixement.

— *O bozhe !* Vraiment ? Mais pourquoi ? Qui voudrait faire ça ?

— Les journaux ont avancé plusieurs théories, expliqua mon père. La police mène l'enquête et elle a plusieurs suspects. Le colocataire de la victime… sa *scout* au collège…

— Et sa petite amie, ajouta ma mère. Bien que j'aie vu une photo d'elle dans un des journaux et, je dois dire, je ne peux pas croire qu'elle puisse être une meurtrière ! Une si jolie fille ! Et elle vient d'une très bonne famille : c'est la fille du milliardaire russe, Vladimir Ivanovitch Koskov, je crois, et...

— Excusez-moi, l'interrompit le professeur Obruchev. Vous avez dit Vladimir Ivanovitch Koskov ? Mais je le connais ! Nous étions dans la même université. Il est plus jeune que moi, mais nous avons fait nos études supérieures ensemble et nous avons passé beaucoup de temps à boire et à discuter dans les bars étudiants.

— Je ne savais pas que vous étiez ami avec Mr Koskov, dit ma mère, l'air impressionné.

Le professeur eut un geste d'autodérision.

— Nous ne sommes peut-être pas amis au sens où vous l'entendez. Nous n'évoluons pas dans le même cercle social, Vladimir et moi. Il a beaucoup changé depuis nos études, c'est un homme très important maintenant. Mais nous sommes restés en contact et de temps en temps, quand il a besoin de parler et d'être écouté, il vient me voir et nous allons boire un verre comme au bon vieux temps.

— Avez-vous déjà rencontré sa fille ? demandai-je.

— La petite Tatiana ? Oui, plusieurs fois. Je l'ai vue grandir. Elle est aussi belle que sa mère. Yulia était mannequin en Russie, mais elle est morte jeune. Cancer du sein.

Le professeur Obruchev secoua la tête avec tristesse.

— Mr Koskov s'est-il remarié ? demanda ma mère.

Le professeur Obruchev secoua la tête.

— Il a des amies, bien sûr, mais elles ne restent pas longtemps. Le cœur de Vladimir appartenait à Yulia. Maintenant, il se consacre tout entier à son entreprise et à Tatiana. C'est sa fille unique, voyez-vous, et son plus grand trésor. Elle a tout ce qu'elle veut ! Il n'y a rien que son *papa* ne ferait pas pour elle.

Il sourit.

— Mais je n'avais pas réalisé qu'elle était à Oxford ! En effet, je n'ai pas parlé à Vladimir depuis longtemps – plus d'un an maintenant. Je suis très heureux d'apprendre que Tatiana est ici. Elle est intelligente, celle-là. Depuis toute petite. Comment dit-on déjà ? Elle mène son *papa* à la fourchette ?

— À la baguette, corrigea ma mère en riant. Tanya Koskov semble être une sacrée jeune femme.

Le professeur hocha vivement la tête.

— Comme sa *maman*. Elle a le même caractère ! C'est une vraie tigresse ! Il vaut mieux éviter de la mettre en colère ; une fois, quand elle était plus jeune et qu'elle marchait sur les pas de sa mère, elle est allée passer une audition pour devenir mannequin. Il y avait cette autre fille… et il y a eu du grabuge… La petite Tatiana – Oy*!* –… elle s'est mise en colère ! Elle a attaqué la fille avec un couteau !

Je restai bouche bée.

— Elle a attaqué la fille ?

Le professeur haussa les épaules.

— C'était par pure provocation, je pense. La fille a fait des commentaires désagréables sur Yulia, la *maman* de Tatiana... alors Tatiana a pris le couteau du plateau à fromage et elle a poignardé la fille.

— Oh mon Dieu ! s'exclama ma mère. Et ensuite ?

Le professeur Obruchev haussa de nouveau les épaules.

— Ils ont emmené la fille à l'hôpital – c'était une vilaine entaille. Mais elle s'en est sortie. Ses parents étaient en colère, mais il n'y avait rien à faire. C'était la fille de Vladimir Ivanovich Koskov. Il leur a donné de l'argent et... ils n'ont pas appelé la police. Après un certain temps, tout le monde a oublié.

— Eh bien, je trouve que c'est tout à fait répréhensible ! dit ma mère d'un air désapprobateur.

— Vous ne vous rendez pas compte de ce que Vladimir serait prêt à faire pour sa Tatiana, pour la protéger... soupira le professeur. C'est malheureux, peut-être. Cela a fait d'elle une *printsessa* – une princesse, je crois que vous dites en anglais. Tatiana a toujours ce qu'elle veut.

— La police britannique ne lui réservera certainement pas un traitement de faveur, dit ma mère avec fermeté. Dans ce pays, elle sera traitée comme tout le monde !

— Les riches sont toujours traités différemment, ma chère, quel que soit le pays, dit mon père avec un doux cynisme.

La discussion revint au sujet de l'*afternoon tea* et

je quittai finalement la table avec une *énorme* commande. Malgré sa volonté initiale de laisser ma mère choisir pour lui, le professeur Obruchev n'avait pas pu s'empêcher d'ajouter lui-même plusieurs choses à la liste. En retournant lentement vers le comptoir pour transmettre la commande, je réfléchis à ce que j'avais appris. Ainsi donc, Tanya Koskov avait un passé d'agression et de voies de fait... Très intéressant...

Chapitre 11

Cassie leva la tête quand je la rejoignis au comptoir et ses yeux s'agrandirent quand elle vit la commande.

— Bon sang ! C'est une commande pour une énorme fête d'anniversaire ?

— Non, juste un énorme appétit, dis-je en riant. C'est pour mes parents et leur invité, un professeur russe qui visite Oxford.

Je désignai la table près de la fenêtre.

— Il n'a jamais pris de véritable *English afternoon tea* et il veut tout essayer.

— Formidable, dit Cassie. Tout ce qu'il nous faut, c'est un client comme lui tous les matins et tu gagnerais assez pour prendre le reste de la journée !

Elle marqua une pause, pensive, puis ajouta :

— Tu sais ce que tu devrais faire, Gemma ? Miser

à fond sur l'*English afternoon tea*. Je veux dire, les touristes viennent ici parce qu'ils veulent une expérience authentique, non ? Tu devrais leur proposer un ensemble de menus : un menu complet avec une variété de gâteaux et de scones, et facturer l'ensemble. Comme ça, tu obtiendrais une grosse commande et les touristes apprécieraient. La moitié d'entre eux me demandent toujours quoi commander. Ils ne connaissent pas les pâtisseries britanniques et ne savent pas quelle est la différence entre une tarte Bakewell et un pudding Bakewell. Ils ignorent que nos muffins ne sont pas vraiment des muffins – ou ce qu'ils considèrent comme des cupcakes –, mais un type de pain plat, rond et grillé… Je suis sûre qu'ils adoreraient qu'on leur prépare une sélection d'assortiments pour le thé. Tu pourrais même créer différents menus : un menu « Cream Tea » composé uniquement de scones avec de la confiture et de la *clotted cream*, ou un menu « Savoury & Sweet » qui pourrait comprendre des sandwichs, des gâteaux et des brioches…

Je sentis un sourire se dessiner sur mon visage en écoutant les suggestions de Cassie.

— C'est une idée fantastique, Cass. Tu sais, lorsque j'ai livré ce collège, j'ai admiré tous ces jolis présentoirs à gâteaux à trois étages de l'intendant – ça mettait vraiment en valeur les pâtisseries.

— Oui, c'est exactement ce que je veux dire ! dit Cassie, encore plus enthousiaste. Il faut tout miser sur l'expérience de l'*English afternoon tea*. Ce n'est pas difficile – il suffit de quelques accessoires –, mais les touristes adoreraient ça et je parie que tu pourrais faire payer un supplément.

— Mais attends... Et les habitants du village ? dis-je. Ils disent toujours qu'ils aiment le style simple et rustique de mon salon de thé. Ils ne vont pas apprécier que leurs gâteaux et leurs scones soient présentés sur un plateau d'argent à plusieurs étages – ils vont penser que c'est un ramassis de bêtises pour les touristes de Londres !

— Dans ce cas, tu peux proposer les deux ! Si les locaux veulent simplement prendre leur tasse de thé avec une part de gâteau sur une vieille assiette ébréchée, c'est possible, dit Cassie avec un sourire. Mais rien ne t'empêche d'offrir l'expérience complète aux touristes, avec tous les accessoires de luxe. Fais-moi confiance, Gemma, ce sera formidable ! Et je pourrais concevoir les menus, dit Cassie, les yeux brillants. Je ferai quelques aquarelles d'une théière et de tasses, peut-être de gâteaux et de fleurs – on pourrait les imprimer dans le coin inférieur... et puis le nom du menu dans une belle calligraphie à l'ancienne en haut... et ensuite une liste de tous les aliments inclus, ainsi que le choix de thés. Et on pourrait avoir une version en ligne... Je n'ai pas arrêté de te dire de t'occuper du site web du salon de thé, Gemma, tu t'es penchée dessus ?

Je lui adressai un regard penaud.

— Non, désolée, c'est sur ma liste, mais j'ai été trop occupée ces derniers temps.

Cassie poussa un soupir exaspéré.

— Gemma ! Comment peux-tu espérer faire des affaires au XXIe siècle sans site web ? Les gens doivent savoir où nous trouver, connaître nos horaires d'ouverture, le genre de choses que nous servons, l'histoire du lieu... Tu pourrais prendre de superbes photos artistiques du salon de thé et les mettre dans une galerie sur le site web.

Elle fit un geste dans la pièce, indiquant la cheminée et les poutres en bois foncé pittoresques au plafond.

— Cet endroit ! C'est l'incarnation même du charme anglais de l'Ancien Monde. Tu sais combien les touristes étrangers aiment ce genre de choses ! Tu *dois* l'exploiter davantage.

— Oui, je sais – tu as raison. Je suis désolée, je vais m'en occuper... je te le promets.

— Non, tu ne le feras pas, dit Cassie avec cynisme. Écoute, tu sais quoi ? *Je* vais le faire. Si ça ne te dérange pas de me laisser m'en occuper, je vais créer un site web et concevoir les pages... et je vais demander à mon frère, Liam, de venir prendre des photos du salon de thé. Il est doué et je sais qu'il adorerait ce projet. Ce serait génial pour son portfolio.

Je la pris dans mes bras, mue par une impulsion soudaine.

— Merci beaucoup, Cassie ! C'est d'accord, je m'en remets à toi, mais... à une condition.

— Laquelle ?

— Je veux te payer des honoraires.

Cassie fronça les sourcils.

— Ne sois pas bête, Gemma...

— Je suis sérieuse, insistai-je. Si j'engageais un concepteur de site web professionnel, je paierais de toute façon des frais énormes. Vois ça comme une commande, Cassie. Si quelqu'un te demandait de lui faire un portrait, tu ne le ferais pas gratuitement, n'est-ce pas ? Ça va prendre sur ton temps libre, donc je veux te payer.

— Bon... d'accord... dit Cassie à contrecœur.

J'avais le sentiment que, le moment venu, elle insisterait probablement pour me faire payer un « tarif réduit » – c'était le genre d'amie généreuse qu'était Cassie –, mais c'était déjà ça.

— Un site web faciliterait aussi toutes les commandes de traiteur, poursuivit Cassie avec enthousiasme. Je pourrais mettre en place un formulaire en ligne que les gens pourraient remplir en indiquant leurs besoins, pour qu'on ait toutes les informations nécessaires dès le début au lieu de multiplier les coups de fil et les messages après coup. Ça nous permettra de gagner du temps, de paraître plus professionnelles *et* de promouvoir nos offres du mois...

— Tu es sûre que tu veux être une artiste ? dis-je à Cassie en plaisantant. Tu ferais une brillante carrière en tant que responsable marketing dans une entreprise de premier plan.

Cassie fit la grimace.

— Moi ? Me lancer dans le nid de frelons de l'entreprise ? Jamais !

⁂

Je venais juste de tourner la pancarte de mon salon de thé sur « FERMÉ » et je rangeais le comptoir lorsque les vieilles chouettes s'approchèrent de moi, les yeux brillants.

— Es-tu prête, très chère ? demanda Mabel.

Je la regardai sans comprendre.

— Prête ? Pour quoi ?

— Pour aller au Haverton College, bien sûr ! dit-elle. Nous allons parler aux étudiants là-bas.

— Pour enquêter sur le meurtre, ajouta Glenda, les yeux pétillants.

Elle montra un sac en plastique.

— Et nous avons prévu des déguisements !

— Des déguisements ?

Je la regardai, abasourdie.

Sous mes yeux, Glenda sortit quatre tabliers à froufrous du sac, tandis qu'Ethel disait, avec un frisson d'excitation :

— Nous allons porter ça et faire semblant d'être des *scouts* !

— Euh… vous ne pensez pas que vous avez l'air trop… hum… eh bien, *matures* pour être des *scouts* ? demandai-je.

— On ne me donnerait plus de 69 ans, dit Glenda en secouant la tête et en se tapotant les cheveux.

Elle venait manifestement d'avoir le droit à un shampoing bleu particulièrement puissant et ses cheveux avaient l'air presque turquoise.

— Ne t'inquiète pas, personne ne se doutera de rien, d'autant plus que nous avons des accessoires ! dit Florence en sortant d'autres choses du sac.

Elle brandit un vaporisateur en plastique et un énorme plumeau aux couleurs de l'arc-en-ciel devant moi.

J'éternuai violemment.

— Euh… je ne pense pas que ça va marcher, dis-je en me frottant le nez.

— N'importe quoi ! Les jeunes d'aujourd'hui… vous n'avez aucune imagination ! dit Mabel en pinçant les lèvres.

— Ne t'inquiète pas, Gemma, nous ne t'avons pas oubliée. Nous sommes allés au magasin de seconde main à Oxford et voilà pour toi. Tu seras déguisée en étudiante.

Je baissai les yeux avec consternation sur la pile de vêtements qu'Ethel m'avait mise entre les mains. Il y avait un jean délavé avec des déchirures aux genoux, un T-shirt large et une sorte de haut étrange qui ressemblait à un croisement entre un poncho et un rideau de douche. Je réprimai un frisson. Est-ce que j'avais vraiment des goûts vestimentaires si terribles quand j'étais étudiante ?

— Et je t'ai aussi acheté une paire de lunettes,

ajouta Ethel en montrant des lunettes à monture épaisse qui auraient fait la fierté de Véra dans *Scooby-Doo.*

— Mais tu vas devoir faire quelque chose pour ton visage, dit Mabel en m'examinant d'un œil critique. Il faut que tu te métamorphoses ! Mets un peu de couleur sur tes joues, pour avoir l'air jeune et épanouie.

Merci, pensai-je. *Mon moi normal est donc pâle, vieux et hagard.*

— Voudrais-tu un coup de main, très chère ? fit Glenda avec enthousiasme en sortant un poudrier de son sac à main. J'ai du fard à joues. Je peux appliquer un peu de rose...

— Euh... non merci, dis-je à la hâte en faisant un pas en arrière.

À en juger par l'éclat rose vif de ses joues, l'idée que Glenda se faisait « d'un peu de rose » me ferait probablement ressembler à un clown fiévreux.

— Dépêche-toi de te changer, très chère, nous n'avons pas toute la journée, dit Mabel en faisant un geste impatient de ses mains.

J'hésitai. J'étais sur le point de leur dire que c'était une idée ridicule et que c'était hors de question – et de leur répéter la leçon que Devlin m'avait faite sur les amateurs qui se mêlaient des enquêtes de meurtre. Mais à ma grande surprise, ce qui sortit de ma bouche fut :

— Très bien – donnez-moi cinq minutes.

Alors que je luttais pour me changer dans les

toilettes du salon de thé, je me demandai pourquoi je suivais le plan ridicule des vieilles chouettes. D'accord, je devais admettre que *j'avais* peut-être envie d'aller au Haverton College pour fouiner un peu, et les vieilles chouettes m'avaient offert une bonne excuse pour ce faire. Quant à Devlin... Ce n'était pas comme si nous faisions quelque chose de vraiment *illégal*, pas vrai ? En tant qu'ancienne étudiante, j'avais le droit de visiter n'importe quel collège quand je le souhaitais. Et pour ce qui était des vieilles chouettes, il n'y avait pas de loi contre le port de tabliers à pinces, n'est-ce pas ? Ce n'était pas leur faute si les gens les prenaient pour des *scouts*.

J'essayais encore de me rassurer avec ces excuses une quarantaine de minutes plus tard, alors que nous arrivions devant l'imposante façade baroque du XVIIIe siècle du Haverton College et que nous regardions les doubles portes géantes en fer qui en barraient l'entrée. Elles étaient encore ouvertes, Dieu merci. Comme beaucoup de collèges, Haverton ne fermait pas sa porte principale avant le crépuscule. Nous devions juste trouver un moyen de passer et de traverser la grande étendue du quadrangle avant sans attirer l'attention des concierges du collège.

— C'est la partie délicate, fit Mabel. Une fois que nous aurons passé le quadrangle avant et que nous serons dans le quadrangle arrière, ça ira. Ethel, toi d'abord. Tu es la plus petite et les gens sont moins susceptibles de te remarquer. Il te suffit de rester sur le côté droit de la cour, à l'ombre du cloître, et de continuer à marcher d'un air déterminé. La clé est d'avoir l'air d'être à ta place et personne ne te posera de questions. Passe sous l'arcade de l'autre côté de la cour et attends-nous là-bas.

Nous retînmes toutes notre souffle et regardâmes Ethel se faufiler à travers la porte principale, en passant devant la porte de la Porter's Lodge. Jusqu'à présent, tout allait bien. Personne ne semblait l'avoir remarquée. Elle tourna à droite et suivit le large chemin de dalles qui longeait le bord extérieur du carré d'herbe immaculée au centre du quadrangle. Enfin, elle atteignit le coin le plus éloigné où une grande arcade menait à la cour arrière et disparut.

— Elle l'a fait ! dit Mabel. Bien, à toi, Florence.

— Je devrais peut-être faire une pause à mi-chemin et faire semblant de dépoussiérer le côté du quadrangle, dit Florence en brandissant son plumeau arc-en-ciel avec espoir.

— Non ! Garde ce plumeau caché le long de ton corps. Je t'avais dit d'acheter le bleu foncé, Flo – l'arc-en-ciel attire trop l'attention.

— Je trouve que l'arc-en-ciel est une belle couleur, protesta Florence. Et en plus, je pensais qu'une fois que nous en aurions terminé, Gemma pourrait le garder pour son cotta…

— NON ! dis-je à la hâte.

Je m'efforçai de baisser d'un ton.

— Euh… merci, c'est très gentil de votre part, Florence, mais je n'ai pas besoin de plumeau.

Surtout pas un plumeau qui ressemble à une

chenille psychédélique géante.

— Oh, mais bien sûr que si. Chaque foyer…

— *Allez*, Florence, vas-y avant qu'un concierge ne sorte ! dit Mabel en poussant son amie vers la porte principale.

Florence se retourna et nous jeta un regard furieux, puis elle lissa son tablier à pinces, glissa le plumeau sous son bras et franchit la porte. Elle commença à s'éloigner dans la cour. Contrairement à Ethel, qui avait suivi le chemin extérieur de la pelouse, Florence se retrouva sur celui qui passait en son centre. Elle s'arrêta brusquement en réalisant son erreur et hésita. Mais elle était déjà à mi-chemin, et pour rejoindre le chemin extérieur (sans marcher sur l'herbe – ce qui était l'un des plus grands tabous à Oxford), elle devait faire demi-tour et revenir jusqu'à la porte d'entrée.

— Continue ! fit Mabel à voix haute.

Florence se redressa, puis se retourna et continua sa route. Je la regardai nerveusement. Soudain, deux étudiants entrèrent dans la cour par l'arcade située à l'autre extrémité et commencèrent à descendre l'allée centrale en direction de Florence. Je vis qu'ils ralentissaient en s'approchant d'elle et l'une d'elles pointa du doigt le plumeau arc-en-ciel, mais à mon grand soulagement, elle ne fit que donner un coup de coude à son amie et toutes deux éclatèrent de rire en passant devant Florence. Une minute plus tard, Florence atteignit l'autre côté du quadrangle et disparut à son tour sous l'arcade.

Deux de moins. Plus que deux, pensai-je en regardant Mabel et Glenda.

— Nous irons ensemble, dit Mabel à son amie. Baisse la tête et acquiesce comme si tu m'écoutais. Si nous avons l'air occupées à quelque chose d'important et que nous marchons d'un pas rapide comme si nous allions quelque part, personne ne nous arrêtera. En fait, prends ce petit carnet d'adresses dans ton sac à main, Glenda, et tourne les pages pendant que tu marches – et je ferai semblant d'y montrer quelque chose en parlant.

Je les regardai avec admiration s'éloigner, chacune jouant son rôle à la perfection. Mabel aurait dû faire partie des services secrets – comment faisait-elle pour rester aussi calme et où trouvait-elle toutes ces idées ? Puis mon cœur fit un bond quand je vis une silhouette en costume noir sortir de la Porter's Lodge. C'était l'un des concierges du collège. Il s'arrêta et regarda les deux dames âgées qui traversaient la cour dans leurs tabliers. Je le vis plisser le front et il fit un pas en avant comme s'il allait dire quelque chose. Puis il s'arrêta. L'air important de Mabel avait dû le convaincre. Il resta debout et les regarda marcher vers l'autre côté de la cour, puis haussa imperceptiblement les épaules et regagna sa loge.

Je laissai échapper le soupir que j'avais retenu. Les vieilles chouettes étaient passées. À présent, c'était mon tour.

Chapitre 12

Je pris une profonde inspiration et j'essayai de faire appel à mes souvenirs d'étudiante insouciante. J'ajustai ma posture, laissant mes épaules s'affaisser vers l'arrière et mon visage se détendre en un sourire naïf. Glissant mes mains dans mes poches, je franchis la porte. Pour être honnête, je n'avais rien à craindre – je pouvais toujours sortir ma carte d'ancienne élève de l'université si j'étais vraiment coincée –, mais il aurait été préférable que je n'aie pas à m'expliquer aux concierges du collège.

Ce fut un soulagement lorsque je regagnai la sécurité de l'arcade de l'autre côté du quadrangle et que j'y retrouvai les vieilles chouettes. Elles étaient regroupées autour d'un grand panneau d'affichage couvert de dépliants et d'affiches sur les clubs universitaires et les événements du collège. Il y avait une porte ouverte à côté du tableau d'affichage sur lequel étaient gravées les lettres « J.C.R. » pour Junior Common Room, la salle commune où les étudiants de premier cycle se retrouvaient pour regarder la télévision, manger, boire et jouer au billard ou à d'autres jeux.

— Entre là-dedans, Gemma, dit Mabel en désignant de la tête la porte de la J.C.R. Va discuter avec des étudiants et vois si tu parviens à dénicher des ragots sur Charlie, sa petite amie ou son colocataire.

— Et vous, *où* allez-vous ? demandai-je en regardant les quatre vieilles dames en face de moi.

— Enquêter, répondit Mabel d'un air mystérieux.

En y réfléchissant, je me dis qu'il valait mieux que j'ignore ce que les vieilles chouettes faisaient. Je les laissai à leurs messes basses et j'entrai dans la J.C.R. Elle était relativement déserte à cette heure de la journée et, pendant un moment, je me demandai si j'allais finir par trouver quelqu'un avec qui bavarder. Il y avait deux garçons autour de la table de billard et une fille pelotonnée dans un fauteuil dans le coin le plus éloigné, absorbée par un livre, mais aucun des deux groupes ne semblait très ouvert à l'idée qu'une étrangère vienne entamer une conversation. Alors que je me tenais dans l'embrasure de la porte, me demandant quoi faire, quelqu'un entra dans la salle commune en me bousculant presque.

— Oh ! Je suis désolée !

Je me retournai et me retrouvai face à une jolie fille dodue aux cheveux jaunes crépus.

— Non, c'est ma faute, dis-je rapidement en lui souriant. Je n'aurais pas dû me tenir si près de la porte.

Elle me rendit mon sourire de manière amicale et je saisis l'occasion. Je désignai ses pieds.

— J'adore tes chaussures ! Où les as-tu achetées ?

Elle se fendit d'un large sourire.

— Oh, à cette petite boutique du marché couvert. Ils font plein de trucs vintage. Elles sont d'occasion, tu imagines ?

Je poussai le hoquet de stupeur approprié.

— Vraiment ? Je n'aurais jamais deviné. Quelle fantastique trouvaille. Tu as vraiment bon goût, dis-je sans vergogne.

Elle rosit de plaisir.

— J'adore fouiller dans les magasins vintage - c'est un peu comme une chasse au trésor - et je suppose que j'ai pris le coup. Mais ces chaussures ne sont pas très confortables, admit-elle avec une grimace.

Elle boitilla jusqu'à deux fauteuils près de la télé et s'assit en soupirant. Elle enleva une chaussure et agita ses orteils.

— Je crois que je vais avoir une ampoule…

Je m'assis à côté d'elle et elle me regarda d'un air

interrogateur.

— Tu es étudiante ici ? Je ne t'ai jamais vue au collège.

— Hum... Je suis d'un autre collège, répondis-je en pensant que ce n'était pas vraiment un mensonge. J'*avais* fréquenté un autre collège... huit ans plus tôt. Je m'empressai de changer de sujet.

— Ça te plaît d'être à Haverton ? demandai-je avidement. Je me suis toujours demandé ce que c'était d'être dans un collège en plein sur la High Street – notamment avec les célébrations du 1er mai et toute cette foule...

— Oh, ça va en fait, dit-elle. Les chambres sont en retrait de la rue donc ce n'est pas trop bruyant si on veut faire la grasse matinée. De toute façon, ce n'est qu'une fois par an et c'est plutôt agréable d'être à la porte des célébrations.

Elle frissonna soudain.

— Mais cette année, avec cette chose horrible qui est arrivée sur le pont...

— Tu connaissais le garçon qui est mort ? demandai-je. J'ai entendu dire qu'il était à Haverton.

Elle hocha la tête.

— Oui, il vivait dans mon escalier ! Damian et lui avaient la chambre au niveau supérieur.

Elle ouvrit de grands yeux.

— Ils disent que Charlie a été assassiné. Tu imagines ? Ça semble tellement irréel.

— Est-ce qu'il était du genre à avoir des ennemis ? demandai-je.

— Charlie Foxton ?

Elle me regarda d'un air incrédule.

— Non, c'était le plus gentil des garçons ! Tout le monde l'aimait. Je ne peux pas imaginer que quelqu'un ait voulu lui faire du mal.

— Tu le connaissais bien ?

— Non... Je veux dire, je lui disais bonjour et on s'arrêtait parfois pour bavarder si on se croisait dans l'escalier, mais je ne faisais pas vraiment partie de son entourage. Il m'invitait quand même à ses fêtes. Il était toujours très gentil. Chaque fois que Damian et lui faisaient une fête, il y conviait tous les étudiants de la cage d'escalier.

Je lui adressai un sourire conspirateur.

— C'étaient des fêtes réussies ?

— Elles étaient très populaires, répondit la fille. Les concierges du collège ont dû venir y mettre un terme plusieurs fois.

— Oh, il y a eu des problèmes lors des fêtes ?

— Non, pas vraiment. Pas plus que d'habitude. C'était juste un peu bruyant et débridé parfois, tu sais, quand les gens buvaient un peu trop.

Elle vit mon regard interrogateur et ajouta :

— Charlie n'était pas comme ça. Il n'était pas du genre agressif quand il était ivre. Mais Damian... c'est une autre histoire. Il peut être un sale type quand il a bu un coup de trop. Il n'a rien à voir avec Charlie, en fait. Je me demandais parfois pourquoi ils étaient amis. Charlie était si gentil, alors que je n'aurais jamais fait confiance à Damian. Et Charlie était si généreux ; Damian est un peu une sangsue, toujours à essayer de vous soutirer de l'argent.

— Damian était fauché ?

— Je ne crois pas. Mais je pense qu'il aimait cette vie de riche et à force de fréquenter Charlie... eh bien, je suppose qu'il voulait être au même niveau que son ami.

Une fille aux cheveux bruns et au regard méditerranéen entra dans la J.C.R. et mon interlocutrice leva les yeux en souriant :

— Salut, Nicola ! Tu rentres tard.

— Salut, Kate...

La brune s'effondra sur le canapé à côté de nous en soupirant. Elle n'était pas vraiment jolie, mais son visage fin et intelligent, avec ses grands yeux bruns et son teint olivâtre, mis en valeur par le pull orange qu'elle portait, avait quelque chose de très attirant.

— J'ai dû rester après le cours pour demander quelque chose au prof.

Elle m'adressa un regard curieux, se demandant visiblement qui j'étais.

— On parlait de Charlie, dit Kate. Je n'arrive pas à croire qu'il ait été assassiné.

J'intervins et dis sur le ton de la confidence :

— Oui, il était si gentil, il n'avait pas d'ennemis.

La brune eut un sourire cynique.

— Eh bien, vous savez ce qu'on dit : avec des amis comme ça, qui a besoin d'ennemis ? Ou dans ce cas, peut-être que ça aurait dû être avec des *copines* comme ça, qui a besoin d'ennemis...

Je haussai les sourcils.

— Tu penses que sa petite amie a quelque chose à voir avec ça ?

Nicola haussa les épaules.

— Ça ne me surprendrait pas.

— Ils... ils ne s'entendaient pas ? demandai-je.

Nicola m'adressa un regard acéré. Je remuai, mal à l'aise. Cette fille n'était pas aussi naïve que Kate avec son bavardage enjoué ; je devais être prudente avec elle. Je me demandais comment répondre si Nicola me demandait pourquoi j'étais si intéressée quand Kate s'empressa de combler le blanc :

— Oh, ils se disputaient tout le temps ! Je pouvais l'entendre même deux étages plus bas. Enfin, pour être honnête, ce n'était pas vraiment Charlie, c'était surtout Tanya qui lui criait dessus. On aurait dit une vraie poissonnière ! Ils ont eu une dispute enflammée le jour avant qu'il soit tué. J'essayais de travailler sur mon essai, mais c'était impossible avec tous ces cris.

Kate secoua la tête tristement.

— Je me demande si elle se sent coupable maintenant, d'avoir dit toutes ces choses désagréables sur lui alors qu'il est mort.

Nicola renifla.

— En tous cas, elle a l'air *vraiment* bouleversée, insista Kate. Je l'ai vue plusieurs fois depuis le 1er mai et elle a l'air vraiment déprimée.

— Tu veux dire plus que d'habitude ? se moqua Nicola. Je n'ai jamais vu cette fille heureuse – et on pourrait penser que quelqu'un qui a tout ce qu'il veut pourrait sourire parfois.

— Eh bien, ce n'est plus le cas maintenant, n'est-ce pas ? dit Kate doucement. Elle a perdu son petit ami. Et je sais qu'elle était parfois horrible avec lui, mais je pense qu'elle l'aimait vraiment. Elle doit se sentir mal maintenant à propos de leur dispute juste avant sa mort.

— Pourquoi se disputaient-ils ? demandai-je.

Nicola leva les yeux au ciel.

— Comme d'habitude, je parie. Tanya accusait Charlie de la tromper…

Elle jeta un coup d'œil à son amie.

— J'ai raison ?

Kate acquiesça.

— Oui, Tanya n'arrêtait pas de crier et de dire que Charlie voyait quelqu'un d'autre derrière son dos et qu'elle ne le supporterait pas… ou quelque chose comme ça.

Nicola eut un rire sans humour.

— Qui aurait pensé qu'une nana comme Tanya Koskov pouvait être si peu sûre d'elle ? Sérieusement, elle pourrait être top model ! Mais elle surveillait Charlie tout le temps et s'énervait s'il parlait à une autre fille. Elle était folle de jalousie… Et mon Dieu, comme elle a un sale caractère ! Une fois, je dînais au Hall, assise à la même table qu'elle, et elle s'est disputée avec un des première année. Elle s'est levée d'un coup et l'a giflé !

— Elle s'est excusée après coup, dit Kate. Et les autorités de l'université se sont entretenues avec elle.

— Je parie qu'elle n'a pas reçu de mesures disciplinaires. Papa Koskov a probablement téléphoné de Russie et exercé son influence, comme on dit, pour protéger sa petite Tanya, déclara Nicola. En fait, ça m'étonne qu'il n'ait pas sauté dans son jet privé et ne soit pas venu immédiatement après le meurtre de Charlie, pour protéger sa fille des « abus de la police ».

— J'ai entendu Tanya dire que son père était à l'hôpital, en convalescence après une opération, dit Kate.

— Eh bien, je suis surprise qu'il n'ait pas envoyé un garde du corps pour veiller sur sa précieuse princesse, dit Nicola avec sarcasme.

— Est-ce que Tanya et Charlie étaient ensemble depuis longtemps ? demandai-je.

Nicola haussa les épaules.

— Il y avait des hauts et des bas. Ils semblaient avoir une de ces relations bizarres – toujours à se disputer et à se séparer, puis à se réconcilier. Mais je ne sais pas pourquoi Charlie ne l'a pas simplement jetée, vu la façon dont elle le traitait parfois.

Kate poussa une exclamation en baissant les yeux sur sa montre.

— Oh, on va être en retard pour le dîner ! Et c'est le Formal Hall ce soir. Je dois me dépêcher de retourner dans ma chambre pour me changer et prendre ma toge.

— Je ferais mieux d'y aller aussi, dis-je précipitamment en me levant.

Je vis Nicola me regarder à nouveau avec insistance et voulus partir avant qu'elle ne commence à me demander ce que je faisais au collège.

— Ravie d'avoir discuté avec vous. À plus !

En leur faisant un signe de la main, je me précipitai hors de la J.C.R.

⁂

Je pensais avoir du mal à retrouver les vieilles chouettes, mais elles m'attendaient juste au coin de l'arcade.

— Gemma ! Par ici ! m'interpella Mabel en me faisant signe depuis les ombres de la chapelle du collège.

Je me dirigeai vers elles. Rapidement, je lui répétai ce que j'avais appris.

— Hmm… tout cela est très intéressant, dit Mabel. Mais je pense tout de même que nous devrions examiner la chambre du garçon.

— La police l'a probablement déjà fait, protestai-je.

Mabel renifla avec mépris.

— La police ? Qu'en savent-ils ?

— Ils ont dû envoyer la scientifique et…

— La scientifique, mon œil ! Ces soi-disant experts ne s'intéressent qu'à des choses stupides comme les empreintes digitales et l'ADN... ils ne savent pas comment chercher de *vrais* indices.

Je lui adressai un regard exaspéré.

— Si les empreintes digitales et l'ADN ne sont pas de vrais indices, alors qu'est-ce qui l'est ?

— Les affaires du garçon. L'état de sa chambre. Ses vêtements. Son journal intime...

— Je suis sûre que la police a dû le récupérer, dis-je.

Mabel fit un geste de la main.

— Il y aura d'autres choses auxquelles ils n'auront pas pensé. Le fait est que nous devons en savoir plus sur la victime et sa vie, ses relations, sa personnalité, pour vraiment comprendre pourquoi elle a été assassinée. Comme le dit Poirot, la réponse réside dans la nature de la victime et dans la psychologie du meurtre - toutes les anecdotes racontées par son entourage, les détails insignifiants...

Je laissai échapper un soupir. J'aurais dû savoir que ça allait arriver. Les vieilles chouettes avaient une dévotion malsaine pour les romans d'Agatha Christie et semblaient passer la moitié de leur temps à penser qu'elles pouvaient mettre en scène les intrigues des livres.

— C'est un roman policier, dis-je, irritée. Tout ça, c'est très bien dans les livres, mais les gens ne résolvent pas les crimes dans la vraie vie en observant la personnalité. Pas avec la science avancée et la médecine légale ! Et d'ailleurs, même s'il y a des indices à trouver... eh bien, vous ne pouvez pas aller fouiner dans les chambres d'étudiants...

— Qui a parlé de fouiner ? dit Mabel avec indignation.

Elle désigna leurs tabliers à pinces.

— Nous faisons simplement notre travail de *scout* en nous assurant que la pièce est bien nettoyée. Après tout, Miriam Hopkins n'a pas pu venir remplir ses fonctions, n'est-ce pas, depuis qu'elle a été suspendue ? Je suis sûre que la chambre des garçons aurait besoin d'un bon nettoyage et d'un brin de rangement.

Avant que je puisse répondre, Mabel tourna les talons et commença à marcher vers le coin le plus éloigné du quadrangle arrière, les autres vieilles chouettes trottant derrière elle.

— Attendez... dis-je en me dépêchant de la rattraper. Vous ne savez même pas où est la chambre de Charlie...

— Bien sûr que si. Tout en haut de l'escalier 5, là, dans ce coin.

Mabel fit un signe de tête dans la direction en question.

Grrr. Pourquoi Mabel a-t-elle toujours réponse à tout ?

Je les suivis et les regardai, impuissante, saisir la combinaison de la porte de l'escalier (je ne voulais même pas savoir comment elles avaient obtenu cette information !) Jetant un regard furtif alentour, elles se glissèrent à l'intérieur une à une. Après un temps d'hésitation, je m'empressai de les suivre. Alors qu'elles commençaient à monter l'escalier, je me dis, résignée, que, d'une manière ou d'une autre, je finissais toujours par me faufiler dans les escaliers des collèges d'Oxford avec les vieilles chouettes.

Nous progressâmes lentement. Mabel et ses amies avaient besoin de plusieurs arrêts à chaque palier, et j'étais terrifiée à l'idée qu'un étudiant puisse sortir de sa chambre à tout moment et nous voir dans l'escalier. Puis je me souvins de ce que Kate avait dit sur le fait d'être en retard au Formal Hall et je consultai ma montre. C'était l'heure du dîner et tous les étudiants devaient être au réfectoire. Nous n'aurions pas pu mieux tomber, en fait. Nous aurions au moins vingt minutes avant que les plus rapides ne reviennent.

Nous atteignîmes enfin le palier supérieur et regardâmes autour de nous. La plupart des paliers que nous avions traversés en montant avaient deux portes, une de chaque côté, mais celui-ci n'en avait qu'une, qui menait sans doute à la suite que Charlie et Damian avaient partagée. J'aperçus les badges nominatifs sur la porte, avec « C. FOXTON » et « D. HEATH » côte à côte.

— Comment allez-vous entrer ? demandai-je. Ne me dites pas que vous avez réussi à obtenir la clé…

Mabel tendit la main et actionna la poignée de la porte. Comme par magie, elle s'ouvrit.

Je la regardai, abasourdie. Elle sourit avec

complaisance.

— Tu pensais que nous nous étions tourné les pouces pendant que tu étais à la J.C.R ? demanda-t-elle. Nous avons découvert que les garçons étaient connus pour ne jamais fermer leur porte – Charlie, en particulier, était très sociable et ravi que les gens passent se servir à tout moment, même en son absence. Apparemment, il y avait souvent des fêtes improvisées dans leur chambre.

Elle se glissa à l'intérieur de la pièce et nous la suivîmes, fermant la porte sans bruit derrière nous. Je me détendis légèrement. Nous étions en sécurité, pour l'instant.

— Dépêchez-vous, nous n'avons pas beaucoup de temps, insista Mabel auprès des autres.

Les vieilles chouettes commencèrent à s'affairer dans le salon principal, ouvrant des tiroirs, regardant sous les tapis, examinant l'assortiment hétéroclite de nourriture et de boissons dans le réfrigérateur, feuilletant des piles de livres… Je me plaçai au centre de la pièce et regardai lentement autour de moi. C'était un salon spacieux, avec des murs lambrissés sombres, de hauts plafonds et de larges fenêtres à guillotine donnant sur le quadrangle en contrebas. Il y avait un canapé trois places tapissé d'un tissu à chevrons délavé et deux fauteuils non assortis. Un pouf d'allure moderne (probablement un ajout des garçons), un buffet en bois installé le long d'un mur, jonché de bouteilles vides, de verres, d'assiettes en carton et d'autres accessoires de fête, et un bureau à l'ancienne sur le côté opposé, couvert de piles de livres, de papiers, de papeterie, de câbles d'ordinateur et d'un ordinateur portable ouvert. Deux portes se faisaient face sur les côtés opposés du salon, menant manifestement aux chambres des garçons.

Rien ne me sauta aux yeux. Tout me rappelait de nombreuses chambres d'étudiants d'Oxford dans lesquelles j'étais entrée. Je me dirigeai vers la porte de droite, que je devinai être la chambre de Charlie à cause du ruban qui en barrait l'entrée. J'hésitai un moment, puis tournai avec précaution la poignée de la porte et l'ouvris. Je savais que la police scientifique avait déjà fait des prélèvements et récupéré tout ce qui semblait suspect. De toute façon, je n'avais pas l'intention d'entrer, je voulais juste jeter un coup d'œil depuis le seuil de la porte. Peut-être que Mabel avait raison, peut-être que mieux comprendre qui était Charlie Foxton aiderait à résoudre son meurtre.

Je glissai la tête sous le ruban, me penchai dans la pièce et allumai. Tout était normal. Décevant. En fait, il y avait quelque chose de très triste dans son aspect « banal », comme si son propriétaire venait de sortir et allait revenir à tout moment. Je balayai la pièce du regard, essayant de voir s'il y avait quelque chose qui pourrait expliquer le mystère du meurtre du garçon, mais si les indices étaient là, je ne les voyais pas. La pièce ressemblait à une classique chambre de garçon avec des chaussures par terre, des posters de joueurs de football aux murs, des vêtements froissés empilés en un tas désordonné au pied du lit, diverses consoles de jeux et quelques enceintes Bose coûteuses sur la table de chevet, un sweat à capuche gris foncé avec les lettres « OKMC » accroché sur la chaise près du bureau, qui contenait une pile de livres et ce qui ressemblait à un essai à moitié terminé. Il y avait aussi deux tasses sales et une assiette avec un plat tout prêt sur le rebord de la fenêtre.

Un bruit derrière moi me fit tourner la tête. J'écarquillai les yeux en entendant des pas sur le palier et en voyant la poignée de la porte de la pièce principale tourner.

Flûte ! Quelqu'un arrive !

Je refermai la porte de la chambre de Charlie et courus au centre du salon, cherchant désespérément une cachette. Mais c'était trop tard. La porte s'ouvrit et, glacée d'horreur, je vis Damian Heath debout dans l'entrée.

Chapitre 13

Instantanément, les vieilles chouettes se lancèrent dans une orgie de dépoussiérage, de pulvérisation, d'essuyage et de nettoyage. Damian les regarda, abasourdi.

— Que… ? Vous… ? Euh… ? balbutia-t-il.

Mabel se retourna et lui jeta un regard désinvolte.

— Ah, Mr Heath ! Nous avons presque terminé, dit-elle en faisant glisser son chiffon sur le côté de la table basse. Voilà qui devrait le faire. Cet endroit est si affreusement poussiéreux ! Nous reviendrons vider la poubelle demain matin. En attendant, essayez de ne pas mettre de miettes de biscuits par terre.

— Mais… vous… bafouilla Damian, l'air complètement déconcerté alors que Mabel passait devant lui, serrant son chiffon et son vaporisateur, suivie d'Ethel, Glenda et Florence.

Cette dernière ne put s'empêcher de donner un autre coup de plumeau à l'étagère avant de sortir. La porte se referma derrière elles avec un bruit résolu.

Je regardai la porte fermée d'un air incrédule. *Aaaarrgghh !* Je n'arrivais pas à le croire, elles recommençaient ! Elles m'abandonnaient au pire moment ! Je serrai les dents. J'allais tuer les vieilles chouettes la prochaine fois que je les verrais !

L'expression de Damian passa de la perplexité à la suspicion. Il n'était pas idiot et il devait commencer à se rendre compte que quelque chose de très étrange se passait. Les *scouts* venaient normalement le matin, pas à l'heure du dîner.

— Que faites-vous ici ? demanda-t-il en se tournant vers moi.

— Oh, je... euh... hésitai-je, cherchant péniblement quelque chose à dire.

Puis je me souvins que parfois la meilleure forme de défense était l'attaque. Je relevai le menton.

— Je suis venu pour vous voir, en fait, Damian. Je voulais vous parler... du meurtre de votre ami.

Ses yeux s'écarquillèrent et je le vis pâlir.

— Ce n'est pas moi ! s'écria-t-il.

Il se lécha les lèvres nerveusement et ajouta :

— Je vous l'ai dit ! Je n'étais même pas près du pont quand c'est arrivé. J'ai déjà répondu à toutes ces questions au poste. Qu'avez-vous d'autre à me demander ?

Je réalisai soudain qu'il pensait que j'étais membre du CID, peut-être sous les ordres de Devlin. Après tout, tous les inspecteurs étaient en civil. Mes manières audacieuses avaient dû le tromper. Je décidai d'en tirer profit.

— J'aimerais passer en revue quelques détails. J'ai cru comprendre que vous deviez retrouver Charlie et sa petite amie le matin du 1er mai pour assister ensemble aux célébrations. Pourquoi n'étiez-vous pas avec eux ?

— Je vous l'ai dit – ils sont partis sans moi et je n'ai pas réussi à les retrouver. Et il était déjà trop tard ; tout s'est arrêté lorsque le chœur a commencé à chanter à 6 heures.

Il déglutit.

— Et ensuite, il y a eu tous ces cris et quand j'ai finalement réussi à me frayer un chemin jusqu'au pont, le… le corps de Charlie était dans l'eau.

— Aviez-vous convenu de vous retrouver à une certaine heure ?

— Oui, et j'étais là à l'heure que cette fichue Tanya Koskov m'a indiquée, mais pas eux ! déclara Damian. Elle m'a dit 5 h 30 du matin. J'en suis sûr. Mais maintenant elle dit à la police qu'elle m'a dit 5 h 20. Je pense qu'elle m'a donné la mauvaise heure exprès, pour avoir Charlie pour elle toute seule.

— Pourquoi ferait-elle ça ?

Son visage devint amer.

— Parce que c'est elle qui voulait tuer Charlie, pas moi !

Je haussai les sourcils.

— C'est une accusation sérieuse. Tanya était la petite amie de Charlie. Elle l'aimait. Pourquoi aurait-elle voulu le tuer ?

Damian eut un rire sarcastique.

— Elle l'aimait ? Cette satanée sorcière voulait juste le contrôler et l'avoir autour d'elle comme un petit animal. Et si elle trouvait qu'il ne lui accordait pas assez d'attention, elle piquait une crise.

— Il ne semble toujours pas qu'elle ait eu un mobile pour le tuer.

— Elle en aurait eu un si elle pensait qu'il la trompait ! rétorqua Damian. Ils ont eu une énorme dispute la veille du 1er mai. J'étais dans ma chambre et j'ai tout entendu. Elle a débarqué ici jeudi matin et a accusé Charlie de voir une autre fille derrière son dos. Charlie a essayé de la raisonner, mais elle n'a pas voulu l'écouter – elle a continué à hurler qu'elle se vengerait de sa trahison, qu'elle le tuerait. Quelle *drama queen* ! Si vous voulez mon avis, elle aurait pu l'assassiner simplement par rancune...

— Tu racontes des histoires sur moi, Damian ? fit une voix doucereuse.

Nous nous retournâmes et vîmes Tanya Koskov debout dans l'entrée. Elle avait les bras levés, les mains calées de part et d'autre du montant de la porte, et la hanche inclinée sur le côté, comme les poses de mannequin que l'on voit souvent dans les magazines. Un sourire moqueur se dessinait à la commissure de ses lèvres. Je devais admettre que c'était une entrée assez spectaculaire.

Damian lui adressa un regard mauvais.

— Je ne dis que la vérité. Je t'ai entendue menacer Charlie ce jour-là, la veille de son assassinat ! Tu as dit que tu le tuerais pour t'avoir trompée et tu es devenue jalouse et hystérique pour rien...

— Ce n'était pas rien ! Je sais que Charlie me trompait ! persifla Tanya. Il y a des signes. Quand un homme est avec vous, mais que son esprit est toujours ailleurs. Qu'il répond à côté lorsque vous lui demandez ce qu'il pense ou bien où il est allé, et qu'il trouve des excuses pour ne pas vous voir... Je connais ces signes. Ils ne trompent pas. Je sais que Charlie faisait des choses derrière mon dos. Et je ne permettrai à personne de se jouer de moi ! Pas moi, Tanya Vladimirovna Koskov. Je ne l'accepterai pas.

Elle rejeta la tête en arrière, les narines dilatées et les yeux brillants.

Je devais admettre qu'elle était magnifique et j'étais impressionnée, malgré moi, par son ego et son arrogance.

— Ouais, eh bien, Charlie est mort maintenant, dit Damian sans ambages. Et tu n'es plus la bienvenue ici.

— Je viens chercher mon écharpe. Je l'ai laissée dans la chambre de Charlie, rétorqua Tanya d'un ton hautain en se détournant de nous et en se dirigeant vers la chambre de Charlie.

Elle ouvrit la porte, passa sous la bande de la

scène de crime et entra. Un moment plus tard, elle sortit avec une écharpe en cachemire dans les mains.

— Euh… vous êtes sûre que vous devriez retirer ça de la pièce ? demandai-je. C'est une enquête pour meurtre et la police pourrait avoir besoin de…

Elle me lança un regard insolent.

— Elle est à moi, pas à Charlie. La police n'a aucun droit sur mes affaires.

Damian me regardait d'un air étrange et je réalisai qu'il devait se demander pourquoi j'étais si timide avec Tanya. Si j'étais vraiment du CID, je ne l'aurais pas laissée sortir quoi que ce soit de la pièce.

— Vous n'êtes pas de la police ? demanda-t-il.

Je me sentis rougir.

— Non. Mais je… euh… je travaille avec eux parfois.

— Vous voulez dire, comme une détective privée ?

— Euh… eh bien, pas vraiment… mais en quelque sorte… d'une certaine manière… bégayai-je. Hum… je dois y aller. À ce soir !

Laissant ces deux-là me fixer, je me précipitai vers la porte et m'échappai de la pièce.

Chapitre 14

J'étais épuisée quand je rentrai enfin chez moi cette nuit-là. J'avais eu une journée bien remplie au salon de thé, puis la tension liée au fait de fouiner au Haverton College et de me faire prendre par Damian Heath m'avait complètement épuisée. J'étais tout de même impatiente d'appeler Devlin et de lui dire tout ce que j'avais appris.

— Gemma, j'étais sur le point de t'appeler, dit-il en décrochant.

— Comment s'est passée ta journée ?

— Ça a été de la folie. Ces deux affaires d'homicide qui tombent pratiquement en même temps... C'est vraiment un mauvais timing.

— Ton affaire à Blackbird Leys est aussi un

meurtre ?

— Pour le moment, ça ressemble à des violences aggravées qui ont entraîné la mort – l'homme est décédé à l'hôpital –, mais nous devrons mener une enquête complète. Et puis il y a eu un kidnapping potentiel signalé à Summertown.

Il soupira.

— Il y a des jours comme ça...

Devlin avait l'air fatigué et abattu. Je me sentis soudain désolée pour lui.

— Je ne te retiens pas si tu es occupé...

— Non, ça me fait plaisir d'avoir de tes nouvelles, Gemma, dit-il, sa voix se réchauffant. Alors, raconte-moi ce que tu as fait. Ça me changera de tous ces rapports d'expertise et déclarations de témoins. Il y a eu du monde au salon aujourd'hui ?

— Énormément. J'ai même un client qui m'a éclairée sur ton affaire de meurtre du 1er mai.

— Vraiment ?

— Oui, un collègue de mon père : un professeur d'histoire russe. C'est la première fois qu'il vient à Oxford et mes parents l'ont emmené dans mon salon parce qu'il tenait à faire l'expérience d'un authentique *English afternoon tea.*

— Eh bien, il est allé au bon endroit, dit Devlin avec un sourire dans la voix. Je dois dire, Gemma, que je rêvais de ton salon de thé cet après-midi pendant que j'assistais à l'un de ces interrogatoires moroses. J'étais à la limite de commettre un crime pour une boire tasse de thé décente – pas cette boue noire qu'ils préparent à la cafétéria du poste – et manger un de tes délicieux scones.

J'éclatai de rire.

— Eh bien, tu sais qu'il y en a un avec ton nom dessus qui t'attend à tout moment.

Je retrouvai mon sérieux et revins au sujet initial :

— Bref, j'ai parlé à ce professeur Obruchev et tu sais ce qu'il m'a dit ? Tanya Koskov a agressé une fille pendant une audition de mannequinat et l'a poignardée avec un couteau à fromage.

Devlin poussa un sifflement.

— Quand est-ce que c'est arrivé ?

— Il y a quelques années, en Russie. Quand elle était adolescente.

— C'est intéressant que nous ne l'ayons pas découvert. Nous avons vérifié ses antécédents, bien sûr, et j'attends toujours plus d'informations d'Interpol, mais la recherche préliminaire n'a rien donné. Ni trace d'agression ni la moindre condamnation pénale.

— Ce n'est pas surprenant, répondis-je. Le père de Tanya est un homme très puissant en Russie. Le professeur Obruchev est un vieil ami de l'université et il dit que Vladimir Koskov serait prêt à tout pour protéger sa fille unique. À l'époque, il a payé les parents de la blessée pour qu'ils ne signalent pas l'incident à la police et il a réussi à étouffer l'affaire.

— Oui, Mr Koskov a aussi harcelé mon commissaire. Le résultat est que j'ai été appelé aujourd'hui et qu'on m'a dit que je devais être prudent avec Tanya Koskov. C'est pour ça que j'ai attendu d'avoir rassemblé plus de preuves avant de l'interroger à nouveau. Outre le fait que nous ne sommes plus autorisés à lui parler sans la présence d'un avocat, j'ai l'impression qu'il suffirait de peu de choses pour déclencher une plainte qui remonterait jusqu'au chef de la police. Nous avons déjà eu Mikhaïl Petrovsky qui s'est plaint du harcèlement policier.

— Oh, lui ! m'écriai-je. C'est vraiment un crétin prétentieux, hein ? Qui est-ce, d'ailleurs ?

— Il étudie au Haverton College. Il fait un doctorat en philosophie russe. Un vrai slavophile – ne le lance pas sur le sujet de la Mère Russie ! Comme tu dis, c'est un crétin prétentieux. Il semble avoir pris sur lui de protéger une compatriote : il était outré que nous osions soupçonner une Russe de meurtre et n'a pas arrêté de nous sermonner sur la façon dont nous devrions traiter la fille de Vladimir Ivanovich Koskov, dit Devlin avec irritation. J'adorerais le coffrer pour obstruction à la justice. Je ne sais pas comment Tanya supporte de l'avoir dans les parages.

— Elle s'en délecte probablement et trouve ça très amusant, dis-je. J'ai l'impression que Tanya aime être le centre d'attention et voir les gens s'intéresser à elle. Ça doit la combler d'avoir un imbécile bien-pensant qui lui tourne autour et défend son honneur. Mais avec ce que je viens de te dire sur ses antécédents d'agression, tu as sûrement assez de billes contre elle ?

Devlin ne parut pas aussi enthousiaste que je le pensais.

— Peut-être. Mais les gens font souvent des choses folles dans leur jeunesse qu'ils ne reproduisent pas ensuite. Il est bien connu que l'adolescence est une période difficile, et si certaines personnes ont alors du mal à contrôler leurs pulsions, avec la maturité, elles changent du tout au tout. Tu ne peux pas reprocher à Tanya quelque chose qui s'est passé il y a presque dix ans. C'est ce que soutiendra un bon avocat et je sais que Koskov prendra le meilleur pour sa fille. J'ai besoin d'un dossier plus solide que ça. Pour l'instant, ce dont nous avons vraiment besoin, c'est un mobile.

— Je peux te donner un mobile, dis-je. J'ai entendu dire que Tanya est incroyablement jalouse et possessive. Des témoins ont entendu une dispute entre elle et Charlie la veille du 1er mai. Elle lui criait dessus, l'accusait de l'avoir trompée et menaçait de le lui faire regretter.

— Où as-tu entendu ça ?

J'hésitai. J'espérais ne pas avoir à parler à Devlin de mes activités de la soirée avec les vieilles chouettes.

— Hum, eh bien… j'ai en quelque sorte discuté avec des étudiants du Haverton College.

Devlin parut ennuyé.

— Gemma, tu as encore fourré ton nez là où tu ne devrais pas ? Je t'ai dit de ne pas te mêler de l'enquête.

— Je ne me suis pas mêlée de ce qui ne me regardait pas, j'ai juste échangé quelques mots. Qu'est-ce que ça peut faire si je parle à quelques étudiants de Haverton, si on peut obtenir des informations précieuses pour l'affaire ? Les gens n'aiment pas toujours parler à la police, mais ils sont heureux d'échanger des ragots.

— Gemma !

Devlin émit un bruit exaspéré.

— Tu sais que ce n'est pas aussi simple que ça. Je ne veux pas que tu ailles parler aux témoins et que tu les embrouilles. Si nous les interrogeons plus tard, ils pourraient dire quelque chose juste parce que tu leur as mis cette idée en tête.

— Je ne ferais jamais ça ! m'exclamai-je, indignée. Je ne suis pas stupide ! Je fais très attention à ce que je dis et j'essaie de les laisser parler le plus possible.

Devlin soupira.

— Très bien... qu'as-tu découvert d'autre ?

— Eh bien, j'ai surtout discuté avec deux filles dans la J.C.R. du collège – il se trouve que l'une d'elles vit dans le même escalier que Charlie et Damian. C'est elle qui m'a dit qu'elle avait entendu la dispute entre Tanya et Charlie la veille de son assassinat ; elle a aussi dit que Damian était totalement différent de Charlie, qu'il pouvait devenir « méchant » s'il avait un peu trop bu. J'ai l'impression que Damian Heath n'est pas très apprécié et qu'il essaie un peu trop de copier son riche colocataire.

— Hmm... eh bien, pour l'instant, il est

définitivement l'un de nos principaux suspects. Il avait facilement accès à l'arme du crime, si Tanya Koskov a dit vrai en prétendant avoir laissé la brochette dans le salon des garçons. Damian aurait facilement pu la récupérer pour s'en servir.

Je fronçai les sourcils.

— Mais ça semble un peu stupide, tu ne trouves pas ? Je veux dire, il devait savoir qu'on retracerait le chemin de la brochette et que ça mènerait jusqu'à leur chambre et donc à lui. Pourquoi utiliser une arme aussi compromettante ?

Je me souvins d'autre chose et j'ajoutai :

— Au fait, Damian m'a dit qu'il pense que Tanya a fait exprès de lui donner rendez-vous à la mauvaise heure.

— Tu as aussi parlé à Damian ? demanda brusquement Devlin.

— Oui, je... euh... l'ai croisé près de sa chambre...

Je déglutis nerveusement. Je m'éloignais des pieux mensonges et je détestais avoir à mentir à Devlin. Mais il était hors de question que je lui révèle le plan des vieilles chouettes de se faire passer pour des *scouts* et de se faufiler dans les chambres des garçons sans y être invitées. En fait, j'étais soudain heureuse que nous ayons cette conversation au téléphone, car Devlin avait toujours eu une étrange capacité à lire en moi, et si nous avions été face à face, il aurait détecté mes mensonges en une seconde.

En fait, il avait déjà l'air suspicieux.

— C'est bien commode d'être tombée sur lui.

— N'est-ce pas ? dis-je aussi calmement que possible.

Puis je poursuivis à la hâte :

— Damian pense que Tanya a tout manigancé pour avoir Charlie rien que pour elle le 1er mai. Il a dit qu'il l'avait entendue menacer de tuer Charlie pendant leur dispute la veille et qu'elle était susceptible de le faire dans un accès de jalousie.

— C'est très intéressant qu'il t'ait dit ça...

Le ton de Devlin était sarcastique.

— Pourquoi ?

— Parce qu'il n'a pas pris la peine de mentionner qu'*il* s'est disputé avec Charlie la veille du meurtre.

Je pris une grande inspiration.

— Il a fait ça ?

— Hu-hu. Mon sergent a parlé à des étudiants de Haverton ce matin et ils ont dit qu'ils ont entendu Charlie et Damian avoir une énorme bagarre près du hangar à bateaux du collège la veille du 1er mai.

— Pourquoi se disputaient-ils ?

— C'est ce que j'aimerais savoir, dit Devlin. Selon ces élèves, ça avait un rapport avec Tanya Koskov – un garçon a rapporté avoir entendu Charlie dire que c'était « dégoûtant » et que Damian « profitait d'une fille vulnérable ». Puis Charlie a dit que Damian était allé trop loin cette fois et a menacé de le dénoncer à la police.

— Waouh... dis-je, mon esprit tourbillonnant.

— Et ce qui est encore plus intéressant, c'est que

ces étudiants ont dit que Damian est parti en trombe juste au moment où ils sont arrivés et qu'il avait un air « assassin » – ce sont les mots qu'ils ont utilisés.

— On doit découvrir pourquoi ils se sont disputés.

— Ne t'inquiète pas, je vais interroger à nouveau Damian Heath à la première occasion et lui demander ce qu'il en est. Mais, Gemma...

La voix de Devlin devint sévère.

— Je te le répète : c'est une affaire compliquée et ce n'est pas pour les amateurs. J'apprécie ce que tu as fait, mais tu dois laisser ça entre les mains de la police maintenant.

Je laissai échapper un soupir.

— Très bien. J'essayais juste d'aider.

Le ton de Devlin s'adoucit.

— Je le sais bien. Et je te remercie, mon cœur.

— Tu as bientôt fini pour ce soir ?

— Oui, à peu près ; j'ai encore quelques rapports à lire.

— Pourquoi ne passerais-tu pas quand tu as terminé ? Je peux te concocter un dîner tardif, si tu...

— Oh, ne t'en fais pas, j'ai déjà mangé. Mon sergent m'a apporté un sandwich plus tôt dans la soirée.

— Oh. Eh bien, j'ai rapporté deux ou trois choses du salon de thé : des *Chelsea buns* et un délicieux fondant au chocolat...

Il y eut un moment d'hésitation, puis Devlin répondit :

— Merci pour la proposition, Gemma. J'aurais

bien aimé, mais j'ai eu une longue journée et je suis épuisé. Je pense que c'est mieux si je rentre à la maison et que je me couche tôt. Je dois repartir tôt demain matin.

— D'accord. Que dirais-tu qu'on déjeuner ensemble demain alors ? Tu sais que c'est mon jour de congé. Je peux te retrouver où tu veux.

Encore une fois, il y eut une hésitation à l'autre bout de la ligne, puis Devlin dit, avec un air de regret :

— Je suis désolé, Gemma – au rythme où vont ces affaires, je vais probablement finir par manger à mon bureau à nouveau.

Je tentai de conserver un ton léger.

— Alors... je suppose que je ne te verrai pas demain ?

— J'essaierai de passer après le travail, mais je ne peux rien te promettre. Mais dans tous les cas, je t'appellerai demain soir sans faute, d'accord ?

La voix profonde de Devlin semblait sincèrement contrite et je me sentis légèrement apaisée. Pourtant, lorsque je raccrochai, le souvenir des paroles amères de Tanya me revint soudain :

Il y a des signes. Quand un homme est avec vous, mais que son esprit est toujours ailleurs. Qu'il répond à côté lorsque vous lui demandez ce qu'il pense ou bien où il est allé, et qu'il trouve des excuses pour ne pas vous voir...

Chapitre 15

Le lendemain était le jour de la première visite de Muesli en tant que chat de thérapie et je me levai tôt pour lui donner un bain, puis je la toilettai et lui mis son harnais. Elle était fin prête pour apparaître en public. Je n'étais toujours pas sûre que cette histoire de « chat de thérapie » soit une bonne idée. C'était l'enthousiasme de ma mère qui m'avait poussée à inscrire Muesli, mais je me demandais désormais si je n'avais pas fait une terrible erreur.

Muesli avait certainement le tempérament idéal du chat de thérapie : elle était confiante, amicale et formidable avec les étrangers, et elle adorait découvrir de nouveaux endroits, considérant tout avec une curiosité effrontée. Le problème, c'était qu'elle était un peu *trop* confiante, vraiment, et peu encline à suivre les ordres.

Comme c'était notre première visite, Jane Banks, la coordinatrice du programme, avait proposé de nous accompagner avec son propre chat, un adorable ragdoll placide, pour nous montrer les ficelles. Elle nous rejoignit devant la maison de retraite, un petit établissement situé de l'autre côté du Magdalen Bridge, au bord de la rivière. Je me dis que les résidents devaient avoir une vue imprenable sur la ville d'Oxford lorsqu'ils regardaient par la fenêtre.

— Tout le monde est très excité à l'idée de rencontrer Muesli, me dit Jane alors que nous entrions. La directrice a organisé la rencontre dans le salon pour que ce soit plus facile. Comme ça, vous n'aurez pas à transporter Muesli d'une chambre à l'autre, vous pourrez rencontrer plusieurs résidents au même endroit. Et Muesli sera plus à l'aise en n'ayant pas à changer d'environnement.

Je regardai ma petite chatte tigrée. Muesli ne semblait pas avoir de problèmes pour se mettre à l'aise. Elle se tortillait dans mes bras, regardant tout avec grand intérêt, alors que nous traversions la réception. On nous conduisit dans le confortable salon, meublé de canapés dodus aux housses fleuries et au sol recouvert d'une épaisse moquette rose. Plusieurs résidents attendaient déjà et leurs visages s'illuminèrent lorsque nous entrâmes.

— Oh ! Je veux tenir le nouveau chaton ! s'écria

une dame en tendant ses mains noueuses.

Jane me fit un signe de tête et je détachai la laisse de Muesli de son harnais, puis me penchai pour la poser délicatement sur les genoux de la vieille dame. Mais à peine avais-je lâché la petite chatte qu'elle s'élança et sauta sur le dossier du canapé.

— Oh ! s'écria la dame, surprise.

Je me sentis rougir.

— Désolée ! m'exclamai-je. C'est la première visite de Muesli aujourd'hui donc elle n'est pas... hum...

— Je crois qu'elle *me* préfère ! dit une deuxième dame assise à l'autre bout du canapé, alors que Muesli commençait à se frayer un chemin vers elle.

Elle atteignit l'autre dame et la renifla avec curiosité.

— *Miaouuu ?*

— Bonjour chaton...

Elle tendit une main pour la caresser, rayonnante.

Muesli se percha près de l'épaule de la seconde dame et renifla son oreille. Je commençai à me détendre légèrement. *D'accord, peut-être que Muesli a juste besoin d'un peu de temps, mais elle va bientôt se blottir sur les genoux de cette femme...*

Mon espoir fut de courte durée. Muesli examina minutieusement la deuxième dame, puis continua son chemin vers le canapé suivant, sautillant sur les genoux et les épaules des résidents et suscitant une série de *Oh !* et de *Ah !* sur son passage. Je jetai un coup d'œil à Jane, embarrassée. *Formidable.* Son chat était assis placidement sur les genoux d'un vieux monsieur, ronronnant doucement. Muesli était une véritable terreur. Elle grimpait partout dans la pièce, se servant des résidents comme d'une cage à écureuil.

— Je suis désolée, répétai-je. Elle n'est pas comme ça d'habitude…

De qui est-ce que je me moque ? C'était le comportement typique de Muesli. Jamais dans sa vie elle n'avait fait tranquillement ce qu'on lui disait ni ne s'était assise là où elle était censée le faire. Qu'est-ce qui m'avait pris de penser qu'elle pouvait être un bon chat de thérapie ?

— Oh, faites attention ! s'écria la responsable en levant les mains alors que Muesli bondissait du dossier d'un fauteuil pour atterrir sur l'étagère au-dessus de la cheminée.

Plusieurs décorations avaient été disposées le long de l'étagère – de petites poupées en porcelaine et de délicats animaux en verre – ainsi qu'un grand vase avec des fleurs. Mon cœur s'emballa lorsque Muesli commença à marcher le long de l'étagère, levant adroitement ses pattes et enjambant les décorations.

— Muesli ! Descends ! m'écriai-je en courant vers elle.

Je n'osai pas l'attraper pour ne pas la faire sursauter, ce qui aurait pu faire tomber l'une des décorations de l'étagère, alors je fis le guet, anxieuse, à côté de l'étagère, et je la regardai, à l'agonie, se frayer un chemin avec précaution.

— *Miaou ?* dit-elle en arrivant de l'autre côté en me lançant un regard innocent.

— Qu'est-ce que tu fais, petite coquine ? murmurai-je. Tu es censée faire des câlins aux résidents et leur apporter du réconfort, pas faire des ravages !

— *Miaouuu !*

Muesli me lança un regard insolent et sauta de l'étagère sur le sol. Je me jetai sur elle, mais elle échappa à mon emprise et traversa la pièce en trottinant. J'entendis un rire et levai les yeux pour voir une vieille dame en fauteuil roulant, penchée en avant, les yeux pétillants.

— Votre chat est si drôle ! dit-elle. Je ne pense pas que nous ayons connu autant d'excitation depuis des années !

Je souris faiblement. Puis j'entendis un cri de surprise et je me retournai rapidement, mes yeux s'élargissant d'horreur. Muesli avait finalement choisi son résident – le seul problème était qu'il s'agissait d'un vieil homme corpulent et qu'elle avait décidé de se blottir sur son crâne chauve !

Je traversai la pièce en courant :

— Oh ! Mon Dieu, je suis tellement navrée ! Je...

— Non, c'est bon. Laissez-la, dit le vieil homme, la voix étouffée par la queue duveteuse de Muesli, qui pendait sur son visage.

On aurait dit qu'il portait un étrange bonnet russe en fourrure. Je ne savais pas s'il me fallait rire ou pleurer.

Ses yeux bleus délavés pétillaient.

— J'adore les chats. Elle a l'air d'être bien installée.

Muesli avait en effet l'air d'être à son aise. Elle resta joyeusement perchée sur le crâne chauve du monsieur pendant les dix minutes qui suivirent tandis que j'étais assise à côté de lui, mortifiée, et que j'essayais de faire la conversation. Les autres résidents étaient ravis, la montrant du doigt et gloussant, et plusieurs se levèrent pour s'approcher du fauteuil et caresser Muesli sur la tête.

Le vieux monsieur me fit un clin d'œil.

— Je n'ai pas reçu autant d'attention de la part des dames depuis des années, dit-il en riant. Je pense que je vais devoir engager votre chat comme coiffe régulièrement.

Je ris malgré moi.

— Je suis vraiment désolée. Elle est si espiègle.

— Ce sont ceux qui ont le plus de personnalité, dit-il en souriant.

Finalement, Muesli daigna descendre de la tête de l'homme et s'installer confortablement sur ses genoux. Il la caressa et lui parla pendant quelques instants, puis je réussis à l'attraper et à remettre sa laisse sur son harnais. Je m'attendais à ce que la maison de retraite écourte notre visite et nous pousse vers la sortie après cet épisode désastreux, mais, à ma grande surprise, lorsque je me retournai, je trouvai la responsable à côté de moi, souriante.

— Tout le monde parle de Muesli et certains

résidents restés dans leurs chambres aimeraient beaucoup la rencontrer. Pourriez-vous l'emmener rendre visite à certains d'entre eux ?

— Euh... bien sûr, dis-je, abasourdie.

Jane m'ayant fait un signe de la main et un sourire d'encouragement, je la laissai divertir les résidents dans le salon avec son ragdoll, et je suivis la responsable jusqu'à l'ascenseur. Nous allâmes rendre visite à plusieurs résidents à chaque étage, et je fus soulagée de constater que, dans l'ensemble, Muesli était capable de bien se comporter.

La dernière chambre se trouvait au dernier étage et appartenait à un vieil homme au port militaire qui se tenait très droit, bien qu'il ait besoin d'une canne pour marcher. Il caressa Muesli pour la forme, mais je compris vite qu'il n'était pas très intéressé par les chats – il voulait juste avoir de la compagnie et quelqu'un à qui parler. Je l'écoutai poliment me parler de sa carrière dans la Royal Navy britannique et j'admirai docilement les petits modèles réduits de bateaux enfermés dans des bouteilles en verre qui étaient exposés sur le rebord de sa fenêtre.

— Vous avez une vue fantastique d'ici, capitaine Thomas, dis-je en regardant par la fenêtre.

Sa chambre donnait sur le cours d'eau et offrait une vue imprenable sur les célèbres toits d'Oxford, avec le Magdalen College et son imposant clocher au premier plan. En fait, ils semblaient si proches que je me demandai si l'on pouvait entendre la chorale chanter le 1er mai.

Comme s'il lisait dans mes pensées, le capitaine Thomas dit :

— Oui, j'ai demandé une chambre au dernier étage. J'aime être là où je peux voir les choses – garder un œil sur ce qui se passe. Il y a quelques jours, j'ai eu une belle vue sur l'agitation du 1er mai.

Je baissai la tête et remarquai soudain quelque chose à l'extrémité de la fenêtre, caché derrière les rideaux. Des jumelles. Un élément me revint en mémoire : ce matin-là, le lendemain du meurtre, alors que j'étais partie me promener tôt et que j'étais arrivée au Magdalen Bridge, j'avais vu ce qui ressemblait à une étrange lumière clignotante à l'une des fenêtres d'un bâtiment de ce côté de la rivière. Je compris soudain ce que c'était. Ce n'était pas un flash, mais la lumière du soleil qui se reflétait sur du verre… comme la lentille de jumelles.

— Vous utilisez souvent vos jumelles pour regarder dehors, capitaine Thomas ? demandai-je en me penchant pour les ramasser.

Le vieil homme sursauta et prit un air un peu sournois.

— Oh ! Euh… oui, c'est pour observer les oiseaux. C'est un peu mon hobby, vous savez… il y a de nombreuses espèces intéressantes de… hum… canards et… et d'oiseaux près de la rivière.

Je me détournai pour cacher un sourire. *Observer les oiseaux, mon œil !* comme dirait Mabel. Le capitaine était manifestement un vieil homme curieux qui aimait utiliser les jumelles pour espionner les piétons dans les rues en contrebas. En fait, de cet angle, il pouvait voir clairement le Magdalen Bridge et la Magdalen Tower, et une partie de la High Street et de la ville d'Oxford. Il pouvait s'amuser à observer les touristes, les étudiants et les habitants du quartier qui vaquaient à leurs occupations. Pour une personne âgée qui était seule en général, c'était certainement un très bon passe-temps.

Et peut-être même très utile, pensai-je soudain.

— Avez-vous utilisé vos jumelles le 1er mai ? demandai-je avec désinvolture. Vous savez, quand la chorale chantait ?

— Je regarde toujours, chaque année, répondit-il.

Je me tournai vers lui avec impatience.

— Donc vous avez vu le garçon tomber du pont ?

— J'ai tout vu. Ce n'est pas la première fois que ce genre de chose se produit, bien sûr – de drôles de bougres sont toujours là chaque année, malgré tous les avertissements de la police sur la faible profondeur de la rivière. Les étudiants manquent vraiment de jugeote ! Bien sûr, ils s'en remettent généralement – bien qu'il y ait eu plusieurs blessures graves il y a quelques années. Les ambulances sont restées là pendant des heures. Mais je dois dire que je n'en avais jamais vu un descendre comme cette année. J'ai été choqué quand j'ai vu le corps flotter comme ça. Cet idiot a dû se cogner la tête sur le côté du pont en plongeant ou quelque chose comme ça. Pauvre garçon. Un vilain accident...

Il secoua la tête.

Je le regardai fixement.

— Ce n'était pas un accident, capitaine Thomas. En fait, la police pense que ça pourrait être un meurtre.

Ses sourcils se levèrent.

— Un meurtre ?

— Oui, c'est dans tous les journaux.

— Ne lisez pas les journaux, cracha-t-il. C'est un ramassis de bêtises. Ils n'impriment rien qui vaille la peine d'être lu.

— Oh… eh bien, la police est désireuse de parler à toute personne qui pourrait avoir des informations sur l'incident. Je suis sûre qu'ils seraient intéressés par ce que vous avez vu.

Il fronça les sourcils.

— Je n'ai rien vu qui ressemble à un meurtre. Seulement le garçon se jeter du pont.

— Mais juste avant ça ? Avez-vous vu quelque chose, peut-être dans la foule, juste avant que le garçon ne bascule ?

Il fronça les sourcils encore plus fort.

— Non, rien d'inhabituel. Les gens jetaient des choses en l'air, agitaient les bras et applaudissaient. Il y avait beaucoup de mouvement, bien sûr, des gens qui s'embrassaient et tout le reste. Puis j'ai vu un corps – le garçon – passer par-dessus la balustrade et tomber dans l'eau. Et la foule qui se précipitait vers le côté du pont à sa suite. J'ai d'abord pensé qu'il y aurait d'autres étudiants qui monteraient sur la balustrade, mais ensuite j'ai vu le corps flotter et la foule se taire.

Je frissonnai de nouveau au souvenir que ses mots firent remonter. C'était un moment terrible : cette immobilité horrifiée, sinistre, après les acclamations et l'exaltation.

— Et c'est tout ? demandai-je. Vous n'avez rien remarqué d'autre ?

Il secoua la tête. Je tentai de masquer ma déception. Ça aurait été trop beau pour être vrai. Il n'y avait bien que dans les livres ou les films que les témoins voyaient comme par hasard le meurtrier en regardant par la fenêtre.

Je lui souris.

— Eh bien, je suis sûre que la police aimerait tout de même vous parler. Cela vous dérangerait-il de...

— Il y avait ce type bizarre qui s'enfuyait, dit-il soudain.

— Comment ça ?

— Eh bien, c'était après que le garçon a basculé. Je vous ai dit que la foule s'était précipitée vers le côté du pont – sauf que j'ai remarqué un type qui allait dans la direction opposée. Ça a attiré mon attention parce qu'avec cette vue dégagée, je l'ai vu se frayer un chemin à travers la foule. Il *s'éloignait* du pont au lieu de s'en approcher. J'ai trouvé ça un peu bizarre ; la plupart des gens se précipitaient pour voir ce qui s'était passé, alors que lui s'en éloignait.

— Avez-vous vu son visage ?

— Non, il me tournait le dos.

— Comment savez-vous que c'était un homme dans ce cas ?

— Hmm... Je suppose que ça aurait pu être une femme. Il n'était pas très grand. Mais j'ai trouvé que la façon dont il bougeait rappelait un homme.

— Et la couleur de ses cheveux ?

— Oh, il portait un de ces trucs que les jeunes aiment porter de nos jours. Une sorte de pull en coton avec un capuchon.

— Un sweat à capuche ? De quelle couleur ?

— Gris foncé, je crois. Ou une sorte de noir délavé. Il y avait des lettres dans le dos.

— Quelles lettres ? demandai-je avec avidité.

Il fronça les sourcils en cherchant à se souvenir.

— Ma mémoire n'est plus ce qu'elle était... Je crois que c'était O... E... M... C ? Ou peut-être O... K... ? Il y avait clairement un O au début et un C à la fin.

Il haussa les épaules.

— Désolé, je ne peux pas vous en dire plus.

Je lui adressai un sourire compréhensif.

— Ce n'est pas grave. C'est tout de même une information très précieuse que la police voudrait certainement avoir. Accepteriez-vous de leur parler ?

Sa poitrine se gonfla d'importance.

— Naturellement. Je serai ravi de pouvoir aider.

— Formidable. Je ferai passer le mot.

Je me retournai, me rappelant soudain la présence de Muesli. Elle avait été très silencieuse et je comprenais pourquoi. Elle s'était pelotonnée sur l'oreiller du capitaine Thomas et s'était endormie ! La matinée avait été longue pour la petite chatte et avait même eu raison de son énergie habituellement débordante. Je m'approchai et la pris gentiment dans mes bras. Elle était toute chaude et molle contre moi.

— *Mi... aou ?* fit-elle encore à moitié endormie.

— Allez, Muesli, il est temps de rentrer à la maison, je crois, dis-je avec un sourire.

Je remerciai encore le capitaine Thomas, puis je retournai au rez-de-chaussée avec ma petite boule de poils endormie. Jane nous attendait à la réception avec son ragdoll dans sa cage. Elle discutait avec la responsable et me regarda avec un sourire quand je sortis de l'ascenseur.

— J'étais sur le point de venir vous chercher, dit-elle.

— Désolée, je n'ai pas vu le temps passer. Je discutais avec l'un des résidents, répondis-je.

— Pauvre Muesli, elle a l'air épuisée, dit la responsable en tendant la main pour caresser ma petite boule de poils alors que je la remettais délicatement dans son panier.

J'éclatai de rire.

— Oh, je pense que c'est bénéfique pour elle. Elle s'est vraiment amusée ce matin.

— Et nous avons vraiment apprécié de l'avoir – je suis sérieuse, précisa la responsable avec un sourire en voyant mon expression. Elle a mis de l'ambiance. Ça a vraiment stimulé les résidents. Ils vont parler de ses pitreries pendant des jours, j'en suis sûre !

Nous attendons tous avec impatience sa prochaine visite.

— Oh… merci, dis-je en rougissant de surprise et de plaisir.

Quelques résidents s'étaient rassemblés dans la salle de réception pour dire au revoir aux chats et finalement, avec un sourire et un signe de la main, Muesli et moi saluâmes son nouveau fan-club et quittâmes la maison de retraite.

Chapitre 16

Je rentrai à la maison en vélo et déposai Muesli à sa place préférée sur le vieux canapé affaissé, puis j'appelai Devlin. Son portable sonna occupé. J'essayai le bureau du CID. Son sergent répondit.

— Le chef ? Il vient de sortir déjeuner.

— Vraiment ? Mais je pensais... Il m'a dit qu'il allait déjeuner au bureau aujourd'hui. Quelque chose s'est rajouté à la dernière minute ?

— Je ne sais pas. Il vient de me dire qu'il avait prévu de sortir déjeuner. Il avait une réunion, m'a-t-il dit.

— Quelque chose en rapport avec l'une de vos affaires ?

— Peut-être. Il ne m'a pas donné de détails. Il ne

dévoile pas toujours son jeu.

C'est certain.

— Hum... Eh bien, quand il reviendra, pouvez-vous lui demander de me rappeler ? J'ai des informations pour lui, sur l'affaire du meurtre du 1er mai.

— Vous pourriez m'en parler, dit le sergent d'un air important. J'interroge beaucoup de témoins sur cette affaire, car l'inspecteur est très pris par l'homicide de Blackbird Leys.

— Je pense que je préférerais en parler à Devlin directement. Je vais réessayer de l'appeler sur son portable, mais, juste au cas où, pouvez-vous lui transmettre le message ?

— Oui, bien sûr. Mais ça risque de prendre un moment avant qu'il ne revienne – il est parti il y a seulement dix minutes.

Je raccrochai et restai dans mon salon, indécise. C'était ironique : le lundi était mon seul jour de congé de la semaine et je l'attendais généralement avec impatience. C'était merveilleux d'avoir une journée où je pouvais faire la grasse matinée, paresser dans la maison, rattraper les tâches ménagères et autres, me lover avec un livre, regarder un film... mais ce jour-là, les heures semblaient s'étirer devant moi, sans travail ni rien pour me changer les idées. Au lieu de cela, je luttais pour ne pas laisser mon imagination s'emballer, convoquant des images de Devlin en rendez-vous secrets avec des blondes aux longues jambes...

Je poussai un soupir exaspéré. C'est ridicule ! Je décidai de sortir déjeuner moi aussi, puis de me promener un peu en ville, pour faire du lèche-vitrine. Cela m'empêcherait de rester assise à la maison, à ruminer sur l'endroit où se trouvait Devlin. Je pris mon manteau et mes clés, et quittai le cottage.

Lorsque j'empruntai le chemin de halage près de la rivière et que je pris la direction de la ville, je ressentis à nouveau un sentiment de bonheur d'avoir trouvé un endroit aussi agréable où vivre. Oxford était probablement l'une des villes les plus chères au Royaume-Uni : elle offrait un accès facile à Londres et un emplacement magnifique près des Cotswolds, sans parler de son architecture spectaculaire, de sa scène culturelle dynamique et de ses boutiques diverses et variées. J'avais cherché en vain un logement dans mes prix et j'avais perdu tout espoir – quand j'avais trouvé ce cottage. Il était parfaitement situé au sud de la ville, dans un endroit isolé sur les rives de la Tamise. Certes, il était vieux et délabré, mais sa structure était solide et je savais que c'était l'endroit idéal pour Muesli et moi.

Je m'attendais, étant donné sa situation centrale, à ce que le loyer soit astronomique. Mais à ma grande surprise, j'avais découvert que le cottage était resté vide pendant si longtemps que les propriétaires étaient prêts à se contenter d'un loyer fortement réduit. C'est presque comme si ça devait arriver, pensai-je en souriant tout en remontant lentement St Aldate's Street, en direction de Carfax, le principal carrefour du centre d'Oxford.

Je m'arrêtai net en voyant un homme descendre de l'autre côté de St Aldate's, dans ma direction. C'était Devlin ! Sa grande et belle silhouette ne laissait aucun doute planer. Je commençai à lever la main pour le saluer et attirer son attention, mais quelque chose m'en empêcha. Il marchait d'un pas pressé, jetant de temps en temps un regard par-dessus son épaule, et je me souvins soudain de son mystérieux rendez-vous pour le déjeuner.

Était-il en route pour retrouver quelqu'un ?

Je me cachai derrière une grande boîte aux lettres rouge Royal Mail et regardai Devlin qui continuait de l'autre côté de la rue. Il s'arrêta au coin d'une ruelle sinueuse qui partait de St Aldate's, jeta un dernier coup d'œil rapide aux alentours, puis s'enfonça dans la ruelle et disparut. J'hésitai une fraction de seconde, puis, en jetant un coup d'œil rapide des deux côtés pour m'assurer qu'aucune voiture n'arrivait, je traversai la rue en courant et j'arrivai moi-même à l'entrée de la rue.

Je regardai prudemment à l'angle. Devlin était déjà assez loin dans la ruelle, marchant à un rythme soutenu. Je courus après lui. La ruelle s'élargissait lentement pour devenir une rue avec quelques boutiques sur le côté gauche, puis une série de tables en bois disposées à côté d'un vieux bâtiment aux murs blanchis à la chaux et aux fenêtres à cadre noir. J'arrivai à l'angle juste à temps pour voir la grande silhouette de Devlin disparaître dans l'entrée du vieux bâtiment.

Je le connaissais : c'était le Bear Inn, un pub du XIIIe siècle, l'un des plus anciens d'Oxford. Niché au fond d'une ruelle, loin de l'agitation de la ville, c'était un petit bijou caché et méconnu de la plupart des touristes. Ce n'était pas l'un de mes pubs « habituels » en tant qu'étudiante, mais j'y étais venue plusieurs fois et je connaissais les lieux. Mon cœur s'enfonça dans ma poitrine. Le Bear Inn était charmant en partie à cause de son intérieur minuscule et confortable, avec les plafonds bas et les murs sombres lambrissés typiques du vieux pub historique. Si Devlin était debout près du bar, il serait pratiquement impossible d'entrer sans qu'il me voie, et je ne pourrais pas me cacher.

Mais la chance était avec moi. Alors que je me demandais ce que je devais faire, je vis Devlin sortir avec deux pintes de bière, et se diriger vers l'une des tables en bois de la terrasse du Bear Inn.

Je me cachai rapidement derrière un muret avec une haie ornementale et retins mon souffle. M'avait-il vue ? Je m'approchai du mur et regardai autour de moi. Non, Devlin était assis à une table très près de moi, mais il avait le dos tourné. Il faisait face à la ruelle au coin du pub et je réalisai alors qu'il attendait quelqu'un – quelqu'un qui allait probablement arriver de la ruelle. Je savais que la voie débouchait sur Oriel Square, qui à son tour menait à Merton Street et au Christ Church Meadow. Qui pourrait bien venir de là ? me demandai-je.

Je jetai un rapide coup d'œil autour de moi. Le mur derrière lequel je m'étais accroupie marquait la limite entre la terrasse et le trottoir devant les magasins. Derrière moi, il y avait un support métallique avec plusieurs vélos, et au-delà, un autre muret. Si quelqu'un venait de l'endroit que scrutait Devlin, il ne pourrait pas me voir, mais si une personne arrivait derrière moi – direction d'où je venais moi-même –, alors il me verrait tapie contre le mur et se demanderait ce que je faisais.

Je regardai à nouveau vers la ruelle. Je ne voyais personne. Néanmoins, juste au cas où, je détachai à la hâte une chaussure, puis je pris les extrémités de mes lacets et les tins entre mes mains. Si quelqu'un me voyait, il aurait l'impression d'être tombé sur moi au moment où je m'accroupissais pour faire mes lacets.

Un bruit de pas me fit lever la tête. Avec prudence, je jetai un coup d'œil sur le côté du muret et regardai vers l'autre bout de la ruelle. Un couple apparut au coin de la rue, marchant bras dessus bras dessous, parlant et riant. Ils disparurent dans le pub. Devlin tourna légèrement la tête et je vis son visage de profil. Il y avait de la déception dans son expression. Il jeta un coup d'œil à sa montre.

Puis j'entendis à nouveau des pas. Des talons hauts. Une femme à la silhouette élancée arriva au coin de la rue, avec des cheveux bruns lâchés et de beaux yeux sombres. Elle portait un jean serré enfoncé dans des bottes en cuir et un pull moulant. Elle sourit en s'avançant sur la terrasse et se dirigea droit vers Devlin.

Chapitre 17

Je repris mon souffle, mon cœur battant douloureusement dans ma poitrine. Puis je sentis mon corps se détendre quand la femme passa devant Devlin et s'arrêta à la table derrière la sienne. Je réalisai tardivement qu'il y avait un homme assis là. Il portait un pull marron foncé qui se confondait avec le bois de la table et des bancs, et il était penché sur son téléphone, c'est pourquoi je l'avais à peine remarqué.

— Mon chéri, tu attends depuis longtemps ? lui demanda-t-elle.

— Un moment, mais ce n'est pas grave, j'ai traité quelques mails en retard...

Je laissai échapper le soupir que j'avais retenu,

me sentant soudain stupide et ridicule. À quoi est-ce que je jouais, à rôder comme ça ? J'aurais dû aller vers Devlin, lui dire bonjour et lui demander qui il attendait. Mais juste au moment où j'allais me lever, une nouvelle silhouette apparut sur le côté du pub : Damian Heath. Devlin leva la main et le garçon se dirigea rapidement vers lui.

Je ressentis une vague de soulagement mêlée de honte. Évidemment ! Devlin retrouvait un suspect, pas une femme. Comment avais-je pu penser ça de lui ? Je me déplaçai le long du mur jusqu'à son extrémité, juste à côté de leur table, et tendis l'oreille pour écouter leur conversation.

Damian s'installa sur le siège à côté de Devlin et eut l'air surpris lorsque ce dernier poussa une pinte vers lui.

— Comment se fait-il qu'on se retrouve ici et pas au collège ou au poste ? demanda-t-il avec méfiance.

La voix de Devlin était chaude, amicale.

— Je me suis dit que ce serait plus agréable et, puisque tu m'aides dans mes recherches, j'ai pensé que le moins que je puisse faire était de t'offrir un verre.

— Je ne sais pas comment je peux vous aider autrement – je vous ai dit tout ce que je savais, dit Damian d'un air maussade.

— Tu sais comment ça marche... On doit encore revenir sur des détails. C'est pénible, mais il faut le faire. Santé.

Devlin leva son verre.

Le garçon hésita, puis leva le sien et but. Après un moment, il posa la bière et je le vis se détendre légèrement.

— Alors... que voulez-vous me demander ?

— J'aimerais qu'on repasse en détail la veille du 1er mai. Tu as dit dans ta déposition que tu avais passé toute la matinée dans ta chambre, à travailler sur un essai ?

— C'est ça. C'est là que Tanya a fait irruption et a commencé à hurler sur Charlie comme une banshee.

— Et ensuite ?

— Je vous l'ai dit – je suis resté dans ma chambre quasiment toute la journée. Charlie et Tanya avaient organisé une soirée déguisée ce soir-là et il y avait plein de gens qui entraient et sortaient. Charlie avait acheté un tas d'accessoires de fête et des trucs comme ça et tout le monde venait se servir.

— Et ensuite ?

— J'en ai eu marre de tout ce bruit en fin d'après-midi, et je suis sorti pour me balader un peu, vous voyez, pour prendre l'air. Puis je suis rentré, j'ai dîné au Formal Hall, j'ai mis mon costume et je suis allé à la fête, dans la chambre de Tanya. J'y suis resté jusqu'à minuit trente environ, puis je suis revenu dans ma chambre et je me suis effondré.

— Où es-tu allé quand tu es sorti te « promener » ?

Le garçon évita le regard de Devlin.

— Je... hum... juste en ville. J'ai marché jusqu'à Carfax, puis j'ai fait demi-tour et je suis revenu.

— As-tu acheté quelque chose ?

— Non, je voulais juste prendre l'air.

— Tu es sûr que tu n'as pas pris une autre direction... par exemple, en passant par Christ Church Meadow pour aller vers les hangars à bateaux de l'université ?

La voix de Devlin était toujours amicale, mais il y avait un soupçon d'acier dans sa voix à présent.

Damian tressaillit légèrement.

— Je... non, non, comme je vous l'ai dit, je suis allé en ville.

— Et quelle heure était-il ?

— Euh... ça devait être vers 17 h 30 ou 18 heures.

Devlin resta silencieux un moment, puis poussa un soupir et se pencha légèrement en avant.

— Damian... J'essaie de t'aider, mon pote. Je te donne la chance de corriger toute... anomalie dans ta déposition précédente. C'est juste une discussion amicale, rappelle-toi, nous ne sommes pas dans une salle d'interrogatoire de police. S'il y a quelque chose que tu n'as pas voulu dire avant, c'est le moment de rectifier le tir.

Damian hésita, puis secoua la tête.

La voix de Devlin se durcit et il abandonna ses manières amicales.

— Dans ce cas, tu peux peut-être m'expliquer pourquoi tu mens ? J'ai des témoins qui disent vous avoir vus, Charlie et toi, près du hangar à bateaux de l'université vers 18 heures ce soir-là, au moment même où tu prétends que tu te rendais en ville.

Damian déglutit et je vis sa pomme d'Adam

bouger.

— Je… Je…

— Les témoins disent aussi que Charlie et toi avez eu une grosse dispute, continua Devlin, impitoyable.

— D'accord, j'admets qu'on y est allés, fit Damian. Charlie m'a envoyé un texto juste au moment où je quittais le collège pour me promener. Il a dit qu'il voulait me parler de quelque chose. Mais il ne voulait pas le faire au collège, alors on s'est mis d'accord pour se retrouver près du hangar à bateaux. Mais la… la dispute, ce n'était rien…

— Ce n'est pas ce que disent les témoins, rétorqua Devlin. Apparemment, Charlie menaçait de te dénoncer à la police.

Damian s'agita sur son siège, comme s'il voulait se lever et s'enfuir.

— C'était à propos de Tanya, n'est-ce pas ? insista Devlin.

— Ouais, c'était à propos de cette saleté, éclata Damian. C'est la seule chose au sujet de laquelle on se disputait. Les choses allaient bien entre Charlie et moi jusqu'à ce que Tanya Koskov débarque, cracha-t-il avec amertume.

— Alors, quel était le sujet de la dispute ? Pourquoi Charlie a-t-il dit que tu profitais d'une fille vulnérable ?

Damian avait l'air mal à l'aise.

— Ce n'était rien, je vous le dis ! Charlie s'est juste mis dans tous ses états, c'est tout. Ça n'a rien à voir avec son meurtre.

— Laisse-moi en juger, dit Devlin. Je répète, Damian, pourquoi vous êtes-vous disputés ?

— C'était... C'était...

Damian se lécha les lèvres plusieurs fois, regardant désespérément autour de lui.

— Je vous l'ai dit, ce n'était rien, j'ai juste... j'ai juste offert un spliff à Tanya, et Charlie l'a découvert et l'a mal pris.

— Un spliff ?

— Ouais, vous savez, un joint, de l'herbe, du hasch...

— Vous essayiez de pousser Tanya à se droguer ?

— Hé !

Damian leva les mains dans la position classique de reddition.

— Non, non ! Ce n'était pas de l'héroïne ou de la cocaïne ou autre chose, c'était juste un peu de marijuana. Je ne prends pas de drogues dures, d'accord ? Tout le monde fume un peu d'herbe à l'université.

— Pas tout le monde, dit sèchement Devlin. Et j'en déduis que Charlie ne le faisait manifestement pas.

Damian agita les pieds.

— Hum, eh bien...

Devlin se pencha en arrière, plissant les yeux.

— Charlie était ton meilleur ami. Cela semble être une réaction extrême, de menacer de te dénoncer à la police juste pour avoir offert un peu de marijuana.

— Vous ne connaissiez pas Charlie. Il était un peu buté sur certains aspects. Je veux dire, il aimait faire la fête et il aimait boire, mais il était vieux jeu sur certaines choses, surtout les filles. Il avait cette idée qu'elles devaient être protégées et tout ça...

Il eut un rire méprisant.

— Protéger Tanya ? Il faut plutôt se protéger d'*elle* !

— Tu n'aimes vraiment pas Tanya Koskov, n'est-ce pas ?

Damian haussa les épaules.

— C'est une harpie coincée qui a bien trop d'argent.

— Et qu'en est-il de ton ami, Charlie ? Lui aussi était très riche. Ça devait être dur pour toi de vivre à côté de lui, de voir toutes les choses qu'il pouvait s'offrir, de toujours te battre pour suivre le rythme... étais-tu jaloux de lui ?

— Non, cracha Damian. Charlie était cool, d'accord ? Il n'a jamais étalé son argent devant moi et il n'était pas coincé comme Tanya. Il était vraiment généreux – il m'offrait des cadeaux tout le temps et... et me prêtait de l'argent si j'en avais besoin. C'était un bon pote.

Sa voix se brisa légèrement.

— Mais ce « bon pote » menaçait de te dénoncer, ce qui aurait pu signifier une expulsion de l'université, voire une condamnation pénale. Tu ne t'es pas senti trahi ? Et tout ça à cause d'une fille que tu méprisais ? Tu as dû être très amer, en colère – et effrayé. Ça fait de sacrés mobiles pour assassiner Charlie. L'empêcher de te dénoncer et te venger...

— Non ! s'écria Damian.

Il adressa un regard dur à Devlin.

— C'est n'importe quoi ! J'étais en colère, oui, mais contre Tanya, pas contre Charlie. Et de toute façon, je le connaissais… il ne m'aurait pas dénoncé. C'était mon ami et il ne m'aurait pas fait ça. Même chose pour moi ; je ne lui aurais jamais fait de mal.

Il fit une pause, puis ajouta avec sérieux :

— Écoutez, si vous ne me croyez pas, voyez les choses de façon objective. Ça aurait été stupide de ma part de tuer Charlie. L'avoir près de moi était bien mieux pour moi, alors que maintenant qu'il est parti… eh bien, en gros, je n'aurai plus d'ami riche pour me fournir. Ce n'est pas comme si j'allais recevoir de l'argent de son testament ou autre !

Je grimaçai légèrement en entendant ces mots, me rappelant soudain Miriam Hopkins et le fait qu'elle était toujours suspecte dans cette affaire de meurtre. Damian avait raison. Il n'avait rien à tirer de la mort de Charlie. En fait, il aurait tué la poule aux œufs d'or. Miriam Hopkins, par contre, avait beaucoup à gagner à sa mort.

Une sonnerie stridente retentit. Devlin sortit son téléphone et répondit sèchement. Après un moment, il raccrocha.

— Je dois y aller, dit-il à Damian en se levant de table. Mais j'aurai peut-être besoin de te parler à nouveau.

— D'accord… dit Damian en se levant à son tour.

Le soulagement et l'exaltation étaient perceptibles

dans sa voix et je vis Devlin plisser ses yeux bleus pensivement.

— Tu me caches encore quelque chose, Damian, dit soudain Devlin. Tu as ma carte et tu sais comment me contacter. Je te suggère de prendre les devants et de me dire ce que c'est toi-même avant que je ne le découvre...

Sur ces adieux sinistres, Devlin tourna les talons et s'éloigna de la table. Je reculai d'un bond et me précipitai derrière deux vélos garés. Accroupie au-dessus de ma chaussure, je fis semblant de faire mes lacets, détournant le visage alors qu'il passait devant moi, remontant la ruelle vers St Aldate. Mais même ainsi, Devlin m'aurait certainement remarquée si son téléphone n'avait pas sonné à nouveau juste au moment où il passait devant moi et s'il n'avait pas été distrait. Sa voix baissa en intensité alors qu'il regagnait la rue principale.

Je poussai un soupir de soulagement et je me levai lentement, étirant mes muscles contractés. Mes cuisses protestèrent et un de mes pieds était légèrement engourdi. Je fis pivoter ma cheville, grimaçant lorsque les sensations revinrent, puis je jetai un rapide coup d'œil vers le pub. Damian quittait la brasserie. Heureusement, il ne regardait pas dans ma direction. Il se dirigeait dans la direction opposée, revenant sur ses pas.

J'hésitai l'espace d'un instant. J'aurais probablement pu rattraper Devlin si j'avais couru. D'un autre côté... Je me retournai vers la silhouette de Damian qui disparaissait à l'angle du pub. Prenant une décision soudaine, je me retournai et courus après lui.

Chapitre 18

J'avais supposé que Damian retournerait au Haverton College via Merton Street, qui débouchait sur la High Street juste à côté de son collège. Cependant, à ma grande surprise, il quitta Merton Street et prit la ruelle étroite qui menait au Christ Church Meadow et rejoignait le Dead Man's Walk. Je fronçai les sourcils, déconcertée. Le Dead Man's Walk menait à Rose Lane, qui rejoignait la High Street bien plus loin. Près du Magdalen College et du pont, en fait. C'était donc là que Damian se rendait ?

Je le suivis d'aussi près que je l'osais – pas de très près, donc, car le Dead Man's Walk était assez exposé et, s'il se retournait, il me verrait certainement si je ne gardais pas mes distances. Et j'eus raison de rester loin, car lorsque Damian atteignit la fin du Dead Man's Walk, il s'arrêta et jeta un regard furtif autour de lui. Je me baissai instantanément et refis mon numéro de laçage de chaussures. Quand j'osai lever les yeux, je fus surprise de constater qu'il avait pris la bifurcation de droite, qui descendait vers la prairie.

Le Christ Church Meadow avait presque la forme d'un triangle inversé, dont la pointe inférieure touchait la Tamise. Il était bordé sur trois côtés par de jolies promenades, la plus large étant le Broad Walk, qui traversait horizontalement le côté nord du pré (ou la « base » du triangle inversé) et était également parallèle au Dead Man's Walk. C'était la route que j'avais empruntée le 1er mai. Sur le côté est, la Cherwell bordait la prairie, petit affluent qui prenait sa source dans le nord de l'Oxfordshire, passait sous le Magdalen Bridge et descendait en serpentant pour rejoindre la Tamise. Il y avait un chemin étroit qui courait entre la prairie et la Cherwell, connu sous le nom de Christ Church Meadow Walk, et c'était le chemin qu'avait emprunté Damian.

Je le connaissais bien – je l'avais souvent pris lorsque j'étais étudiante et que je voulais me promener tranquillement le dimanche matin. C'était un sentier magnifique, avec la Cherwell calme d'un côté et la vaste prairie de l'autre. Les arbres qui poussaient le long des berges de la rivière déployaient leurs branches au-dessus du sentier et formaient une avenue élégante. Au plus fort de l'été, la Cherwell était très fréquentée par les plaisanciers qui pilotaient les longs et étroits bateaux en bois si caractéristiques d'Oxford et de Cambridge, mais ce jour-là, la rivière semblait déserte, probablement à cause du temps gris et de l'air plus frais. Le chemin n'était pas pavé et pouvait être boueux par temps de pluie, d'autant plus que le Christ Church Meadow était une prairie inondable et se transformait en marécage pendant les mois humides de l'hiver. Heureusement, le sentier longeait une bande de terre surélevée, qui descendait vers la Cherwell d'un côté et vers un fossé longeant la prairie de l'autre.

Je suivis Damian discrètement, me demandant ce qu'il venait faire dans ce coin isolé. Peut-être avait-il simplement envie de se promener dans un écrin de verdure, mais je sentais qu'il avait l'air particulièrement déterminé. Mes soupçons furent confirmés quelques instants plus tard lorsque je le vis s'éloigner vers le fossé qui longeait le côté droit du chemin. Il s'arrêta et regarda par-dessus son épaule, et j'eus tout juste le temps de me cacher derrière un tronc d'arbre.

Je crus l'espace d'un instant qu'il m'avait vue, mais heureusement, le sentier sinueux me cachait. Quand je jetai un coup d'œil de l'autre côté du tronc, il s'était retourné et se dirigeait vers le fossé. Je fronçai les sourcils. *Qu'est-ce qu'il fabrique ?* J'hésitai, puis je me mis à courir, essayant de rester derrière la ligne d'arbres, jusqu'à ce que je sois à sa hauteur, mais de l'autre côté du sentier, à côté de la rivière. Je me cachai du mieux que je pus derrière un tronc d'arbre. Il était assez étroit et Damian m'aurait sûrement vue s'il avait bien regardé autour de lui, mais il semblait trop concentré sur ce qu'il faisait. Il s'était accroupi dans le fossé et semblait chercher quelque chose.

Même en me tordant le cou, je ne pouvais voir ce qu'il faisait. Après un instant d'hésitation, je décidai de me rapprocher. S'il levait les yeux et me voyait, je ferais comme si je me promenais moi aussi. Après tout, c'était un chemin public.

Lentement, je traversai le sentier et m'aventurai vers le fossé, en essayant de regarder par-dessus l'épaule de Damian. Il me tournait le dos et était accroupi à côté des hautes herbes et des buissons qui poussaient dans le fossé. Je ne pouvais voir ce qu'il faisait, mais, d'après sa posture, on aurait dit qu'une main était repliée contre son corps et que l'autre était tendue vers l'avant, tâtonnant dans les broussailles.

Puis quelque chose se brisa sous mon pied et un gros *CRAC* s'éleva.

Damian se retourna et perdit l'équilibre. Il écarta les bras et tomba en arrière dans le fossé, près d'une flaque d'eau boueuse. Il y eut un grand *SPLASH.*

Il leva les yeux et m'aperçut, et je vis ses yeux s'élargir de consternation et de peur.

— Désolée ! lui dis-je avec un sourire innocent. Je ne voulais pas vous effrayer. Je me demandais juste ce que vous faisiez ?

— Euh… rien, dit-il en se relevant.

Il jeta un rapide coup d'œil à la flaque d'eau boueuse, puis frotta l'arrière de son jean et s'éloigna de moi d'un pas.

Je n'en avais pas terminé.

— Alors pourquoi êtes-vous descendu dans le fossé ? insistai-je. On aurait dit que vous cherchiez quelque chose.

Il me regarda d'un air renfrogné.

— Rien, je vous dis ! Je ne cherchais rien. Je… j'ai juste cru voir quelque chose de brillant… J'ai pensé que quelqu'un avait pu laisser tomber quelque chose de valeur alors je suis descendu pour vérifier.

C'est cela, oui. Très crédible.

— Et vous avez trouvé quelque chose ? demandai-je.

— Non, rien, marmonna-t-il. Ça devait être un effet de la lumière. Bref, je dois y aller. Je vais être en retard pour un cours…

Et sans un mot de plus, il tourna les talons et partit en vitesse.

Je restai regarder sa silhouette disparaître au loin. Quelque chose me turlupinait – quelque chose à propos de la scène à laquelle je venais d'assister –, mais je n'arrivais pas à mettre le doigt dessus. J'avais l'impression que quelque chose me regardait droit dans les yeux, un indice important qui me manquait…

Que fabriquait réellement Damian ? Je regardai pensivement le fossé et je m'accroupis pour examiner le sol. J'écartai les hautes herbes en faisant attention de ne pas marcher dans la flaque d'eau boueuse. Il n'y avait rien. Si Damian cherchait quelque chose, ça ne se trouvait pas là. Je me relevai et je m'essuyai les mains, puis, avec un soupir, je fis demi-tour et repartis vers la ville.

⁂

— Gemma ? Tu as entendu ce que j'ai dit ?

J'eus un sursaut de culpabilité et je me reconcentrai sur Cassie de l'autre côté de la table.

— Désolée, Cass, j'ai raté la dernière partie. Tu peux répéter ?

Ma meilleure amie roula des yeux.

— Tu n'as rien écouté de ce que j'ai dit, n'est-ce pas ? Tu es sur ta planète !

— Désolée !

Je rapprochai de moi les différentes feuilles de papier qui jonchaient la table. Il s'agissait de différents designs pour le site web du salon de thé que Cassie avait hâte de me montrer. Elle m'avait appelée juste au moment où je rentrais du Christ Church Meadow et m'avait proposé qu'on se retrouve dans un café en ville. Mais quand nous avions pris place, j'avais eu beaucoup de mal à me concentrer sur l'optimisation des moteurs de recherche et les métadonnées des sites web.

— Qu'est-ce qui te tracasse autant ? demanda Cassie. Encore ce truc avec Devlin ?

— Oh, non, dis-je avec un sourire gêné. Je pense que tu avais raison, j'étais juste stupide et paranoïaque.

— Alors, à quoi tu pensais ?

— Au meurtre du 1er mai, avouai-je. Je n'arrive pas à me le sortir de la tête. Je ne cesse de passer en revue les suspects et tout semble si... si alambiqué !

— Alambiqué ? sourit Cassie. Eh bien, toutes les affaires de meurtre ne sont-elles pas alambiquées ? Sinon, la police aurait déjà attrapé le tueur.

— Oui, mais ce que je veux dire, c'est que... en général, il y a un suspect qui sort du lot. On est *sûr* que c'est le tueur et il faut juste trouver les preuves. Mais cette fois...

J'écartai les bras, impuissante.

— Ils semblent *tous* aussi probables – ou improbables !

— La police doit bien avoir un suspect numéro un ? À qui Devlin pense-t-il ?

— Il ne m'a rien dit. Je sais que Miriam Hopkins était à l'origine en haut de la liste, parce que l'arme du crime lui appartenait et que personne ne pouvait corroborer ses déplacements du 1er mai.

— Et elle avait beaucoup à gagner de la mort de ce garçon, me rappela Cassie.

— Oui, c'est vrai. Mais je n'arrive tout de même pas à le croire... C'est dingue ! Ça ne peut pas être Miriam !

— Qui sont les autres suspects ? demanda Cassie qui se voulait la voix de la raison. La petite amie ?

— Oui, c'est une possibilité. Elle a déjà agressé quelqu'un avec un couteau... *et* elle s'est disputée avec Charlie la veille de sa mort, où elle l'a menacé de lui faire regretter de l'avoir trompée.

— Il la trompait ?

Je haussai les épaules.

— Je ne sais pas trop. J'en doute, mais il semble que Tanya Koskov soit du genre jaloux...

— Oh, arrête ! dit Cassie. C'est la vraie vie, pas un feuilleton télévisé ! Les gens ne s'entretuent pas par jalousie, c'est un mobile tellement nul.

— Ce n'est pas forcément un meurtre prémédité, admis-je. Mais j'imagine bien quelqu'un perdre la tête dans un accès de jalousie et s'emporter. Les Français ont même une expression pour ça : *crime passionnel.*

— Mais ça ne s'appliquerait pas dans ce cas, fit remarquer Cassie. Ça devait être prémédité – à moins que tu ne me dises que le meurtrier se promenait en permanence avec une brochette à barbecue dans la poche, juste au cas où il aurait voulu poignarder quelqu'un dans un accès de jalousie et aurait eu besoin d'un objet pointu à portée de main.

Je gloussai devant le ton facétieux de Cassie.

— Non, tu as raison, et c'est pour ça que je dis que ça ne colle pas. Tanya a peut-être eu l'*occasion* de tuer Charlie – elle se tenait juste à côté de lui – et je l'imagine assez audacieuse et intelligente pour prendre le risque de l'assassiner en public comme ça, façon double bluff, mais le mode opératoire ne correspond pas à son mobile potentiel.

— D'accord, et pour le colocataire alors ? Je pensais que la police l'avait aussi dans sa ligne de mire.

— Damian Heath ? Oui, c'est fort possible. Il n'a pas non plus d'alibi pour le moment du meurtre ; il aurait facilement eu accès à l'arme du crime puisque la brochette était posée dans le salon des garçons, attendant que Miriam la récupère… et il avait un mobile.

Cassie haussa les sourcils.

— Quel mobile ?

— Il a eu une grosse dispute avec Charlie la veille du meurtre lui aussi, et certains témoins ont entendu Charlie menacer de dénoncer Damian à la police.

— Charlie allait dénoncer Damian à la police ? Pour quoi ?

— Les témoins ont dit que c'était à cause de Damian qui profitait de Tanya d'une certaine façon. Charlie était vraiment en colère. Quand Devlin a interrogé Damian à ce sujet, il a dit que ce n'était rien, qu'il avait juste proposé à Tanya un peu de marijuana et que Charlie avait réagi de façon excessive.

Cassie me regarda avec curiosité.

— Comment as-tu appris tout ça ?

Je rougis légèrement. J'étais trop embarrassée

pour parler à Cassie de mon petit coup d'éclat de la journée : suivre Devlin à Oxford et écouter sa conversation avec Damian. Ce souvenir me mit mal à l'aise. J'étais pire que ces femmes qui fouillaient dans les textos de leur petit ami !

— Je... hum... suis tombée par hasard sur Devlin qui interrogeait Damian sur la terrasse du Bear Inn plus tôt dans la journée.

Cassie me regarda avec suspicion.

— Sacrée coïncidence.

Je lui adressai un sourire éclatant.

— N'est-ce pas ? Quoi qu'il en soit, je ne voulais pas perturber leur entretien, alors j'ai juste... euh... attendu en arrière-plan.

— Tu veux dire que tu as écouté aux portes, dit Cassie avec un sourire. Ne t'inquiète pas, Gemma, tu peux me le dire. J'ai passé beaucoup de temps avec les vieilles chouettes et comme tu le sais, elles considèrent ça comme un art.

J'éclatai de rire.

— Bon, très bien, j'ai peut-être un peu écouté aux portes.

Je me penchai en avant, surexcitée.

— Et je vais te dire autre chose : j'ai suivi Damian après l'interrogatoire et il a fait quelque chose de bizarre. Il est descendu au Christ Church Meadow, jusqu'au chemin près de la Cherwell, et a commencé à fouiller dans le fossé du côté du pré.

— Dans le fossé ? Qu'est-ce qu'il fabriquait ?

Je haussai les épaules.

— Je n'ai pas vraiment pu voir. On aurait dit qu'il cherchait quelque chose… il semblait tâtonner. Mais il m'a vue, a pris peur et, bien sûr, a nié qu'il faisait quoi que ce soit.

Je levai les yeux au ciel.

— Il m'a raconté une histoire à dormir debout comme quoi il avait vu quelque chose briller et avait pensé que quelqu'un avait peut-être laissé tomber un objet de valeur.

— Et tu as regardé ?

J'acquiesçai.

— Oui. Après son départ, j'ai inspecté le fossé, mais il n'y avait rien. S'il y avait quelque chose de caché, je ne l'ai pas vu.

— Bizarre, dit Cassie en secouant la tête.

— Ça me turlupine depuis. J'ai l'impression qu'il y a un détail que j'ai vu ou entendu, quand j'étais avec Damian, qui est important d'une certaine manière… mais je n'arrive pas à savoir ce que c'est ! *Argh !*

Je tapai du poing sur la table, frustrée.

— Peut-être que tu devrais arrêter de te prendre la tête, suggéra Cassie. Tu sais ce qu'on dit : si tu penses à autre chose, peut-être que ton esprit s'en souviendra de lui-même. Quoi qu'il en soit, tout ça semble indiquer que Damian est notre homme, non ? Il avait un mobile, les moyens et l'opportunité – après tout, nous n'avons que sa parole quand il dit qu'il n'a pas trouvé Charlie et Tanya dans la foule – et maintenant il agit de façon suspecte et cache manifestement quelque chose.

— Oui, mais ça ne correspond pas à sa personnalité ! soupirai-je.

— À sa personnalité ?

Cassie me regarda d'un air interrogateur.

Je lui adressai un sourire triste.

— Je déteste dire ça, mais je pense que les vieilles chouettes ont raison. Tu sais, elles qui ne jurent que par les méthodes d'Agatha Christie ? Comme quoi la psychologie et la personnalité seraient aussi utiles pour résoudre un meurtre que des preuves médico-légales ? Eh bien, je crois que je suis d'accord avec elles pour le coup. Je ne pense pas que Damian ait la personnalité adéquate pour avoir commis ce meurtre. Je l'ai rencontré plusieurs fois maintenant et je peux te dire que c'est une fouine. Tu sais, du genre sournois et malhonnête. Un lâche égoïste. Je peux l'imaginer en petit escroc, voleur ou maître chanteur, mais en meurtrier ? Et surtout ce genre de meurtre ? Je ne le vois pas avoir la force de caractère et le courage de planifier et d'exécuter tout ça, puis de poignarder quelqu'un de sang-froid... en public...

— Je ne pense pas que tu puisses te fier aux quelques fois où tu lui as parlé, fit remarquer Cassie. Ce n'est pas comme si tu le connaissais depuis des années. Peut-être qu'il ne t'a montré qu'une facette de sa personnalité. Les gens sont doués pour présenter différentes images d'eux-mêmes.

— Je suppose... Mais je ne pense tout de même pas que c'est lui.

— Très bien, alors si ce n'est pas Damian, qui d'autre cela pourrait-il être ?

Cassie baissa légèrement la voix.

— Je suppose qu'il n'y a aucune chance que ce soit Miriam Hopkins au final ?

Je regardai Cassie, surprise.

— Tu plaisantes ?

Cassie haussa les épaules.

— On ne peut pas prendre pour acquise l'innocence de Miriam juste parce que Dora le dit – tu sais que les gens ont des préjugés sur leurs amis.

— Oui, mais Miriam… Oh, et il y a autre chose !

— À propos de Miriam ?

— Non, quelque chose d'autre. En fait, ça n'a peut-être aucun rapport avec le meurtre, mais pendant la visite de Muesli à la maison de retraite ce matin, nous avons rencontré un vieux capitaine de la marine dont la chambre donne sur la rivière, le Magdalen Bridge et une partie de la High Street. C'est aussi une vieille fouine qui aime observer ce qui se passe en bas avec une paire de jumelles. Quoi qu'il en soit, il m'a dit qu'il surveillait le pont le 1er mai et qu'il a vu Charlie se jeter par-dessus bord. Mais ce qui est *vraiment* intéressant, c'est qu'il a aussi vu quelqu'un se précipiter dans la direction *opposée*.

— Comment ça, dans la direction opposée ?

— Quand Charlie est tombé, la foule s'est précipitée vers le côté du pont pour regarder la rivière, mais cette personne se frayait un chemin dans l'autre sens. Comme si elle fuyait la scène, plutôt que d'aller voir comme tout le monde.

— Tu penses que c'était le tueur de Charlie ?

Je haussai les épaules.

— On dirait qu'elle essayait de quitter les lieux aussi vite que possible.

— Ton capitaine de vaisseau a-t-il vu à quoi il ressemblait ?

Je secouai la tête, frustrée.

— Non. Il a dit qu'il l'avait vue de dos. Il l'a décrite comme portant un sweat à capuche gris foncé. Il n'était même pas sûr que ce soit un homme ou une femme, mais il aurait davantage penché pour un homme.

Je laissai échapper un soupir.

— Je ne sais pas si je dois en parler à Devlin. J'étais vraiment enthousiaste au début, mais, maintenant que j'y pense, tout ça me semble un peu vague et stupide – je ne sais pas comment ils pourraient retrouver cette personne sur la base d'indices aussi maigres. Je suppose que je devrais quand même le signaler à la police et les laisser suivre la piste.

Cassie jeta un coup d'œil à sa montre, puis entreprit de récupérer les papiers sur la table.

— Il faut que j'y aille. Je donne un cours au studio de danse ce soir.

Je m'empressai de l'aider.

— Désolée, Cass, on n'a pas vraiment eu l'occasion de discuter du site web. Tu veux bien rapporter tout ça au salon demain et on pourra en parler quand on aura un moment de libre ?

— D'accord.

Cassie rassembla ses affaires et se dirigea vers la porte du café.

J'allais la suivre, mais je me figeai lorsque mon regard se posa sur une fille assise seule à une table dans le coin le plus éloigné. C'était Tanya Koskov.

Chapitre 19

Tanya était assise à une petite table dans un coin à l'avant du café, contre les fenêtres. Elle regardait avec humeur à travers la vitre, tripotant un expresso.

— Qu'est-ce qu'il y a ? demanda Cassie en se retournant et en rebroussant chemin.

— C'est Tanya Koskov, dis-je à voix basse en hochant la tête vers elle.

Cassie regarda la fille d'un air pensif.

— J'ai vu sa photo dans les journaux... C'est drôle, maintenant que je la vois en chair et en os, elle n'est pas tout à fait comme je l'imaginais.

— Comment ça ? demandai-je, surprise.

— Je ne sais pas trop – vu comme tu en parlais et avec tous ces articles de presse à son sujet, je m'attendais à voir quelqu'un de plus dur, plus glamour et arrogant.

Elle regarda de nouveau la fille de l'autre côté de la pièce.

— Elle a l'air très jeune et presque... solitaire.

Je me retournai vers Tanya. Cassie avait raison. Peut-être était-ce parce qu'elle n'était pas sur la défensive. C'était comme si je voyais une autre facette de sa personnalité. Elle avait l'air un peu perdue et vulnérable, et, bien que les coins de sa bouche tombent, elle n'avait pas l'air boudeuse ou gâtée – juste triste et seule.

Sur une impulsion, je donnai un coup de coude à Cassie.

— Vas-y, je vais lui parler.

Je traversai lentement le café et m'arrêtai à la table de Tanya.

— Bonjour, Tanya... dis-je doucement.

Elle leva les yeux, surprise, et je vis des larmes briller sur ses cils. Rapidement, elle passa une main sur ses yeux et son masque familier d'indifférence cynique retomba sur son visage.

— Oui ? fit-elle d'un ton hostile.

— Ça vous dérange si je me joins à vous ?

Elle sembla sur le point de refuser, puis haussa les épaules et désigna la chaise vide en face d'elle.

Je m'assis et commençai :

— Je voulais vous dire que je suis désolée pour hier soir. Je ne voulais pas causer de problèmes entre Damian et vous...

Elle eut un petit rire méprisant.

— Le problème était déjà là. Damian ne m'a jamais aimée. Et maintenant il dit à la police que j'ai tué Charlie... parce qu'on s'est disputés.

Elle releva la tête d'un air impatient.

— Oui, on s'est disputés ; j'étais en colère, *très* en colère. Je pense que Charlie me mentait... mais de là à le tuer ? Non, bien sûr que non ! Je l'ai juste largué... comme ça !

Elle claqua des doigts.

— Il ne valait pas la peine que je commette un meurtre. Il y a des tas de garçons ; Charlie n'était pas mon premier. Ce n'était qu'un type parmi tant d'autres. Je n'aurais pas gaspillé mon temps et mon énergie à le tuer. Je ne le pleure même pas !

Sa voix se brisa soudain et elle se détourna brusquement, fixant la fenêtre d'un air absent et clignant rapidement des yeux. Je baissai la tête et entrepris de déplacer quelques sous-verre sur la table, mal à l'aise. J'étais également surprise. Se pouvait-il que sous cet air hautain, Tanya fasse le deuil de son petit ami ? Tenait-elle vraiment à Charlie ? Il était difficile d'imaginer la jeune Russe gâtée se souciant de quelqu'un d'autre qu'elle-même... Et pourtant...

Tanya se retourna vers moi, le visage débarrassé de toute émotion, et dit froidement :

— De toute façon, Damian va regretter ce qu'il a essayé de me faire. Il va payer.

— Vous pensez que *Damian* pourrait avoir tué

Charlie ?

Elle plissa les yeux.

— Oui, c'est ce que j'ai dit au bel inspecteur. Damian est un serpent. Il n'aurait eu aucun mal à trahir son meilleur ami.

Puis elle croisa les bras d'un l'air las.

— Mais j'en ai assez de cette affaire. La police n'arrêtait pas de me poser des questions ! Ils ne peuvent plus le faire sans mon avocat – alors ils parlent aux autres. Tout le temps, au collège – ils ne s'arrêtent jamais ! Même Mikhaïl doit leur parler...

Je me souvins soudain de l'universitaire russe grincheux.

— Ah oui, Mikhaïl... C'est un bon ami à vous ?

Elle haussa les épaules.

— C'est un compatriote. Nous sommes tous deux originaires de Russie. Dans le collège, nous sommes les seuls. C'est un vrai patriote et il aime mon pays.

— Il est aussi très protecteur envers vous. Il semble passer beaucoup de temps à essayer de prendre soin de vous. Chaque fois que je vous ai vue, il était derrière vous quelque part. En fait, je suis surprise qu'il ne soit pas là.

Je jetai un coup d'œil autour de moi.

Tanya parut amusée.

— Ce n'est pas mon chien de garde, si c'est ce que vous pensez. Mikhaïl est vieux jeu et il a des idées démodées sur les filles, sur la façon dont elles doivent être protégées. Ça m'amuse de le laisser s'occuper de moi.

— Oui, mais peut-être que…

Je marquai une pause, frappée par une nouvelle idée.

— Peut-être que Mikhaïl a commencé à prendre le rôle trop au sérieux ! S'il avait des sentiments pour vous et qu'il était particulièrement protecteur envers vous… et qu'il pensait que Charlie vous traitait mal… peut-être qu'il a assassiné Charlie dans… une sorte d'acte chevaleresque à l'ancienne… ou peut-être qu'il était jaloux et qu'il voulait vous avoir rien que pour lui !

— Vous pensez que Mikhaïl a tué Charlie par amour pour moi ?

Elle rejeta sa tête en arrière et rugit de rire.

— Qu'y a-t-il de si drôle ? demandai-je, irritée.

Elle s'efforça de se reprendre.

— Je suis désolée – c'est juste que vous ne savez pas à quel point c'est ridicule. Vous comprenez…

Elle se pencha en avant et me lança un regard lourd de sous-entendus.

— Mikhaïl n'aime pas les femmes. Il est – comment dites-vous ça en anglais –… il joue pour l'autre équipe.

Je restai à la fixer, confuse, pendant un moment, puis je compris.

— Oh ! Vous voulez dire qu'il est…

Tanya hocha la tête, un sourire moqueur aux lèvres.

— Donc je peux vous assurer que Mikhaïl n'a pas tué Charlie par amour pour moi, parce qu'il était jaloux.

Elle gloussa doucement.

Me sentant légèrement gênée, je me redressai contre le dossier.

— Oh, eh bien… C'était juste une idée…

— Ne perdez pas votre temps avec ces idées.

Elle eut un sourire dépourvu d'humour.

— Je vous dis que c'est Damian qui a trahi Charlie.

⁂

Au lieu de rentrer directement au cottage, je décidai de faire un saut chez mes parents. En arrivant à leur maison de ville de North Oxford, je constatai que ma mère avait de la compagnie : les vieilles chouettes prenaient le thé avec elle dans le salon.

— Gemma, très chère ! s'écria Mabel, ravie. Pile la personne que nous espérions voir ! Nous sommes allées à ton cottage, mais tu n'y étais pas. J'étais sur le point de demander à ta mère de t'appeler…

Oh, oh. Je regardai Mabel avec méfiance, me demandant dans quel plan fou elle voulait m'entraîner cette fois.

— Je refuse tout ce qui implique des déguisements, dis-je rapidement.

— Oh, tu n'as pas besoin de déguisement pour ça,

très chère, dit Glenda. Mais nous devrions sans doute prendre des bandages, juste au cas où.

— Et des blocs de glace, dit Florence avec un hochement de tête.

Ça commençait à être inquiétant. Je m'assis sur le canapé à côté d'elles, j'acceptai la tasse de thé que me tendait ma mère et je demandai nerveusement :

— De quoi s'agit-il ?

— Regarde !

Mabel me tendit une feuille de papier avec excitation. Il s'agissait d'une petite affiche qui semblait avoir été arrachée d'un panneau d'affichage. On aurait dit une invitation à une sorte d'atelier d'arts martiaux.

— Je ne comprends pas, dis-je. Pourquoi me montrez-vous ça ?

— Regarde ! répéta Mabel en désignant cette fois un logo dans le coin supérieur droit de l'affiche.

Il représentait un cercle avec un poing stylisé à l'intérieur, et quatre lettres arquées au-dessus : OKMC.

Je fronçai les sourcils. Ces lettres m'étaient vaguement familières...

— Ce sont les mêmes lettres qui étaient sur le pull dans la chambre de Charlie Foxton ! s'exclama Ethel avec enthousiasme.

Bien sûr. Elle avait raison. Comment avais-je pu oublier ? Le sweat à capuche sur le dossier de la chaise de Charlie arborait ces mêmes lettres : *OKMC.* Je consultai le reste de l'affiche et découvris que les lettres signifiaient Oxford Krav Maga Club. Puis je me souvins d'autre chose : le capitaine Thomas, à la maison de retraite, avait décrit la personne qu'il avait vue s'enfuir du pont le 1er mai. Elle portait un sweat à capuche gris, avec des lettres dans le dos. Commençant par un *O*, finissant par un *C*, et avec éventuellement *EM* ou *KM* au milieu. J'étais presque sûre maintenant que les lettres sur ce sweat étaient *OKMC*. Ce qui signifiait que le meurtrier était peut-être membre du club de krav maga d'Oxford.

— Charlie devait appartenir à ce club, dit Florence avec enthousiasme. Si nous pouvions parler à certains membres, nous pourrions peut-être trouver des indices sur son meurtre.

— Et ça ne pouvait pas mieux tomber ! ajouta Glenda en montrant l'affiche. Il y a un *atelier de découverte du Krav Maga pour les femmes* ce soir. C'est une merveilleuse occasion de mettre un pied dans le club et de discuter avec les membres. Ça ne commence qu'à 20 heures. Nous pourrions dîner tôt et...

— Euh... Attendez...

Je regardai les vieilles chouettes, incrédule.

— Vous ne pensez tout de même pas *participer* au cours ?

Mabel se redressa.

— Et pourquoi pas ?

— Parce que...

Je m'interrompis. Je n'arrivais pas à croire que j'avais cette conversation.

— Hum… vous réalisez que le krav maga est une technique d'autodéfense mortelle développée par l'armée israélienne pour le combat au corps à corps. Ce n'est pas du yoga pour les seniors !

Mabel se hérissa.

— Tu crois qu'on ne sait pas se défendre, jeune fille ?

— Je ne veux simplement pas que vous soyez blessées. Les arts martiaux ne sont pas vraiment le genre d'activité pour… hum… les personnes plus matures…

— Oh, mais le krav maga, c'est différent, dit Florence en montrant l'affiche avec enthousiasme. Vous voyez ce que ça dit ici ? *Convient aux gens de tout âge, toute taille et tout sexe. Tout le monde peut utiliser les techniques du krav maga pour vaincre un adversaire plus fort. Des tactiques simples, puissantes et faciles à apprendre pour les situations de la vie réelle. Parfait pour les vieux, les faibles et les petits.*

— J'ai toujours voulu apprendre l'autodéfense, dit Glenda en ébouriffant ses cheveux. Les hommes aiment les femmes qui savent… comment disent les Américains ? Botter des culs !

Elle se couvrit la bouche et gloussa.

— Vous n'êtes pas sérieuses, dis-je faiblement. Et si vous tombez et vous vous cassez la hanche ?

Mabel se leva, croisa les bras et me regarda avec indignation.

— Mes hanches vont très bien, jeune fille.

Occupe-toi des tiennes.

— Je trouve que c'est une idée merveilleuse, ma chérie, s'exclama ma mère. En fait, je viendrais aussi si je n'avais pas une soirée bridge chez Dorothy Clarke. Mais je peux essayer d'annuler...

— Non ! Non, mère, va à ta partie de bridge, dis-je à la hâte.

Je me tournai vers les vieilles chouettes et dis avec un soupir :

— Très bien. Je suppose qu'il n'y a pas de mal à aller observer un cours.

— On ne va pas rester observer ! dit Florence en faisant la moue.

Glenda et Ethel hochèrent la tête avec véhémence.

— On veut participer !

Je soupirai et j'espérais ardemment que, lorsque nous nous présenterions, les instructeurs expliqueraient aux vieilles chouettes qu'elles étaient trop âgées pour suivre le cours.

Chapitre 20

Ce soir-là, alors que je suivais les vieilles chouettes dans les escaliers étroits d'un sous-sol miteux situé près de la gare routière d'Oxford, je me demandai avec inquiétude dans quoi je m'étais embarquée. Une odeur de sueur fétide mélangée au parfum artificiel du déodorant vint chatouiller nos narines et je fronçai le nez avec dégoût. J'entendais de faibles grognements et des cris, ainsi qu'un bruit sourd occasionnel, ce qui accentuait le malaise.

Nous débouchâmes dans une vaste pièce basse de plafond, qui occupait tout le sous-sol. Son centre était divisé en deux zones d'entraînement, manifestement utilisées pour les cours et les combats simulés. Sur les côtés étaient alignés casiers et étagères remplis de boucliers courbes, de coquilles pour l'entrejambe, de casques, de gants, ainsi que de plusieurs sacs de frappe noirs géants suspendus au plafond.

La zone d'entraînement la plus proche de la porte était déserte, mais plusieurs paires d'hommes s'entraînaient de l'autre côté de la pièce, et d'autres les observaient depuis un long banc contre le mur. À en juger par leurs biceps gonflés et leurs corps musclés, il s'agissait manifestement de membres de longue date, et plusieurs d'entre eux avaient l'air d'avoir déjà pris part à de vrais combats – et assez souvent. Quelques-uns arboraient des tatouages, deux avaient le crâne rasé et un le nez cassé. Je déglutis nerveusement. Je croyais que nous étions censées apprendre à nous défendre contre les voyous, pas entrer dans un repaire de bandits !

Un jeune homme mince en pantalon de survêtement s'approcha de nous avec un sourire et un porte-bloc. Il tendit une main vers moi.

— Vous devez être ici pour l'atelier de découverte du krav maga pour les femmes.

— Euh, je...

Mabel m'écarta du chemin et lui prit la main, la serrant avec vigueur.

— Oui, c'est bien cela.

— Je... Je vous demande pardon ?

Le jeune homme parut décontenancé.

— Vous, madame ?

— Moi et mes amies, répondit Mabel en se

désignant elle-même, puis Glenda, Florence et Ethel. Oh, et Gemma aussi, ajouta-t-elle après coup.

Le jeune homme se lécha les lèvres.

— Ce qu'il y a… eh bien, c'est que ce n'est pas vraiment un cours pour les seniors…

— Jeune homme, il est écrit sur votre affiche que le krav maga convient à tous, y compris aux vieux, aux faibles et aux petits. Vous voulez dire que l'affiche ment ?

— Oh, non, bien sûr que non ! dit-il. C'est juste que… en disant vieux, nous ne pensions pas à *si* vieux… Hmm, je voulais dire…

Il s'empressa de se reprendre devant le regard furieux de Mabel :

— Ce que je veux dire, c'est que… les cours peuvent être assez… physiques, voyez-vous.

— Tant mieux, jeune homme, dit Florence. Nous ne sommes pas aussi fragiles que nous en avons l'air.

Parle pour toi, pensai-je.

— Eh bien…

Le jeune homme jeta un regard impuissant autour de lui, puis il haussa les épaules avec résignation.

— Si vous souhaitez rejoindre le cours, vous êtes les bienvenues. J'ai juste besoin que vous remplissiez ces formulaires et signiez la décharge de responsabilité.

Il distribua des papiers aux vieilles chouettes, puis me regarda.

— Et vous, miss ?

J'étais sur le point de répondre : « Non, je voudrais

juste observer », mais je me sentis soudain honteuse. Il y avait là quatre petites vieilles qui avaient le courage d'essayer – allais-je me comporter en poule mouillée ?

— Euh… oui, merci, dis-je en lui prenant le formulaire.

Pendant que nous les remplissions, plusieurs femmes se présentèrent pour le cours. Elles étaient de tous âges et de tous genres, et certaines semblaient n'avoir besoin d'aucun entraînement pour battre quelqu'un à plate couture. Une fille avec une queue de cheval haute bondissait d'un pied sur l'autre, les poings déjà levés, comme si elle était prête à frapper quiconque la regarderait de travers. Une autre femme aux gros bras musclés faisait craquer ses articulations tout en nous regardant d'un air malveillant.

— Vous rejoignez le cours ? fit une voix narquoise à côté de nous.

Je me retournai et vis une fille au crâne rasé avec un anneau dans le nez qui regardait de haut les vieilles chouettes, un sourire incrédule se dessinant aux coins de sa bouche.

— En effet, dit Mabel.

La fille pouffa.

— Vous êtes sûre d'être au bon endroit, mamie ?

Mabel se hérissa, mais avant qu'elle puisse répondre, on nous appela au centre de la pièce. Je déglutis en voyant le grand homme au nez cassé qui nous attendait. *Oh mon Dieu, il doit probablement s'appeler Rambo ou The Rock ou quelque chose comme ça et il va nous tuer !* Mais à ma grande surprise, il se présenta d'une voix douce en tant que Trevor et nous offrit un beau sourire en nous invitant à nous rassembler autour de lui.

Les vieilles chouettes avancèrent avec enthousiasme et je suivis à contrecœur. Trevor expliqua qu'il allait nous montrer comment désarmer un agresseur et lui échapper.

— Mais d'abord, nous allons vous échauffer et vous mettre dans le bon état d'esprit, dit-il. Je veux que vous formiez un grand cercle autour de moi.

Je suivis les vieilles chouettes et nous entreprîmes de former un cercle autour de la pièce.

— Bien, pour commencer, je veux que vous marchiez avec les épaules voûtées, les yeux baissés, et que vous fassiez de petits pas hésitants et traînants…

J'essayai de faire ce qu'il me demandait, me sentant stupide et embarrassée.

— Et maintenant, je veux que vous vous teniez bien droites, les épaules en arrière, que vous leviez le menton, que vous regardiez droit devant vous et que vous fassiez des pas assurés.

Je modifiai ma posture et ma façon de marcher selon ses instructions. À ma grande surprise, je me sentis soudain beaucoup plus puissante.

— Vous voyez ? Le simple fait d'adopter la bonne posture et de changer votre façon de bouger vous donne l'impression de mieux contrôler la situation, pas vrai ? Il est important de savoir que les criminels sont toujours à la recherche de victimes plus faibles. Si vous avez l'air d'une personne nerveuse et incertaine ou si vous avez la tête baissée, que vous envoyez des SMS sur votre téléphone et que vous n'observez pas votre environnement, vous devenez une cible facile. Mais si vous marchez simplement en ayant l'air déterminée et confiante, vous réduirez déjà vos chances d'être agressée.

Trevor frappa dans ses mains.

— Bien ! Tournez-vous et faites le tour de la pièce dans la direction opposée.

Je me retournai et me retrouvai à côté de Glenda.

— N'est-ce pas excitant ? chuchota-t-elle.

Hmm… « excitant » n'est pas le mot que j'aurais utilisé, mais je devais admettre que, jusqu'à présent, le cours se déroulait mieux que je ne le pensais. Si ce n'était qu'une question de posture et d'attitude, je pourrais m'en tirer sans trop de difficultés ! Mais mon assurance s'envola une seconde plus tard, lorsque Trevor commença à distribuer de grands coussins rembourrés avec des sangles pour les bras.

— Très bien, maintenant je vais vous montrer un moyen facile de vous défendre contre un agresseur et de pénétrer dans son espace, pour l'effrayer. Levez les bras, coudes pliés, de façon à ce qu'ils soient devant votre visage, comme si vous cachiez vos yeux avec vos mains.

Il fit une démonstration.

— Bien, si quelqu'un vient vers vous, c'est la

position défensive que vous devez prendre immédiatement pour protéger votre visage. Mais en même temps, je veux que vous fonciez sur votre agresseur en tenant vos coudes devant vous – ils constituent une arme très efficace. De cette façon, vous pénétrez dans *son* espace et vous l'effrayez à votre tour.

Il regarda autour de lui d'un air approbateur alors que nous essayions de l'imiter.

— Bien, bien... et assurez-vous de crier lorsque vous chargez votre adversaire. Un peu d'agressivité ! insista-t-il. Criez, hurlez, jurez – laissez tout sortir ! Les femmes ont tendance à se figer et à se taire lorsqu'elles sont agressées, il faut donc apprendre à faire du bruit. Ça déstabilisera déjà votre agresseur. Alors, allez-y ! JE VEUX VOUS ENTENDRE !

Je regardai autour de moi, embarrassée, et je poussai un petit couinement, me sentant extrêmement stupide. Je faillis faire un bond lorsqu'un cri à vous glacer le sang retentit à côté de moi. Je me retournai et vis les vieilles chouettes, debout, avec leurs coudes osseux qui dépassaient, leurs jambes maigres qui se tendaient dans toutes les directions, et leurs visages ridés qui se fronçaient en des grimaces féroces.

— Cornichon ! s'écria Glenda.

— Crétin ! cria Florence.

— Scélérat ! grinça Ethel.

— Idiot ! fit Mabel.

— Formidable ! Fantastique !

Trevor tapa dans ses mains.

— Maintenant, je veux que vous vous mettiez par deux – l'une avec un coussin de frappe – et que vous vous entraîniez à vous attaquer mutuellement.

Le groupe commença à se séparer. Trevor jeta un coup d'œil incertain aux vieilles chouettes.

— Je vais le faire avec elles, dis-je rapidement, craignant que Mabel et ses amies ne soient jumelées avec l'une de ces femmes qui se moquaient d'elles plus tôt.

— Mais nous sommes trop nombreuses ! protesta Glenda en regardant tout autour. Les autres sont toutes par deux alors que nous sommes quatre contre Gemma.

— Oh, je suis sûr que cette jeune femme peut s'occuper de vous quatre, dit Trevor avec un sourire.

Je ris en soulevant le coussin rembourré et en faisant face aux vieilles chouettes.

— Très bien, qui commence ? dis-je en souriant. Ne vous inquiétez pas, je serai très douce et je ne...

— AAAAAAAAAAAHHH !

Les vieilles chouettes chargèrent. Je haletai lorsque Mabel s'enfonça dans le coussin avec la force d'un bélier, au moment même où Glenda passait un bras autour de mon cou, Ethel frappait mon ventre avec ses poings et Florence me donnait de sérieux coups de pied dans les genoux.

— Attendez ! Vous n'êtes pas... Attendez... ! *Aïe !* Hé, ce n'est pas... !

J'étouffai et bafouillai, reculant tandis qu'elles

m'administraient des coups de poing et de pied, et qu'elles me malmenaient. C'était comme si une tornade gériatrique s'était déchaînée dans la pièce. J'aperçus Trevor et le reste des élèves qui nous regardaient bouche bée avant que quelque chose ne vienne frapper mes tibias, me cueillant sur le côté.

— *AHHHH !*

Je trébuchai et tombai dans un glapissement, sentant ma cheville se tordre brusquement sous moi. Les vieilles chouettes s'entassèrent sur moi, continuant à crier et à frapper.

— Waouh ! Très bien. Temps mort ! Temps mort ! cria Trevor, se précipitant à mon secours.

Les vieilles chouettes se levèrent lentement, leurs joues ridées toutes rouges et leurs cheveux blancs ébouriffés. Trevor se baissa pour m'aider à me relever. Je jetai un regard noir aux quatre vieilles dames, qui avaient l'air un peu honteuses à présent.

— Tout va bien, ma chère ? demanda Ethel.

Je toussai, la respiration sifflante.

— Je... je pense que vous m'avez cassé des côtes.

— Vraiment, les jeunes sont si fragiles de nos jours, dit Mabel en gloussant.

Lentement, je me levai avec l'aide de Trevor, la tête me tournant légèrement. Je grimaçai lorsque la douleur me transperça la cheville et je retirai hâtivement mon poids de cette jambe.

Trevor me regarda, inquiet.

— Tout va bien ? Vous vous êtes fait mal ?

Je vis le reste de la classe me dévisager et je me

sentis rougir.

— Euh... non, non, je vais bien. C'est juste... Je crois que je me suis juste un peu tordu la cheville...

C'était déjà assez embarrassant d'être terrassée par quatre petites vieilles sans avoir à admettre que j'avais été blessée.

Je fis un signe de la main.

— Continuez – je pense que je vais m'asseoir un peu, dis-je en tentant de m'accrocher aux restes de ma fierté en lambeaux.

Je titubai jusqu'au côté de la pièce et m'appuyai contre le mur pour me soutenir.

— Très bien, la classe, dit Trevor en tapant dans ses mains. Passons à la suite. Nous allons apprendre l'étranglement.

— Oooh ! L'étranglement ! Je suis tellement impatiente ! cria Glenda en se frottant les mains.

Trevor sourit au reste de la classe.

— Bien... Qui voudrait s'associer à ces charmantes vieilles dames alors ?

Le reste de la salle eut un mouvement de recul devant les vieilles chouettes.

— Je vais aller avec *elle*, dit Mabel en désignant la fille au crâne rasé et à l'anneau dans le nez qui s'était moquée d'elle plus tôt.

La fille pâlit et déglutit nerveusement, et je dus m'empêcher de rire. On aurait dit que quelqu'un avait appris sa première leçon ce soir-là : ne jamais sous-estimer les personnes âgées !

Chapitre 21

Alors que les élèves recommençaient à se battre, je boitillai jusqu'au long banc contre le mur du fond et m'assis avec reconnaissance. Le jeune homme à côté de moi me sourit et je réalisai que, malgré les tatouages de crânes effrayants sur ses bras, il était assez sympathique. D'ailleurs... Je jetai un coup d'œil à la classe, à Trevor avec ses biceps gonflés et son nez cassé, puis à Mabel, avec ses pattes de poulet ridées et ses cheveux blancs duveteux, et je sus lequel des deux adversaires me terrifierait le plus. Les apparences pouvaient être trompeuses.

— C'est quelque chose, vos amies, dit le jeune homme tatoué en riant. Nous avons eu toutes sortes de visiteurs au club, mais jamais comme elles !

— Oui, dis-je d'un ton ironique. Je ne pensais pas qu'elles aborderaient le krav maga avec... euh... autant d'enthousiasme.

Le jeune homme rit de nouveau.

— Eh bien, bizarrement, être plus vieux aide parfois. Elles ne se soucient pas de ce que pensent les autres et peuvent donc s'investir pleinement. Les plus jeunes sont gênés et ont peur d'avoir l'air stupides alors ils font des tentatives timides... et vous savez, dans un combat, vous devez être à fond si vous voulez gagner.

— Vous avez probablement raison, dis-je avec un sourire en coin. J'ai passé tellement de temps à m'inquiéter de ressembler à une idiote, que ça n'a pas loupé.

— Ne soyez pas trop dure avec vous-même. Même le pratiquant de krav maga le plus avancé se fait botter le cul de temps en temps, comme Pete ici présent, n'est-ce pas ? dit le jeune homme en gloussant et en donnant un coup de coude à son voisin.

Ce dernier ne répondit pas sur le même ton. C'était un homme âgé, mince, au visage sombre et basané, avec des sourcils qui se rejoignaient presque au milieu. Je remarquai qu'il avait un léger œil au beurre noir.

— Va te faire foutre ! grogna-t-il. Ce foutu branleur a triché ! Sinon, je l'aurais battu, à la loyale. Mais que peut-on attendre de ces têtes de nœuds de l'université ? Des fils à maman pleurnichards, voilà ce qu'ils sont. Ils ne savent même pas se battre...

— Haha ! Eh bien, ce fils à maman t'a mis une bonne raclée, Morrow ! railla un autre homme en nous rejoignant.

Il enroulait des bandes de boxe blanches autour de ses mains.

— Je pense que ce garçon aurait fait du bien au club...

— Si un étudiant rejoint l'équipe, alors je m'en vais ! grogna Pete Morrow en se levant d'un bond. Maudits branleurs ! Ils ne sont pas les bienvenus ici. Ils devraient rester à leur place, dans leurs collèges de luxe !

Il tourna les talons et s'éloigna.

Il y eut un silence gênant, puis le jeune homme m'adressa un sourire embarrassé.

— Ne faites pas attention à Pete et ses airs d'ours mal léché. Il a un truc avec l'université.

Je fis un signe de tête compréhensif. La rivalité ville/université était bien connue à Oxford et remontait à plusieurs siècles, avec quelques incidents sanglants par le passé qui avaient fait de nombreuses victimes des deux côtés. Mais même s'il subsistait encore un peu de tension entre les deux factions, j'avais toujours pensé que toute vendetta sérieuse s'était éteinte depuis longtemps.

Comme s'il lisait dans mes pensées, le jeune homme ajouta :

— La plupart d'entre nous ne voient pas d'inconvénient à ce que des étudiants de l'université nous rejoignent. Il y a quelques moqueries et insultes, mais rien de sérieux en général.

— C'est bon d'avoir un peu de sang frais parfois, dit l'homme aux bandes de boxe. C'est bien d'avoir des partenaires qui pensent différemment. Et certains jeunes de l'université sont assez doués.

Il sourit.

— Pete a juste du mal à digérer que ce garçon lui ait donné une bonne raclée.

— Nous organisons des combats amicaux, m'expliqua le jeune homme. Trevor les met en place pour que nous puissions nous entraîner en situation « réelle ». Le krav maga n'est pas comme la plupart des arts martiaux, avec leurs rituels et leur étiquette stricts – il s'agit d'un combat de rue où tous les coups sont permis pour mettre l'adversaire hors d'état de nuire. Et Pete est l'un des meilleurs du club –, mais Charlie avait quelques tours dans son sac qui l'ont surpris.

Mes oreilles se dressèrent.

— Charlie ? Charlie Foxton ?

Le jeune homme fronça les sourcils.

— Je ne sais pas trop. Peut-être. Nous ne prêtons pas beaucoup attention aux noms de famille au club.

— Alors Charlie a battu Pete ?

L'homme aux bandes de boxe éclata de rire.

— Il ne l'a pas seulement vaincu, il l'a battu à plate couture ! C'était assez embarrassant. Surtout que Pete dit toujours que les garçons de l'université sont des mauviettes.

Le jeune homme acquiesça.

— Ouais, Pete l'a mal pris. Il refusait d'admettre qu'il avait perdu – il soutenait que Charlie avait triché. À la fin du combat, il lui est rentré dedans. Et ils ont remis ça ! Mais cette fois, ils se battaient pour de vrai et ce n'était pas beau à voir. Trevor était fou de rage. L'une des règles du club stipule qu'il est interdit de se battre en dehors de la zone d'entraînement et qu'une fois le combat terminé, le perdant doit accepter la défaite.

— Que s'est-il passé ensuite ? demandai-je.

— Nous avons dû les séparer, dit l'homme aux mains bandées.

Il secoua la tête.

— Ça a été une sacrée nuit.

— Quand était-ce ? demandai-je.

— La semaine dernière... je crois que c'était mercredi ?

Il regarda le jeune homme, qui acquiesça.

Deux jours avant le 1er mai, pensai-je.

— Savez-vous que c'est Charlie qui a été tué au Madgalen Bridge le 1er mai ? demandai-je.

— Bon sang, c'est pas vrai ? dit l'homme aux bandes de boxe. Je l'ai lu dans les journaux, mais je n'y ai pas prêté attention. J'ai cru que c'était encore un de ces trucs stupides que font les étudiants de l'université.

— Je le savais, dit le jeune homme, la mine sombre. Trevor m'a dit que la police est venue hier – un sergent – pour poser quelques questions.

— Vous lui avez parlé de la dispute entre Charlie et Pete ?

— Je n'étais pas là, répondit le jeune homme. Et Pete non plus. Mais je suppose que Trevor a dû le mentionner.

Il tourna de grands yeux vers moi.

— Dites... vous ne pensez pas que Pete a quelque chose à voir avec la mort de ce garçon, quand même ? Il est peut-être revêche, mais ce n'est pas un meurtrier !

Je remuai, mal à l'aise. Je pouvais voir que l'attitude amicale des deux hommes avait changé et qu'il y avait maintenant de l'hostilité dans leur regard. Malgré la prétendue fin de la rivalité ville/université, ils n'avaient pas apprécié l'idée que l'un des leurs devienne le bouc émissaire du meurtre d'un étudiant.

Heureusement, à ce moment-là, j'entendis Trevor annoncer la fin du cours et je me levai du banc pour rejoindre les vieilles chouettes. Elles s'approchèrent de moi, luisantes et aux anges, et je remarquai que plusieurs femmes – en particulier celle au crâne rasé et à l'anneau au nez – les évitaient.

— Gemma, très chère, tu as manqué presque tout le cours ! s'écria Ethel.

— Quel dommage ! C'était si instructif. Je sais frapper aux yeux et donner un coup de genou circulaire, annonça Glenda avec fierté.

— Comment va ta cheville ? demanda Florence.

Je baissai les yeux et mon cœur s'enfonça dans

ma poitrine. Ma cheville semblait avoir doublé de taille. J'essayai de mettre mon poids dessus, poussai un hoquet de douleur et relevai le pied.

— Oh mon Dieu, ce n'est pas bon signe, dit Ethel.

— Je... je suis sûre que ça va aller, dis-je en grimaçant et en boitillant sur place. Je mettrai de la glace en rentrant.

— Tu devrais aller voir un médecin, déclara Mabel. Mais ne t'inquiète pas, très chère, je viens d'appeler ta mère et elle vient te chercher.

— Ma mère ? dis-je, incrédule. Non, je vous assure que je vais bien...

Mes protestations restèrent vaines et quinze minutes plus tard – après un long et douloureux boitillement pour remonter les escaliers du sous-sol –, je me retrouvai debout au bord de la route, soutenue par les vieilles chouettes, alors que la voiture de ma mère se garait le long du trottoir.

Elle en sortit précipitamment.

— Oh mon Dieu, ma chérie ! Que s'est-il passé ?

— Ce n'est rien, mère, ne t'inquiète pas. Je me suis juste tordu la cheville. Je dois retourner au cottage et mettre de la glace dessus...

— Retourner au cottage ? Oh, non, on doit t'emmener à l'hôpital et faire une radio de ta cheville.

— Quoi ? Non, mère – c'est inutile. Je suis certaine que ça va.

— C'est absurde, ma chérie, elle est peut-être cassée ! Tu pourrais ne plus jamais marcher !

Très douée pour remonter le moral.

Ma mère poursuivit allègrement :

— En fait, je pense que je vais appeler Lincoln et lui demander de nous rejoindre aux urgences. N'est-ce pas une chance qu'il soit de garde ce soir ?

Je gémis intérieurement. J'aurais dû m'en douter. Tout était bon pour ramener Lincoln Green sur le devant de la scène. Lincoln était le fils de l'amie la plus proche de ma mère, Helen Green, et leur ambition depuis toujours était de nous voir fiancés. Lorsque j'étais rentrée à Oxford, ma mère avait été ravie de découvrir que Lincoln était également revenu, et elle avait fait tout ce qu'elle avait pu pour nous réunir. Je devais admettre que Lincoln était très sympathique. Il était gentil, beau, et un éminent médecin par-dessus le marché. Peut-être que si Devlin n'avait pas été là, les choses auraient été différentes…

Mais au fond de mon cœur, j'avais toujours su que Devlin était l'homme qu'il me fallait. Je le savais déjà huit ans plus tôt lorsqu'il m'avait demandé en mariage après notre relation étudiante passionnée, mais j'avais écouté les mauvais conseils et pris la mauvaise décision. Cette fois, je ne comptais pas faire les mêmes erreurs. On nous avait offert une seconde chance, à Devlin et moi, et je n'allais pas passer à côté.

Pourtant, même si j'avais clairement choisi Devlin, ma mère n'abandonnait pas. Elle faisait comme si notre relation n'était qu'une passade et que je retrouverais bientôt la raison. Et elle essayait sans cesse de nous mettre ensemble, Lincoln et moi, à chaque occasion.

— Mère, Lincoln travaille aux soins intensifs. Tu ne peux pas l'appeler pour une simple cheville tordue, dis-je, exaspérée.

Ma mère ignora mes protestations et, avant que je ne comprenne ce qui se passait, je me retrouvai poussée dans la voiture. En route pour l'hôpital.

Chapitre 22

Le temps d'arriver à l'hôpital, ma cheville me lançait tellement que je commençais à penser que ce serait peut-être une bonne idée d'avoir recours à un professionnel de santé après tout. Soutenue par ma mère, je boitillai péniblement jusqu'aux urgences et m'assis sur l'une des chaises en plastique de la salle d'attente, pendant que ma mère allait m'enregistrer. C'était un lundi soir et le service était plus calme qu'il ne l'aurait été le week-end, mais les urgences étaient tout de même bien remplies. Je me résignai à une longue attente. Je connaissais suffisamment bien le système pour savoir que quelqu'un comme moi se classerait très bas dans la liste des priorités.

À ma grande surprise, cependant, un grand et bel

homme aux cheveux bruns soignés et aux yeux marron foncé entra dans la salle d'attente des urgences à peine dix minutes plus tard.

— Lincoln ! s'écria ma mère en agitant frénétiquement la main. Je suis si heureuse de te voir ! Gemma t'attendait désespérément.

— Quoi ? bafouillai-je. Mère, c'est complètement...

— Salut, Gemma, dit Lincoln, les coins de ses yeux bruns se plissant d'amusement tandis qu'il s'approchait et s'accroupissait à côté de moi.

— Salut, répondis-je avec un regard penaud. Désolée. J'ai dit à ma mère de ne pas t'appeler...

— Oh, ça ne me dérange pas, Gemma. Tu sais que je suis toujours content de te voir.

Lincoln me sourit.

— Je suis de garde de toute façon et c'est assez calme aux soins intensifs ce soir. Bien, jetons un coup d'œil à ta blessure...

Il se pencha et examina mon pied, m'arrachant un cri de douleur lorsqu'il tâta ma cheville.

— Hmm... tu ne t'es pas ratée, commenta-t-il. Ça pourrait être une bonne chose de te faire passer une radio après tout. Ce n'est probablement qu'une entorse, mais on ne peut prendre le risque de passer à côté d'éventuelles fractures. Je vais demander aux infirmières de s'en occuper.

Il partit et quelques minutes plus tard, alors qu'on m'emmenait en radiologie, je dus admettre à contrecœur que l'idée de ma mère d'appeler Lincoln avait peut-être été la bonne. Sans lui, j'aurais probablement attendu aux urgences jusqu'au petit matin. Au lieu de quoi, je ressortis avec le pied bandé en moins d'une heure.

— Pas d'os cassé, dit joyeusement Lincoln, qui se tenait à mon chevet pendant que l'infirmière terminait de fixer ma cheville avec une attelle de soutien. Il ne s'agit probablement que d'une entorse bénigne, mais tu vas devoir te passer de ce pied pendant quelques jours. Je vais aussi te donner des anti-inflammatoires et des analgésiques.

— Mais… mais le salon est ouvert demain, dis-je. Je dois retourner travailler…

Lincoln secoua la tête avec véhémence.

— Je suis désolé, mais tu dois prendre du repos pour laisser aux ligaments le temps de guérir. Le gonflement pourrait diminuer rapidement et la guérison pourrait être plus rapide que prévu, mais demain au moins, je veux que tu restes à la maison et que tu ménages ta cheville.

— Oh, mais…

— Ordres du médecin, Gemma, dit Lincoln d'un ton sévère.

Puis il sourit.

— Un jour de repos, ce n'est pas si grave, si ? Cassie sera là, n'est-ce pas ?

— Oui, et les vieilles chou… – je veux dire, Mabel Cooke et ses amies aussi… Mais tu ne comprends pas : je n'ai pas manqué un jour de travail depuis que j'ai ouvert le salon de thé !

— Je suis sûr qu'elles se débrouilleront très bien sans toi. Et si tu te sens vraiment mieux demain soir, tu pourras envisager de retourner au salon le lendemain –, mais tu devras rester assise au comptoir. Hors de question de courir partout pour servir les clients.

Lincoln me désigna du doigt.

— Maintenant, je vais aller chercher ta mère. Devlin est probablement dans la salle d'attente aussi. Peut-être qu'il pourra t'emmener faire un tour demain après-midi...

Il s'interrompit en voyant mon regard perplexe.

— Devlin ? dis-je. Il est à l'hôpital ?

— Oui, quand tu faisais ta radio... je l'ai vu dans le coin. J'ai supposé qu'il était venu te voir.

— Non... dis-je lentement. Je n'ai pas encore eu l'occasion de lui dire ce qui s'est passé.

Lincoln fronça les sourcils.

— Oh. J'ai dû me tromper. J'étais pourtant sûr que c'était lui...

— Que faisait-il ? demandai-je. Est-ce qu'il interrogeait quelqu'un ?

— Non, en fait, il... il semblait accompagner une femme.

— Oh, déglutis-je. À quoi ressemblait-elle ?

— Eh bien, elle était mince, blonde, très attirante... euh, je veux dire...

Lincoln balbutia, rougissant légèrement. Il me regarda en coin.

— Euh... eh bien... comme je l'ai dit, je me suis

peut-être trompé. Ce n'était sans doute pas lui.

À ce moment-là, nous entendîmes la voix de ma mère à l'extérieur du box. Une minute plus tard, elle arriva en brandissant une paire de béquilles.

— Ma chérie ! Regarde ce que j'ai pour toi.

Lincoln parut soulagé de cette interruption.

— C'est une excellente idée, tante Evelyn. Comme ça, Gemma n'appuiera pas sur sa cheville.

— Oui, mais il y a une *telle* distance jusqu'à la voiture, dit ma mère d'un air contrit. Et Gemma ne devrait pas marcher...

— Oh, ça va aller – surtout maintenant que j'ai ça... dis-je en tentant d'attraper les béquilles, mais ma mère repoussa ma main.

— Oh, non, non, elles sont pour demain. Tu dois vraiment ménager ta cheville le plus possible ce soir, n'est-ce pas, Lincoln ?

Ma mère lui adressa un sourire charmeur.

— Tu es si grand et fort, je pensais que tu pourrais porter Gemma jusqu'à la voiture.

Je regardai ma mère, horrifiée.

— Oh... bien sûr. Ce serait un plaisir, dit Lincoln d'un ton galant.

— Non, manquai-je de m'étrangler. Je n'ai pas besoin qu'on me porte ! C'est ridicule...

Une fois encore, mes protestations furent vaines et je me retrouvai dans les bras de Lincoln, qui me porta hors de l'hôpital, tandis que ma mère nous suivait, rayonnante. Mon visage était si rouge que tout le monde dut penser que j'avais la scarlatine. Je marmonnai un « merci » tandis que Lincoln me déposait doucement sur le siège passager, puis je passai le reste du trajet du retour à fulminer, essayant de ne pas nourrir de pensées diaboliques à l'égard de ma mère.

Je resterais chez mes parents pendant quelques jours jusqu'à ce que ma cheville soit guérie, et les vieilles chouettes avaient pris soin d'aller chercher Muesli au cottage. Elle trotta vers moi pour inspecter mon pied bandé alors que je boitais dans le hall d'entrée de mes parents.

— Bien. Une boisson chaude, ma chérie, et je t'amène jusqu'au lit, dit vivement ma mère.

J'eus l'impression d'avoir à nouveau 9 ans lorsque ma mère m'installa dans mon ancien lit, m'apporta une boisson chaude, s'occupa de moi, et finalement, après m'avoir embrassée pour me souhaiter bonne nuit, me laissa avec Muesli blottie contre ma cheville blessée. Les médicaments qu'ils m'avaient donnés à l'hôpital commençaient à faire effet et je remontai les couvertures en somnolant à moitié. Alors que je m'endormais, je repensai soudain à Devlin. Je lui avais envoyé un message pour lui dire ce qui s'était passé, après notre retour, mais je n'avais pas eu de nouvelles. Je fronçai les sourcils, blessée et déçue. Certes, j'avais minimisé ma blessure dans mon message, mais quand même, je pensais qu'il aurait appelé pour voir comment j'allais.

À moins qu'il ne soit occupé…

Je me souvins de ce que Lincoln avait dit. *Devlin était-il vraiment à l'hôpital ? Que faisait-il là ? Et qui était cette blonde qui l'accompagnait ?*

Avec ces pensées en tête, je sombrai finalement dans un sommeil agité.

Chapitre 23

— Muesli, va-t'en... marmonnai-je en poussant légèrement la petite chatte tigrée qui essayait de grimper sur mes genoux une fois de plus.

J'essayai de trouver une position plus confortable. Après une journée passée à ne rien faire, je n'étais pas de très bonne humeur. Et bien que Cassie ait déjà téléphoné pour me dire que tout se passait bien, je m'inquiétais pour mon salon de thé. Je laissai échapper un soupir. Je n'avais jamais été douée pour l'inactivité, surtout en semaine. J'avais l'impression que tout le monde était occupé à faire des plans, travailler, apprendre, discuter... et moi, j'étais assise sur le canapé de mes parents, avec rien d'autre à faire que de regarder la télévision en pleine journée.

Au moins, j'ai un peu de paix et de tranquillité, pensai-je. Ma mère était sortie pour déjeuner avec des amies et c'était agréable d'avoir une pause. Elle n'arrêtait pas de répéter combien Lincoln avait été magistral la veille au soir. Adossée aux coussins, je jetai un coup d'œil à l'horloge sur la cheminée. Il n'était encore que 14 h 30. Cassie avait dit qu'elle passerait après le travail, mais le salon de thé ne fermerait pas avant plusieurs heures...

Je soupirai et regardai de nouveau l'ordinateur portable sur mes genoux. Je ne pouvais peut-être pas travailler au salon de thé, mais je pouvais plancher sur autre chose : le mystère du meurtre de Charlie Foxton. Je fis courir mes doigts sur le clavier. Après tout, nous étions à l'ère d'Internet et théoriquement, tout pouvait se retrouver en ligne...

— *Miaou !* fit Muesli depuis le coussin voisin du mien.

Elle tendit une patte sur mon ventre.

— Pas maintenant, Muesli... marmonnai-je distraitement en tapant quelques mots-clés dans le moteur de recherche.

Damian Heath.

Une liste de résultats apparut. Il y avait plusieurs Damian Heath, principalement des profils Facebook. Je cliquai sur plusieurs résultats, scrutant les photos... *Ah ah !* C'était lui. La photo montrait un Damian souriant avec un bonnet tricoté aux couleurs de l'arc-en-ciel sur la tête. Son bras était passé autour des épaules de quelqu'un qui n'était pas dans le champ. Je me demandai si c'était Charlie. Je fis défiler la page. Comme je n'étais pas « amie » avec Damian sur Facebook, je ne pouvais pas voir la plupart de ses publications – seulement les blagues publiques occasionnelles ou les vidéos amusantes qu'il avait partagées. Rien d'utile. De toute façon, je doutais que Damian ait mentionné sur les réseaux sociaux la planification du meurtre de son meilleur ami.

Ensuite, j'essayai *Miriam Hopkins.* Je ne m'attendais pas vraiment à la trouver. Je ne m'étais pas trompée. Il y avait bien quelques Miriam Hopkins sur Facebook, mais, d'après leurs photos de profil, elles étaient toutes bien plus jeunes. Comme beaucoup d'aînés, Miriam n'était pas vraiment présente en ligne.

— *Miaou…* fit Muesli d'un air maussade en tripotant à nouveau mon ventre.

Je savais ce qu'elle voulait : grimper sur mes genoux et se blottir pour sa sieste de l'après-midi.

— Pas maintenant, Muesli… dis-je distraitement, les yeux toujours rivés sur l'écran.

— *Miaou !* insista Muesli, et elle grimpa sur mes genoux, se calant tant bien que mal dans l'espace entre l'ordinateur portable et mon ventre.

— Muesli ! dis-je, exaspérée.

La petite chatte tigrée n'y prêta pas attention, repoussant l'ordinateur portable pour se faire de la place. Elle commença à pétrir mes cuisses en ronronnant bruyamment, ses fesses devant mon visage. Je me penchai et j'essayai de continuer à travailler. Je tapai *Tanya Koskov* et je n'obtins pas grand-chose. Hmm… Je me souvenais que « Tanya » était le diminutif de son nom complet « Tatiana ». J'essayai *Tatiana Koskov* et, là encore, j'obtins quelques résultats, mais rien de très intéressant. *Oh, attendez… bien sûr.* Je me souvins de l'importance du patronyme dans les noms russes. En fait, maintenant que j'y pensais, je me souvenais que Mikhaïl avait appelé la fille russe « Tatiana Vladimirovna » et non « Tanya ». Il y avait des chances que les médias se servent de ce nom, surtout en Russie. J'essayai à nouveau, arquant maladroitement mes bras autour de Muesli pour atteindre le clavier. Elle me bloquait la vue et il était presque impossible de voir ce que je tapais.

— Muesli ! Je ne vois rien ! dis-je d'un ton irrité en essayant de contourner ses fesses poilues.

La petite chatte se retourna, tournant sur place, essayant de se mettre à l'aise. Mon ordinateur portable émit un *bip* quand elle marcha sur le clavier.

— *MUESLI !*

Je commençai à perdre patience, puis je me figeai, les yeux rivés sur l'écran. D'une manière ou d'une autre, les pitreries de Muesli combinées à ma saisie bousculée et à la fonction d'autoremplissage avaient fait apparaître une série de résultats de recherche qui semblaient prometteurs. Je soulevai mon ordinateur portable et le posai sur l'accoudoir du canapé, laissant Muesli se blottir joyeusement sur mes genoux, ayant obtenu ce qu'elle voulait. Cela signifiait que je devais me tordre pour lire l'écran, mais j'étais prête à tout pour qu'elle me laisse tranquille. De plus, il semblait que je doive remercier Muesli de m'avoir aidée à trouver un indice.

Mes yeux balayèrent l'écran fiévreusement tandis que je faisais défiler la page de résultats, cliquant sur plusieurs articles. Beaucoup étaient en russe, mais, bien que je ne comprenne pas cette langue, je pouvais deviner, d'après les photos qui accompagnaient le texte, de quoi il s'agissait. On y voyait Tanya dans divers clubs et fêtes, sa silhouette élancée drapée dans des tenues de marque coûteuses, son expression hautaine et sombre alors qu'elle fixait l'appareil. Elle était entourée de plusieurs autres jeunes gens, hommes et femmes, tous aussi élégants. Ils étaient manifestement issus de la « bonne société » russe ou étaient des célébrités. Un cliché la montrait sortant d'une limousine et entrant dans une salle de bal, accompagnée d'un homme beaucoup plus âgé, aux cheveux gris et au visage fin et intelligent. Encore une fois, je ne comprenais pas l'écriture cyrillique, mais je devinai qu'il s'agissait de Vladimir Ivanovitch Koskov escortant sa fille à une réception, avec une foule de gardes du corps derrière eux, ressemblant au stéréotype hollywoodien des agents du KGB avec leurs lunettes noires, leurs moustaches en brosse à dents et leurs gants de cuir noir.

J'ouvris Google Traduction dans une autre

fenêtre, je sélectionnai au hasard quelques portions de texte dans divers articles et je les collai dans le champ de traduction. Je savais que ce n'était pas très précis, mais c'était mieux que rien. La plupart des textes étaient des potins que l'on trouvait habituellement dans les magazines de célébrités : *Tatiana Vladimirovna a-t-elle eu recours à la chirurgie plastique ? Sa lèvre inférieure a l'air étrangement gonflée sur les photos récentes... Tatiana Vladimirovna est-elle enceinte ? (Gasp !) La tenue qu'elle portait à la première doit cacher un ventre arrondi... Quel scandale ! Quelle honte pour Vladimir Ivanovitch Koskov – ces photos de sa fille quittant la boîte de nuit ivre et pratiquement inconsciente... Mon Dieu, combien a coûté le sac à main Chanel personnalisé de Tatiana Vladimirovna ? Avez-vous entendu parler du régime au caviar que suit Tatiana Vladimirovna ? Mais elle a l'air si maigre et hagarde... Avez-vous vu comme Tatiana Vladimirovna a grossi récemment ? La robe qu'elle portait à la cérémonie de remise des prix ne la mettait pas du tout en valeur. À moins que... (Gasp !) pensez-vous qu'elle pourrait être enceinte ?*

Les histoires tournaient en boucle et se terminaient par un potin récent – datant de quelques semaines seulement – sur un scandale concernant des photos nues de Tanya qui étaient mystérieusement apparues en ligne avant de disparaître. Je levai les yeux au ciel. Sans doute Papa Koskov avait-il encore payé quelqu'un pour régler le problème. Je poussai un soupir de frustration et fermai le navigateur. Rien de bien intéressant. Je ne m'attendais pas vraiment à ce que ce soit le cas – après tout, je savais que la police disposait de bases de données et de ressources bien plus sophistiquées dans lesquelles elle pouvait effectuer des recherches – mais j'étais tout de même déçue. J'avais espéré que, d'une manière ou d'une autre, je trouverais dans les médias un indice qui aurait échappé à la police.

Au moment où Cassie arriva pour me rendre visite ce soir-là, je pleurais presque d'ennui.

— Je me fiche de ce que Lincoln ou ma mère disent, je retourne travailler demain ! dis-je férocement. Je ne supporterai pas de passer une journée de plus assise comme un légume sur le canapé.

Cassie gloussa et me tendit une boîte en carton. C'était celles que nous utilisions pour les plats à emporter des clients du salon de thé.

— Tiens, dit-elle. Pour te remonter un peu le moral. Dora t'embrasse.

J'ouvris la boîte et mon visage s'illumina.

— Cassie ! Tu es formidable.

Cassie sourit et se rendit dans la cuisine où elle nous prépara une tasse de thé pendant que je grimpais sur un tabouret du comptoir de la cuisine et me servais dans les pâtisseries qu'elle avait apportées. Il s'agissait manifestement des restes de la journée : quelques scones, une part de cheesecake à la myrtille et à la vanille, trois tartes au citron, quelques muffins et une délicieuse part de tarte banoffee. Je me jetai sur cette dernière et j'en avais déjà mangé la moitié quand Cassie me tendit une fourchette et une assiette.

— Dora s'est surpassée aujourd'hui, dis-je en léchant la crème fouettée sur mes doigts.

Cassie avait mis deux muffins au grille-pain pour les réchauffer et elle les regardait dorer.

— Oui, les muffins sont particulièrement réussis. Ils ont eu un tel succès que Dora a dû en préparer une troisième fournée. C'est pour ça qu'il en reste.

Elle sortit les muffins du grille-pain et en jeta un dans mon assiette, gardant l'autre pour elle.

Je coupai le muffin en deux horizontalement et j'étalai du beurre dans les « coins et recoins » caractéristiques de l'intérieur, le regardant fondre en un cercle doré.

Cassie gloussa.

— J'ai dû fournir pas mal d'explications aux touristes américains qui commandaient des « muffins » et qui ne comprenaient pas pourquoi ils recevaient un pain rond et plat au lieu de quelque chose qui ressemblait à un gros cupcake !

— Hé, ce n'est pas n'importe quel pain plat, protestai-je. C'est un pain doux, moelleux, délicieux, grillé à la perfection et recouvert de beurre dégoulinant…

— On devrait peut-être les renommer « muffins anglais » pour ne pas embrouiller les touristes ?

— Mmmh…

Je pris mon muffin et mordis dedans, savourant la merveilleuse combinaison de l'intérieur chaud et moelleux et de la croûte extérieure grillée et croustillante, le tout parfumé au beurre fondu.

— Je pense que si les gens goûtent ça, ils se moqueront du nom qu'on lui donne.

Cassie éclata de rire.

— Gemma, tu fais comme si tu n'avais pas mangé de bonnes pâtisseries depuis des semaines ! Tu n'as été absente qu'un jour.

— J'ai l'impression que ça fait un an. Bref, comment c'était ?

J'avalai la dernière bouchée de muffin et je regardai ma meilleure amie avec anxiété.

— Ça s'est bien passé aujourd'hui ? Il y a eu beaucoup de clients ? De gros groupes de touristes ? Le nouvel approvisionnement en feuilles de thé est arrivé ? Et cette commande pour le comité du village ?

Cassie sourit.

— Détends-toi, Gemma ! Je ne voudrais pas te vexer, mais on s'est bien débrouillées sans toi. Je pense même que les vieilles chouettes étaient secrètement ravies de ton absence. Mabel a pu mener tout le monde à la baguette. Tu aurais dû la voir : elle était debout derrière le comptoir, donnant des ordres comme un général de brigade, pendant qu'on courait toutes docilement, obéissant à ses ordres…

Cassie partit dans ses explications et je la laissai

parler en souriant. Il y avait quelque chose d'apaisant dans le fait d'écouter tous les potins de la vie du village, du scandale de Mrs Ellis mettant ses culottes en dentelle à sécher sur sa corde à linge à la tragédie de Mr Peters découvrant que ses roses de prix avaient été infectées par des pucerons… Je n'avais pas réalisé à quel point cela me manquerait, même pour une journée. Même si je ne vivais pas à Meadowford, je passais tellement de temps au travail, et tant de locaux venaient au salon que j'avais l'impression de faire partie intégrante de la communauté locale.

— Alors, et toi ? dit enfin Cassie. Qu'as-tu fait de ta journée, à part regarder des rediffusions de *Les Voisins* ?

Je fis la grimace.

— Je me suis principalement apitoyée sur mon sort. Ma mère s'est occupée de moi toute la matinée. Ça m'a rendue dingue. Dieu merci, elle avait rendez-vous avec des amies pour le déjeuner et elle est sortie tout l'après-midi – en fait, elle n'est toujours pas rentrée. Elle est probablement en train de faire du shopping à Oxford. Et… et Devlin n'a pas appelé, ajoutai-je d'une petite voix.

Cassie parut surprise.

— Quoi, tu veux dire que Devlin ne t'a pas parlé depuis hier ?

Je secouai la tête.

— Je lui ai envoyé un message à notre retour de l'hôpital pour lui raconter, mais je n'ai pas eu de nouvelles. Il y a bien eu un appel manqué de lui la nuit dernière – je me suis couchée tôt et je n'ai pas dû entendre mon téléphone. Mais je pensais qu'il rappellerait aujourd'hui…

— Je suis sûre qu'il y a une explication, dit Cassie. Ça ne ressemble pas à Devlin.

— Je ne sais pas, il agit si bizarrement ces derniers temps…

Je m'interrompis.

Cassie roula des yeux.

— Tu ne vas pas remettre ça ! Je croyais que tu avais dit que tout était réglé, que tu étais juste paranoïaque…

— Ouais, c'est ce que je pensais… Mais maintenant, je n'en suis plus si sûre.

— Qu'est-ce qui te fait dire ça ?

— Oh, juste… deux ou trois choses qui sont arrivées… dis-je de manière évasive, n'ayant pas vraiment envie de répéter l'histoire de Lincoln qui avait vu Devlin à l'hôpital avec la mystérieuse blonde.

Ça faisait tellement cliché et sordide.

Cassie me regarda.

— Tu sais, pas besoin d'attendre qu'il t'appelle. *Tu* pourrais juste *l*'appeler.

Je relevai le menton.

— Si Devlin n'en a rien à faire de savoir comment je vais, je ne vais pas mendier son attention. Il sait où je suis. Il a mon numéro. Il peut m'appeler – à moins qu'il ne soit trop occupé.

Cassie soupira.

— Bon, écoute, je ferais mieux d'y aller. Mais je t'appellerai demain pour voir comment tu vas. Oh, et je t'enverrai par e-mail les infos sur le design du site web. C'est l'occasion d'y jeter un coup d'œil pendant que tu es coincée à la maison.

— Comment ça ? Je prévois de revenir au salon de thé demain !

Cassie me regarda d'un air sévère.

— Ne sois pas bête, Gemma... Ça ne te tuera pas de te reposer quelques jours de plus. Il ne faudrait pas que tu te tordes la cheville à nouveau. J'ai entendu dire que si tu ne laisses pas les ligaments guérir correctement, tu auras toutes sortes de problèmes à l'avenir.

— J'ai mes béquilles. Je ne vois pas pourquoi je ne pourrais pas venir et...

— Comment comptes-tu porter un lourd plateau rempli de thé et de scones avec des béquilles ? Tu ne nous serais d'aucune utilité au salon de thé et tu ne ferais que nous gêner, dit-elle sans ambages. Tu ferais mieux de rester à la maison et de reposer ta cheville. Plus vite elle sera guérie, plus vite tu seras de retour au travail.

Je poussai un soupir impatient.

— Bon, très bien !

⁂

Cassie partit peu après et j'étais sur le point de m'installer pour essayer de lire un roman quand mon téléphone sonna. Je vis le nom de Devlin sur l'écran. Je l'attrapai avec empressement, puis dus me ressaisir avant de répondre.

— Gemma ?

— Oh, bonjour Devlin.

Ma voix était froide.

— Gemma, tout va bien ? Qu'est-ce qui s'est passé hier ? J'ai passé la journée à penser à toi.

— C'est gentil de ta part d'appeler enfin, dis-je.

Devlin parut contrarié.

— Comment ça ? J'ai dit à ta mère que je serais retenu par des réunions toute la journée. Une équipe de Scotland Yard est venue nous rendre visite et j'ai passé toute la journée en conférence avec eux. Elle ne t'a pas transmis mon message ?

— Non, dis-je, surprise et radoucie. Elle ne m'a jamais dit que tu avais appelé.

— Je n'ai pas seulement appelé, je suis venu te voir. Hier soir, mais tu étais déjà couchée.

— Oh, vraiment ? dis-je en m'adoucissant encore plus.

— Je suis tombé sur ta mère, dit Devlin, une note de réserve dans sa voix. Elle m'a dit que tu dormais et qu'il ne fallait pas te déranger. Je suis parti, mais je lui ai demandé de te dire que j'étais venu, et que je serais en conférence toute la journée, mais que je t'appellerais dès que je sortirais.

— Elle ne m'a rien dit… dis-je d'un ton contrit, me

sentant soudain mal d'avoir été en colère contre lui.

Je ressentis aussi une pointe d'agacement envers ma mère. Pourquoi ne m'avait-elle rien dit ?

— Bref, comment vas-tu, Gemma ? Et ton pied ? C'est grave ?

— Non, c'est juste une entorse à la cheville. Mais je dois rester au repos pendant quelques jours.

— Tu peux te reposer en étant assise dans ma voiture ? demanda Devlin avec un sourire dans la voix. Il n'est que 18 heures. On a encore quelques heures de lumière devant nous. Le seul point positif de cette conférence, c'est que j'ai fini tôt et que j'ai l'intention d'en profiter au maximum. Ça te dirait d'aller faire un tour ?

Je ressentis une décharge de bonheur.

— Avec plaisir. Je deviens folle à rester assise à la maison.

— Super, je serai là dans vingt minutes. À tout de suite.

Chapitre 24

Vingt minutes plus tard, je m'installais sur le siège passager avant de la Jaguar de Devlin tandis qu'il enroulait doucement une couverture autour de mes jambes. Puis il s'installa derrière le volant et nous nous éloignâmes doucement de la maison de mes parents.

— Où allons-nous ? demandai-je.

— Tu verras... c'est une surprise, répondit Devlin, un sourire au coin des lèvres.

Je regardai par la fenêtre avec curiosité tandis que nous roulions dans les rues du centre d'Oxford, puis que nous tournions dans la High Street et descendions vers le Magdalen Bridge. Je regardai Devlin d'un air interrogateur. Il n'allait quand même pas m'emmener sur les lieux du crime ? Puis je compris où nous allions lorsque nous tournâmes en bas de la High Street, juste avant le pont, pour entrer dans le petit parking situé devant le Jardin botanique de l'université d'Oxford, qui se trouvait en face de la Magdalen Tower.

Devlin coupa le moteur et tourna la tête vers le siège arrière.

— Envie d'un pique-nique ?

Je me retournai et réalisai qu'il y avait un grand panier en osier et deux couvertures pliées sur le siège arrière.

— Oh ! m'exclamai-je en souriant, gagnée par l'impatience. Quelle idée brillante !

J'avançais d'une démarche mal assurée, mais, avec l'aide de mes béquilles, je réussis à franchir la voûte principale du Jardin botanique, à passer devant la serre et les parterres luxuriants du jardin clos, jusqu'à la rive herbeuse ouverte qui bordait la rivière. Je regardai autour de moi avec un soupir de plaisir.

J'adorais venir ici quand j'étais étudiante, mais je n'avais pas eu l'occasion de m'y rendre depuis mon retour à Oxford. Je n'étais pas très branchée botanique, mais il était toujours fascinant de se promener et de voir l'immense variété de plantes, d'arbres et de fleurs, même si je ne comprenais pas la moitié de leurs noms latins. Mes préférés étaient les nénuphars géants de la serre aux nénuphars tropicaux. En tant que plus ancien jardin botanique de Grande-Bretagne, il avait aussi une histoire exceptionnelle ; on disait que J.R.R. Tolkien avait l'habitude de s'asseoir sous son arbre préféré : un énorme pin d'Autriche, qui aurait inspiré les Ents, les habitants de la Terre du Milieu de sa célèbre trilogie *Le Seigneur des anneaux.*

Je me couchai avec reconnaissance sur la couverture moelleuse que Devlin avait étalée sur l'herbe et je m'appuyai sur mes mains, profitant de la douceur de la soirée. Malgré la fraîcheur et la grisaille de la veille, cette journée avait été estivale, et le soleil réchauffait encore un peu l'air. La Cherwell coulait devant moi, sombre et sereine, se dirigeant vers le sud en direction du Christ Church Meadow, avant de rejoindre la Tamise. Je jetai un coup d'œil à gauche, en amont de la rivière, où une flotte de barques était amarrée près de la rive, juste en dessous du Magdalen Bridge. C'était là que la plupart des touristes louaient de longs bateaux en bois pour se promener sur la rivière ; c'était aussi – je m'en souvins avec un frisson – l'endroit où Tanya s'était précipitée en hurlant ce matin fatidique et avait pataugé dans l'eau pour remonter le corps sans vie de Charlie.

Je me détournai précipitamment et me concentrai sur la perspective plus réjouissante du contenu du panier à pique-nique. Devlin était en train de le vider, disposant les assiettes et les couverts qui étaient fixés sous le couvercle. Puis il sortit un assortiment de délicieux mets : des biscuits croustillants à l'avoine associés à du cheddar, du brie crémeux et du bleu dense et beurré du Shropshire, des pâtés en croûte miniatures tout juste sortis du four, du chutney d'oignons caramélisés, une miche de pain, une belle salade de cresson et de grenade, et même quelques œufs écossais, dorés et croustillants dans leur panure. Pour le dessert, il y avait un énorme paquet de pop-corn au caramel, des tranches de cake aux fruits traditionnel, et un bol de fraises fraîches, succulentes, rouges et brillantes.

— Où as-tu trouvé de si belles fraises ? demandai-je, émerveillée, en mettant un fruit rouge juteux dans ma bouche. Je ne pensais pas que c'était la saison.

— J'ai mes sources, dit Devlin avec un sourire en plongeant la main dans le panier et en sortant une bouteille de champagne et deux verres.

Je haussai les sourcils.

— Que célébrons-nous ?

— Rien, dit Devlin en faisant sauter le bouchon. Je pensais juste qu'on méritait de se faire un peu plaisir.

Il remplit mon verre de liquide pétillant et me le tendit avec un sourire.

Je sirotai le champagne doré et regardai à nouveau le fleuve. C'était si calme et paisible. Je me sentais apaisée. J'eus soudain honte d'avoir douté de Devlin ; c'était si gentil de sa part d'avoir organisé cette surprise, et il n'avait été que sollicitude et tendresse depuis qu'il était venu me chercher.

— À quoi tu penses ? demanda-t-il.

J'eus un sursaut de culpabilité et je regardai Devlin. La dernière chose que je voulais était de ruiner l'ambiance romantique en avouant que j'avais eu des soupçons à son égard.

— Je... hum... je pensais juste au meurtre du 1er mai, dis-je précipitamment. Je suppose qu'il n'y a pas eu d'évolution ? Je sais que tu étais en conférence toute la journée.

— Eh bien, il y a du nouveau, en réalité, m'apprit Devlin.

Il me jeta un regard en biais.

— J'ai peur que Dora n'aime pas beaucoup ça.

— Comment ça ?

— Nous avons reçu de nouvelles preuves, des preuves qui montrent que Miriam Hopkins était près du Magdalen Bridge le matin du 1er mai.

Je me redressai.

— Miriam ? Tu en es sûr ?

Devlin fit un signe de tête.

— Elle apparaît sur des images de vidéosurveillance. J'ai demandé à un de mes agents d'examiner toutes les vidéos de sécurité recueillies par les différents magasins de la rue principale. C'est un processus long et fastidieux qui, en général, ne donne pas grand-chose, mais cette fois-ci, il est parvenu à un résultat : l'un des magasins situés tout en bas de la High Street, juste avant le Magdalen College et la tour, est équipé d'une caméra fixée au-dessus de la porte d'entrée, qui offre une bonne vue sur la rue. Et selon l'horodatage de la vidéo, Miriam Hopkins marchait sur le trottoir d'en face, en direction du pont, à 5 h 23 ce matin-là.

— Mais tu es sûr que c'est elle ?

— Oui, il n'y a aucun doute. Elle porte un imperméable avec un motif cachemire caractéristique du Moyen-Orient. Et on peut voir son visage assez clairement. Elle se dirigeait manifestement vers le Magdalen Bridge à un moment où elle nous a dit qu'elle n'y était pas. J'ai l'intention de l'interroger à nouveau à la première heure demain matin.

Il se pencha légèrement.

— Mais je suis sûr que je n'ai pas besoin de te dire, Gemma, que ça ne se présente pas bien. Le fait qu'elle ait menti à la police la rend déjà coupable, et combiné aux autres éléments qui s'accumulent contre elle…

Je soupirai et pensai à l'amie de Dora : son visage doux et fatigué, ses manières douces et maternelles… Aurais-je pu me tromper à son sujet ? Miriam Hopkins pourrait-elle vraiment être la meurtrière ?

— Je n'arrive toujours pas à y croire… murmurai-je. Ça ne correspond pas à son caractère !

— Que sais-tu vraiment de son caractère ?

— Pas grand-chose, c'est vrai, admis-je. Mais Dora la connaît ! Elles sont amies et collègues depuis des années.

— Mais peux-tu faire confiance au jugement de Dora ?

— Je…

J'hésitai.

La réponse honnête était que je ne savais pas. En fait, on pourrait dire que je connaissais à peine Dora moi-même. Je ne l'avais rencontrée qu'au début de l'année et elle ne travaillait au salon que depuis quelques mois.

— Je suppose que non, dis-je en soupirant. J'imagine que Dora doit être farouchement loyale envers ses amies.

— Oui, et à cause de cela, probablement aveugle à leurs torts, dit Devlin.

— Oui… et je suis probablement un peu partiale moi-même. Il semble juste qu'il y a tellement de personnes plus susceptibles d'avoir commis ce crime. Oh ! En parlant de ça, j'ai failli oublier ! Ton sergent a-t-il parlé d'un certain Pete Morrow du club de krav maga d'Oxford ? Tu sais, Charlie Foxton en était membre.

— Hmm… pas que je me souvienne. Pourquoi ?

Rapidement, je lui racontai mon expérience de krav maga avec les vieilles chouettes. Je voyais que Devlin s'efforçait de ne pas rire.

— Ce n'est pas drôle, dis-je avec amertume.

— Oh allez, Gemma, c'est hilarant ! L'idée de ces quatre petites mamies de 80 ans qui te battent à plate couture et t'envoient à l'hôpital… et dire que tu avais peur de leur faire mal !

Devlin abandonna toute retenue et rugit de rire.

— Qui aurait pu savoir qu'elles étaient si

agressives ? marmonnai-je. Et Ethel était la pire ! On dirait qu'un souffle de vent pourrait l'emporter… et elle assénait des coups mieux que Rocky Balboa ! Quoi qu'il en soit, dis-je, ne souhaitant pas m'attarder sur mon humiliation, la seule bonne chose est que j'ai dû rester assise pendant la majeure partie du cours et que j'ai pu discuter avec certains membres. La plupart d'entre eux étaient sympathiques, mais il y avait un type appelé Pete – Pete Morrow – qui avait véritablement une dent contre les étudiants d'Oxford. Et apparemment, il a perdu un combat contre Charlie la semaine dernière, et il l'a très mal pris. Il a perdu la face devant tout le club et a gardé beaucoup d'amertume.

— Tu penses qu'il a tué Charlie par vengeance ? dit Devlin d'un air sceptique.

— En tout cas, il était assez en colère pour s'en prendre à nouveau à Charlie après la fin du match. Ils ont dû les séparer.

— Ça ne le relie toujours pas au matin du 1er mai.

— Non… mais quelqu'un du club était présent sur le pont lorsque Charlie a été tué et Pete Morrow semble être le candidat le plus probable ! Je ne t'ai pas encore tout dit, m'empressai-je d'ajouter devant son regard perplexe. Une personne portant un sweat à capuche, avec le logo de l'Oxford Krav Maga Club dans le dos, s'est enfuie de la scène juste après que Charlie a sauté du pont.

Je lui racontai ma rencontre avec le capitaine Thomas à la maison de retraite et ce qu'il m'avait dit avoir vu à travers ses jumelles.

Devlin poussa un sifflement.

— Tout ça est très circonstanciel, bien sûr, mais tout de même. C'est certainement assez pour que nous fassions venir Pete Morrow pour l'interroger. C'est dommage que je n'aie pas réussi à te parler hier. D'une, j'aurais aimé savoir comment tu allais, et de deux, cette information aurait été précieuse ; j'aurais pu demander à mon sergent de s'en occuper pendant que j'étais retenu à la conférence.

— Oui, j'aurais probablement dû t'envoyer un message quand je suis arrivée à l'hôpital. J'ai été distraite par ma mère et Lincoln… mais si j'avais su que tu étais dans le coin…

Devlin eut l'air surpris.

— Moi ?

— Oui, Lincoln t'a vu à l'hôpital… avec une femme blonde, dis-je en essayant de garder une voix neutre.

— Oh… oh, oui… bien…

Devlin baissa les yeux et coupa un morceau de fromage, le posant sur un cracker avec trop d'emphase. Il le mit dans sa bouche et le mâcha lentement, détournant le regard avant de répondre. Je ne pouvais pas chasser l'impression qu'il essayait de gagner du temps.

Il déglutit et dit d'un ton désinvolte :

— Oui, c'est vrai, je devais retrouver quelqu'un là-bas.

— En rapport avec l'affaire ?

— Non, pas cette affaire-là.

— Une autre de tes affaires, alors ?

— Oui... on peut dire ça.

Je le regardai avec insistance, mais il était occupé à tripoter la bouteille de champagne, s'employant à ne pas croiser mon regard.

— Je te refais le niveau ? demanda-t-il.

— Euh... Non, merci. J'en ai assez.

— Dans ce cas... fit Devlin en regardant autour de nous. On ne devrait pas trop tarder. La lumière faiblit et il va commencer à faire frais. Ta mère ne me pardonnerait jamais si tu prenais froid.

Je jetai un coup d'œil autour de moi. Il avait raison. Le crépuscule tombait et le jardin était désert. Je l'aidai à rassembler le reste de la nourriture et à la remettre dans le panier. Devlin se mit à déblatérer, me parlant d'un collègue qui envisageait de quitter Londres et d'être transféré dans la région des Cotswolds. J'écoutai à moitié en lui servant les réponses appropriées, mais je n'avais pas la tête à ça.

Soudain, mon contentement s'était évaporé et tous mes doutes refaisaient surface. Je n'avais pas rêvé. Devlin était évasif, j'en étais certaine. Pourquoi n'avait-il pas mentionné qu'il était à l'hôpital la veille au soir ? Qui était cette femme blonde qui l'accompagnait et pourquoi ne voulait-il pas en parler ?

Je le suivis en silence tandis que nous retournions à la voiture. Nous chargeâmes tout l'attirail de pique-nique sur le siège arrière, puis nous montâmes à l'avant. Devlin semblait perdu dans ses pensées et je ruminais. Cependant, alors que la voiture quittait la voie et retrouvait la High Street, je fus soudain tirée de mes préoccupations par une silhouette de l'autre côté de la route.

Je réalisai que c'était Damian Heath, debout à l'angle du Haverton College. Il était en grande conversation avec quelqu'un – une petite silhouette trapue, les mains enfoncées dans les poches, la tête baissée et les épaules voûtées sous un sweat à capuche sombre.

Alors que la voiture tournait dans la High Street et commençait à s'éloigner doucement, je me retournai et tordis le cou pour les garder en vue. L'homme trapu bougea légèrement, et la lumière d'un lampadaire illumina son visage sombre et basané. Pendant un moment, je crus le reconnaître.

— Qu'est-ce qu'il y a, Gemma ? demanda Devlin en jetant un coup d'œil dans le rétroviseur.

Je me tordis encore plus sur le siège, essayant de confirmer mon impression, mais nous allions trop vite et la courbe de la High Street cacha l'homme à ma vue.

Je me retournai vers l'avant.

— Je… Ce n'est probablement rien, dis-je. Je pensais avoir vu… mais je me trompe probablement.

Chapitre 25

Ma cheville allait beaucoup mieux le lendemain matin, à tel point que je décidai d'aller travailler malgré tout. Ma mère, cependant, ne voulut pas en entendre parler et, lorsque j'essayai de faire valoir mes arguments, elle appela Cassie au salon de thé et j'eus le droit à des réprimandes de la part de ma meilleure amie.

— Ne sois pas stupide, Gemma ! Un jour de plus ne fera aucune différence et on se débrouille très bien sans toi. Honnêtement, tu n'es pas aussi indispensable que tu le penses, dit-elle d'un ton taquin.

— Eh bien, si tu en es sûre... abdiquai-je. Je me sens mal que vous travailliez toutes si dur pendant que je me prélasse à la maison.

Cassie éclata de rire.

— Travailler si dur ? On m'a à peine permis de faire quoi que ce soit. Les vieilles chouettes ont pris le contrôle du salon de thé ! Mabel dirige l'endroit comme un sergent instructeur – je pense que les clients mangent et boivent pratiquement sur commande.

— Oh, non, tu plaisantes ? Si elle contrarie les clients...

— Détends-toi, Gemma, les touristes adorent ça ! Ça semble correspondre en tous points à l'idée qu'ils se font d'un salon de thé anglais traditionnel, avec ces petites vieilles dames aux cheveux blancs qui servent le thé, sont autoritaires et leur posent des questions indiscrètes sur leur vie privée. Alors, arrête de t'inquiéter et mets-toi dans la tête que tu ne serais pas utile ici ! En fait, je ne veux pas voir ta tête avant que tu ne remarches normalement.

Je me sentais beaucoup mieux en raccrochant. Cassie me remontait toujours le moral avec son attitude franche et terre à terre. Son point de vue irrévérencieux sur les choses lui venait d'une éducation permissive dans un foyer chaotique et bruyant, avec des parents artistes qui appréciaient la créativité et la liberté d'expression. Rien à voir avec ma propre éducation. J'avais grandi dans un foyer britannique cliché de la classe moyenne supérieure, qui mettait l'accent sur l'étiquette et le comportement « correct ». Malgré huit années à baigner dans la culture plus détendue de l'Australie, je prenais probablement encore la vie un peu trop au sérieux et les taquineries de Cassie me faisaient du bien.

En me réinstallant dans le salon de mes parents, je décidai de profiter de mon deuxième jour de vacances forcées. Peut-être pourrais-je m'attaquer à l'un de ces livres que je voulais lire depuis des mois. Mais lorsque je pris un roman à suspense et que je commençai à tourner les pages, mon esprit se mit à vagabonder, revenant notamment au meurtre de Charlie Foxton.

Je me demandai à nouveau ce que j'avais vu la nuit précédente, juste au moment où nous tournions dans la High Street. Était-ce Pete Morrow au coin de la rue qui parlait à Damian Heath ? Pourquoi ? Pour autant que je sache, Damian n'était pas membre du club de krav maga, alors pourquoi discutait-il avec Pete Morrow avec tant de sérieux ?

Ma mère entra dans le salon, habillée pour sortir.

— Je fais juste un saut en ville, ma chérie. Tu veux que je te rapporte quelque chose ?

— Où vas-tu, mère ?

— Du côté de la High Street. Il y a un nouveau magasin de vêtements pour femmes que j'aimerais voir. Eliza Whitfield m'a dit qu'ils avaient de magnifiques blouses imprimées Liberty. Elle en a acheté deux la semaine dernière et il semble qu'il y ait une offre spéciale en ce moment.

— Ça te dérange si je me joins à toi ? demandai-je impulsivement. Il y a quelque chose que j'aimerais vérifier au Haverton College – c'est vers le bas de la High Street. Tu pourrais peut-être me déposer là-bas et je pourrais te retrouver quelque part plus tard ?

— Bien sûr, ma chérie, mais es-tu sûre de pouvoir marcher avec ta cheville ?

J'étendis ma jambe gauche et tournai mon pied.

— Ça va beaucoup mieux, mère. Vraiment. Et j'ai mes béquilles...

Quinze minutes plus tard, elle me déposa devant le Haverton College. Je lui adressai un signe de la main, puis franchis la porte principale en boitillant pour rejoindre le quadrangle avant. Je m'attendais à ce que l'un des concierges du collège m'arrête et me demande ce que je faisais, mais le seul que je vis était occupé à parler à un groupe d'étudiants et il me jeta à peine un regard en passant. Je suppose qu'une personne boitillant avec des béquilles ne semblait pas constituer un risque majeur en matière de sécurité !

Je traversai le quadrangle avant, passai sous l'arcade, puis m'aventurai dans le quadrangle arrière jusqu'à l'escalier 5, où se trouvait la chambre de Damian et Charlie. Quand j'arrivai, je me souvins soudain des quatre volées de marches qui menaient tout en haut et mon cœur s'enfonça dans ma poitrine. *Je devrais peut-être laisser tomber...* Puis je redressai les épaules. Non. J'avais fait tout ce chemin jusqu'en ville, je ne pouvais pas abandonner maintenant.

Je pris une profonde inspiration et commençai à

grimper. C'était une manœuvre assez délicate, surtout avec les béquilles, et je devais m'arrêter fréquemment pour me reposer. Une fois, je songeai à abandonner, mais j'étais déjà à mi-chemin et cela m'aurait demandé autant d'efforts de redescendre que de continuer. Lorsque j'atteignis finalement le palier du haut, je respirais difficilement, je transpirais abondamment et ma cheville avait recommencé à m'élancer.

En boitillant vers la porte des garçons, je pensai soudain à autre chose. Quelle idiote j'étais ! Je ne savais même pas si Damian était dans sa chambre – c'était le milieu de la matinée et il y avait des chances qu'il soit à une conférence ou autre. J'avais peut-être grimpé quatre étages pour rien !

Agacée par moi-même, je me penchai pour frapper à la porte. C'est alors que je remarquai qu'elle était légèrement entrouverte. En fronçant les sourcils, je la poussai doucement. La porte s'ouvrit en grinçant et je fus choquée par ce que je vis. C'était la pagaille ! On avait retourné la pièce et vidé chaque tiroir, retiré tous les livres des étagères, ouvert toutes les armoires. Même le contenu du réfrigérateur jonchait le sol. L'endroit avait été complètement saccagé. Je fis quelques pas, puis je vis quelque chose qui fit battre mon cœur dans ma poitrine.

Il y avait quelqu'un étalé sur le sol au centre de la pièce. Je ne pouvais pas voir son visage d'où je me tenais – le canapé était dans le passage –, mais ses jambes dépassaient. Je reconnus son jean fuseau.

Mon cœur battant la chamade, je m'avançai en clopinant et jetai un coup d'œil par-dessus le dossier du canapé.

C'était Damian Heath.

Je n'avais pas besoin de m'approcher davantage pour voir qu'il était mort. Son visage était d'une couleur violette hideuse, taché et gonflé, et sa langue pendait légèrement hors de sa bouche.

Je déglutis et détournai rapidement le regard, faisant quelques pas en arrière. Ce n'était pas la première fois que je voyais un cadavre, mais c'était toujours un choc terrible. De plus, je n'avais jamais vu quelqu'un être tué de cette façon.

Damian Heath avait été étranglé à mort.

Chapitre 26

Ce n'était pas non plus la première fois que j'appelais la police après avoir découvert un corps, mais les choses semblaient totalement surréalistes. J'observais, assise sur un rebord de pierre devant l'escalier, le photographe de la police et les membres de la scientifique aller et venir. Le CID était arrivé aussi – pas Devlin, mais son sergent. Je remarquai que le jeune homme avait perdu un peu de son habituelle arrogance après être monté dans la chambre et avoir vu le corps ; en fait, il avait le teint légèrement verdâtre. Il avait eu une rapide discussion avec un des experts, puis était venu m'interroger.

— L'inspecteur a été retenu à Blackbird Leys pour

cet autre homicide, mais il est en route.

Le jeune sergent fit la grimace.

C'est un meurtre assez brutal. Et le tueur était manifestement à la recherche de quelque chose. Tout a été mis sens dessus dessous.

Il me regarda en hésitant.

— Je... je suppose que je devrais laisser le chef vous interroger – vous êtes sa petite amie et tout ça, dit-il, embarrassé.

— En fait, c'est probablement pour ça que Devlin ne devrait pas me questionner, répondis-je avec cynisme. Allez-y, interrogez-moi comme un témoin normal – oubliez que j'ai un lien particulier avec la police.

Il hocha la tête et commença à m'interroger. Quand j'eus fini d'expliquer comment j'avais découvert Damian, il me demanda pourquoi j'étais venue le voir.

— Je suivais une sorte d'intuition, en fait, expliquai-je. J'ai cru voir Damian hier soir parler à un homme que j'avais vu au club de krav maga d'Oxford...

Le sergent leva la tête.

— Pete Morrow ?

Je le regardai fixement.

— Oui, comment le savez-vous ?

— Je viens de prendre de ses nouvelles. C'est pour ça que je suis arrivé si vite, j'étais déjà en ville. J'étais en route pour le club, en fait. L'inspecteur m'a parlé de votre expérience là-bas...

Il se mit à sourire, puis se reprit et adopta une mine plus grave.

— Et il m'a dit de me renseigner sur ce Pete Morrow. J'ai fait quelques recherches sur lui ce matin et j'ai découvert que Morrow avait un casier. Quelques agressions – des bagarres d'ivrognes – et il a passé du temps derrière les barreaux pour de petits vols. Rien de bien sérieux, mais il est dans le système.

— Oh.

Je digérai l'information. Ce n'était pas si étonnant que ça. Il ne fallait pas s'arrêter aux apparences, mais Pete Morrow avait bien une tête à avoir un casier. Mais un simple petit délinquant aurait-il pu planifier un coup élaboré comme le meurtre du 1er mai ? J'avais l'impression que Pete Morrow était plus du genre à vous agresser avec un couteau dans une ruelle sombre.

— Morrow n'est pas son vrai nom, vous savez, ajouta le sergent.

Je lui adressai un regard perçant.

— Comment ça ?

— En fait, il n'est pas anglais, c'est un immigré russe. Il est arrivé ici à la fin de l'adolescence. Son vrai nom est Morozov, mais il a décidé de se faire appeler Morrow lorsqu'il a commencé à travailler. Il travaille comme boucher dans une des boutiques du marché couvert.

— Il est russe ?

Mon cerveau était en ébullition. Était-ce juste une

étrange coïncidence ? Ou y avait-il un lien entre Pete Morrow – Morozov – et Tanya Koskov ?

— Vous devriez aller voir Pete immédiatement pour vérifier s'il a un alibi pour le meurtre de Damian, dis-je.

— Oh, ne vous inquiétez pas, il est en haut de la liste, répondit le sergent. Mais d'abord, nous avons besoin que la légiste nous donne l'heure précise de la mort… Ah ! La voilà…

Le visage du sergent s'éclaira et je vis une lueur d'appréciation dans ses yeux. Je jetai un coup d'œil au quadrangle et vis une jeune femme asiatique mince s'avancer vers nous. Bien qu'elle soit vêtue de la combinaison blanche peu flatteuse et de la cagoule de l'équipe médico-légale, elle dégageait tout de même un charme fou. Dr Jo Ling, la nouvelle légiste de l'équipe du CID. Je l'avais rencontrée récemment et je devais admettre que, bien qu'elle soit le genre de fille que l'on aurait voulu détester, on ne pouvait s'empêcher de l'apprécier. Elle croisa mon regard en traversant le quadrangle et me fit un signe de la main, puis continua son chemin vers l'escalier.

— Et voilà le patron, dit le sergent en faisant un effort inconscient pour se redresser.

Je me retournai et vis Devlin entrer dans la cour, sombre et beau dans son costume gris anthracite, ses yeux bleus perçants s'affinant tandis qu'il scrutait la scène et évaluait la situation. Mais ce qui attira le plus mon attention, ce fut la femme à ses côtés. Elle était mince, blonde et, bien que légèrement plus âgée, elle était encore très séduisante, avec un visage fin en forme de cœur qui me rappelait légèrement un renard. Elle était vêtue d'un simple haut en lycra et d'un legging noir, qui mettait néanmoins en valeur sa belle silhouette. Mon cœur accéléra.

— Qui... qui est-ce ? demandai-je au sergent.

— Ça ?

Il eut un sourire lascif.

— C'est Mel. Mel Buckley.

Il baissa la voix :

— Elle fait partie de nos canaris chanteurs. C'est la plus jolie, je pense.

Je fixai le sergent.

— Un canari ? Vous voulez dire que c'est une indic ?

— Chut !

Il jeta un rapide coup d'œil alentour.

— Ouais, Mel aide l'inspecteur à résoudre l'homicide de Blackbird Leys. Quelle chance, je donnerais n'importe quoi pour travailler avec elle, ajouta-t-il avec un nouveau sourire.

— Et... où retrouvez-vous généralement une informatrice comme elle ?

Il haussa les épaules.

— Ça dépend. En général, ce sont les indics qui choisissent. Ils nous donnent un lieu et une heure, et nous les y retrouvons. C'est généralement un endroit très passant, avec beaucoup de gens pour avoir une bonne excuse de se trouver là.

— Comme un hôpital ?

Il avait l'air perplexe.

— Je ne sais pas si j'ai déjà retrouvé quelqu'un à l'hôpital. Mais oui, je suppose.

Je ressentis une vague de soulagement. J'avais mon explication. C'était aussi simple que ça. Devlin avait retrouvé Mel, son informatrice, à l'hôpital. J'eus l'impression qu'on m'avait ôté un poids énorme des épaules. Encore une fois, j'eus honte d'avoir douté de lui. *Je dois arrêter d'avoir ces soupçons ridicules !* me réprimandai-je. C'était la faute de Tanya Koskov - toutes ces bêtises qu'elle avait débitées sur les signes de tromperie de Charlie avaient corrompu mon esprit et m'avaient mis des idées en tête.

Comme invoquée par mes pensées, la belle Russe entra dans le quadrangle à ce moment-là, suivie comme d'habitude par son fidèle Mikhaïl. Elle s'arrêta net quand elle vit les policiers s'affairer autour de l'escalier 5. Ils sortaient le brancard avec le corps recouvert d'un drap.

— Que s'est-il passé ? demanda sèchement Tanya en se dirigeant vers la civière.

Devlin était en train de parler avec Jo Ling, mais il s'avança rapidement pour l'intercepter :

— Miss Koskov, je me demandais si je pouvais vous poser quelques questions.

Tanya se tourna vers lui. Je crus qu'elle allait dire à Devlin qu'elle refusait de lui parler sans son avocat, mais, à ma grande surprise, elle fit un brusque signe de tête.

Devlin jeta un coup d'œil à Mikhaïl, puis son regard se reporta sur Tanya.

— Vous venez de rentrer au collège ? Où étiez-vous ?

— En cours, répondit-elle. Que s'est-il passé ?

— Damian Heath a été assassiné.

Ses yeux s'écarquillèrent.

— Assassiné ?

— Puis-je vous demander où vous étiez entre 22 heures et minuit la nuit dernière ?

— Je... j'étais ici au collège - dans la J.C.R., dit Tanya.

— En êtes-vous sûre ?

Tanya fronça les sourcils.

— Oui, après le dîner, je suis allée dans ma chambre pour travailler sur mon essai. Ensuite, j'ai décidé d'aller à la J.C.R. pour lire des magazines.

— Et vous y êtes restée de 22 heures à minuit ?

— En effet, répondit une voix à l'accent prononcé.

Mikhaïl fit un pas en avant.

— J'étais aussi dans la Junior Common Room. Tatiana Vladimirovna y est restée pendant tout ce temps.

Je vis Tanya lui jeter un regard rapide, et ses lèvres s'entrouvrirent légèrement, comme si elle était sur le point de dire quelque chose, puis elle changea d'avis et les serra fermement.

— Et que faisiez-vous là-bas ? demanda Devlin à Mikhaïl.

— Je jouais au billard.

— Et aviez-vous un partenaire ?

L'universitaire russe lui lança un regard méprisant.

— Non. Je joue tout seul.

Le sous-entendu était évident – personne n'était assez bon pour jouer avec lui. Je trouvai ses manières pompeuses et supérieures incroyablement irritantes, comme d'habitude.

Devlin se retourna vers Tanya.

— Y avait-il quelqu'un d'autre dans la J.C.R. ?

Tanya parut agacée.

— Quelques personnes sont passées, oui. Plus tôt, vers 22 heures. Pour regarder les informations. Ensuite, deux filles sont venues s'asseoir à côté de moi. Elles parlaient très fort. À la fin, il n'y avait plus que Mikhaïl et moi. Il était à côté du billard et moi sur le canapé près de la fenêtre.

— Et après ça ?

— Je suis retournée dans ma chambre. Demandez à cette fille, Nicola – elle vit dans mon escalier. Je l'ai croisée en rentrant. Bref...

Tanya secoua la tête.

— Ce sont des questions stupides ! Vous pensez que j'ai tué Damian ? Pourquoi ? Il n'est rien pour moi.

— Ce n'est pas ce que vous m'avez dit la dernière fois, dis-je en clopinant sur mes béquilles.

Tanya se tourna vers moi en plissant les yeux.

— Comment ça ?

— Quand je vous ai vue au café en ville, lui

rappelai-je. Vous m'avez dit que vous étiez en colère contre Damian pour avoir essayé de vous attirer des ennuis avec la police. Vous avez dit : « Damian va regretter ce qu'il a essayé de me faire. Il va payer. » – vous vous souvenez ?

Mikhaïl fit un mouvement brusque vers moi, comme un chien qui se hérisserait devant quelqu'un qui insulterait son maître, mais je l'ignorai. Toute mon attention était concentrée sur Tanya. Me faisais-je des idées ou la jeune femme semblait-elle légèrement mal à l'aise sous son air hautain ?

— Je n'ai pas dit ça ! grogna-t-elle. Espèce de garce. Vous êtes comme tous les autres, vous essayez de vous en prendre à moi. *Da ti yebanulsa !* Je ne parlerai plus sans mon avocat. Hors de ma vue !

Elle m'écarta violemment et sortit en trombe du quadrangle. J'eus un hoquet de surprise en me sentant basculer en arrière. Titubant, je lâchai mes béquilles, perdis l'équilibre et m'effondrai par terre.

— Gemma ! s'écria Devlin, se précipitant à mes côtés, ses yeux bleus remplis d'inquiétude.

Il me souleva tendrement et m'aida à me lever.

— Est-ce que ça va ?

— Ça va... dis-je en reprenant mon souffle.

Je bougeai ma cheville pour la tester et fus soulagée de ne ressentir aucune douleur.

— J'ai juste perdu l'équilibre.

Devlin regarda l'arcade déserte où Tanya et Mikhaïl avaient disparu, et ses traits se durcirent.

— J'aimerais pouvoir traîner cette fille en justice

tout de suite !

— Tout va bien, Devlin, dis-je. Ne t'énerve pas à cause de moi. Si tu l'amènes au poste sans avoir de quoi la retenir, tu n'auras peut-être jamais de seconde chance, vu l'armée d'avocats qui l'entourent. Je préfère que tu attendes le bon moment, quand tu auras assez de preuves pour l'arrêter – en supposant qu'elle soit coupable, bien sûr.

Je laissai échapper un petit rire.

— C'est peut-être juste une peste pourrie gâtée et au sale caractère... ça ne fait pas d'elle une meurtrière.

— Ça n'excuse pas ce qu'elle t'a fait, rétorqua Devlin avec colère.

— Vous avez eu confirmation que Damian a été tué entre 22 heures et minuit la nuit dernière ? demandai-je.

— C'est ce que Jo pense. Mais nous n'avons pas encore retrouvé l'arme du crime. Il a été étranglé, mais pas avec une corde ou un fil. D'après l'absence de marques d'abrasion autour de son cou, Jo pense qu'il s'agissait probablement de quelque chose de très doux, comme un tissu ou un foulard en soie.

Devlin regarda à nouveau l'arcade déserte, l'air pensif.

— Je vais obtenir un mandat pour fouiller la chambre de Tanya Koskov et confisquer tous les foulards en soie qu'elle a ; demander à la police scientifique de les analyser – voir s'il y a des fibres ou même de l'ADN lié à Damian. Cela peut prendre un certain temps, mais si les preuves sont là, nous les trouverons, dit-il d'un air sombre.

Puis ses yeux s'adoucirent et il me regarda.

— Tu devrais rentrer chez toi, Gemma, et reposer cette cheville. Mon sergent m'a dit qu'il t'avait déjà interrogée. Si j'ai d'autres questions, je t'appellerai plus tard.

Il jeta un coup d'œil au quadrangle et soupira.

— J'aimerais pouvoir te ramener à la maison moi-même, mais…

— Non, c'est bon, ne t'inquiète pas, dis-je. Je sais que tu as de quoi faire sur la scène de crime. Et de toute façon, j'ai promis à ma mère de la retrouver au Queen's Lane Coffee House – elle m'y attend probablement déjà.

— Je vais demander à une voiture de police de t'y déposer.

— Mais non, voyons ! La High Street est seulement à cinq minutes de marche. Ça va aller – je vais juste y aller doucement.

Je me levai et lui donnai un baiser.

— À plus tard.

Chapitre 27

Presque aussi surréaliste que la découverte du cadavre de Damian Heath, je me retrouvai chez mes parents cet après-midi-là, à écouter ma mère s'affairer à préparer le dîner, comme si rien ne s'était passé.

— ... et je pensais commencer par une soupe aux pois cassés. Le professeur Obruchev dit que la soupe aux pois est très populaire en Russie – ils la préparent avec des haricots secs et de la viande fumée – et je suis curieuse de voir ce qu'il pense de notre version anglaise et de ses différences. Bien sûr, je pourrais faire une soupe aux champignons – apparemment très populaire aussi – ou peut-être une soupe au brocoli... Je ne pense pas qu'ils connaissent, bien qu'ils aient leur fameuse soupe au chou russe, bien sûr... Qu'est-ce que tu en penses, ma chérie ?

— Euh...

Ma tête tournait devant toutes ces variantes de soupes.

— Pourquoi ne pas commencer par du melon ?

Ma mère m'adressa un regard lourd de reproches.

— Un dîner qui se respecte commence toujours par une soupe, ma chérie ! Oh, et n'oublie pas que je compte sur toi pour divertir le professeur Obruchev pendant que je m'occuperai du rôti. Je vais faire un carré d'agneau au romarin et à l'ail, et il sera déjà au four quand il arrivera, mais je devrai préparer la sauce avec le jus et cuire les légumes racines pour la purée... Et ton père a dû se rendre à une réunion imprévue du University Examinations Board cet après-midi. Il risque donc de rentrer tard. Tu devras donc discuter avec le professeur.

— Très bien, acceptai-je sans grand enthousiasme.

J'avais complètement oublié que c'était le jour où le professeur russe venait dîner. Pour être honnête, après tout ce qui s'était passé, la dernière chose que j'avais envie de faire était d'être sociable. Mais je savais que je n'avais aucun moyen d'y couper, et quelques heures plus tard, je me retrouvai à attendre notre invité après avoir enfilé une « belle robe » pour faire plaisir à ma mère.

Lorsqu'il arriva, le professeur Obruchev semblait

aussi jovial que d'habitude. Il entra dans la maison en portant le même costume brun démodé, des chaussures encore plus antiques et un foulard de soie délavé, et il me tendit la main avec enthousiasme lorsqu'il me vit.

— Ah, Gemma Philipovna ! Vous n'imaginez pas comme j'ai pensé aux mets délicieux que j'ai dégustés dans votre salon de thé !

— Oh... euh, merci, dis-je. Je suis contente que ça vous ait plu.

— C'était exquis ! Délicieux ! Je le dirai à ma femme quand je rentrerai en Russie. Peut-être pourriez-vous me donner quelques recettes et elle pourra essayer de reproduire vos créations britanniques ?

— Oh... bien sûr, je vais demander à ma cheffe, Dora. C'est elle qui prépare tous ces délicieux gâteaux et scones. Je dois avouer que je ne suis pas très douée pour la pâtisserie.

— Oh, mais vous avez d'autres talents, pas vrai ? Votre père m'a parlé de ces meurtres au village et à Oxford. Apparemment, vous avez aidé la police à les résoudre ? Vous avez, comme disent les Anglais, le nez creux ?

J'eus un petit rire gêné.

— C'était en grande partie de la chance, je pense. Il se trouve que j'étais au bon endroit au bon moment.

— Vous êtes modeste ! C'est très anglais. Vous autres, Anglais, vous atténuez toujours la réalité.

Mais j'ai appris que vous travailliez sur un nouveau meurtre ? La mort d'un étudiant le 1er mai ?

Il se pencha plus près et agita les sourcils.

— Avez-vous déjà une idée de l'identité du meurtrier ?

— Eh bien, je… hésitai-je.

Son visage était plissé par son habituel sourire jovial et pourtant ses yeux semblaient m'observer attentivement.

— Vous êtes très intéressé par ce meurtre, fis-je remarquer.

— Oh ! Mais bien sûr – les meurtres sont toujours fascinants ! Surtout quand ils sont aussi dramatiques que celui-ci… On dirait un roman, pas vrai ? J'aime beaucoup les romans policiers.

— Vous devriez rencontrer certaines de mes amies, dis-je avec un sourire en coin. Elles aiment beaucoup les romans policiers, elles aussi. En fait, la plupart du temps, elles semblent croire qu'elles *sont* dans un roman policier ! Et elles pensent toujours qu'elles savent mieux que la police.

— Je suis également convaincu que parfois l'amateur peut voir des choses qui échappent à la police, déclara le professeur Obruchev. Mais en ce qui vous concerne, vous avez un avantage, pas vrai ? Votre compagnon est inspecteur au Criminal Investigation Department m'a dit votre père.

— Oui, Devlin est inspecteur au CID de l'Oxfordshire, admis-je. Mais il ne parle pas beaucoup du travail.

— Ah, mais il doit vous en dire plus que dans les journaux, non ? Par exemple, s'ils ont un suspect et sont sur le point de procéder à une arrestation ?

Je le regardai d'un air pensif.

— Professeur, puis-je vous demander pourquoi cette affaire vous intéresse tant ?

Il eut un petit rire.

— Peut-être parce que c'est arrivé le jour de mon arrivée à Oxford. *Oy !* Quand je pense que ça a dû se passer au même moment, de l'autre côté de la ville !

Je le regardai avec surprise.

— Vous êtes arrivé à Oxford le 1er mai ? Je croyais que ma mère avait dit que vous étiez arrivé le lendemain.

Il parut embarrassé pendant un moment et dit :

— Il y a eu erreur dans les dates. Je suis arrivé plus tôt, mais je ne voulais pas déranger vos parents donc je ne les ai pas contactés. J'ai décidé de visiter Oxford par moi-même pendant un jour.

— Oh, ma chérie, tu ne vas pas faire parler le professeur Obruchev de cette terrible affaire de meurtre, n'est-ce pas ? dit ma mère, sortant de la cuisine pour nous rejoindre.

— Je vous présente mes excuses, Mrs Rose ! s'écria le professeur russe en se levant d'un bond. C'est moi qui ai amené Gemma à parler de ce sujet. Vous voyez, pour moi, c'est une opportunité excitante d'être si proche d'un meurtre. On dirait les fameux romans que vous autres, Britanniques, aimez tant lire et écrire, n'est-ce pas ?

— Le meurtre et le chaos ne sont certainement pas des sujets appropriés pour le dîner, dit ma mère avec fermeté. Nous devrions passer à table. Philip a appelé pour dire qu'il était en chemin. Il devrait nous rejoindre d'un instant à l'autre.

Nous la suivîmes docilement dans la salle à manger et prîmes place à table, au moment où mon père passait précipitamment la porte d'entrée. Cependant, alors que le professeur Obruchev s'apprêtait à s'asseoir à table, il y eut un hurlement et il se redressa, choqué. Nous aperçûmes alors Muesli allongée sur sa chaise, le regardant d'un air de reproche.

— Muesli ! s'écria ma mère. Vilain chat ! Qu'est-ce que tu fais là ? Descends de la chaise du professeur Obruchev.

— *Miaouuu !* fit Muesli d'un air de défi.

Elle roula sur le dos et se tordit pour nous regarder à l'envers, la tête inclinée d'une manière adorable, sans ciller.

— Ne vous en faites pas, dit le professeur en gloussant. J'ai moi-même des chats à la maison ; des bleu russe – vous connaissez cette espèce ? Ils ont de formidables yeux verts, avec un cercle noir autour, comme le vôtre.

— Oui, j'en ai entendu parler. Ils sont magnifiques, dis-je. Avez-vous un mâle ou une femelle ?

— J'en ai deux : un mâle et une femelle. Ils sont frère et sœur. La femelle s'appelle Lilia – c'est la version russe de « Lily » ; le mâle, c'est Raspoutine. Et le vôtre ?

Il sourit tandis que Muesli continuait à le fixer, la tête en bas.

— Vous lui avez donné un nom de céréales ?

J'éclatai de rire.

— Oui, elle s'appelle Muesli, comme les céréales suisses avec les flocons d'avoine et les fruits secs et les noix. C'est un peu similaire à ce que les Américains appellent « granola », je crois.

— C'est un nom inhabituel pour un chat.

— Je suppose que oui. Elle appartenait à un boulanger passionné avant que je ne l'adopte, ceci explique peut-être cela.

— Allez, Muesli, tu dois descendre maintenant, dit ma mère en essayant de pousser doucement la petite chatte.

Mais Muesli ne voulait rien savoir. Elle repoussa les mains de ma mère et émit un *Miaou* irrité.

— Tout va bien, dit le professeur Obruchev. Je vais m'asseoir sur cette chaise à côté d'elle.

Il fallut donc déplacer les couverts du professeur et tout le monde dut se décaler d'un siège afin que Muesli ne soit pas dérangée. Je levai les yeux au ciel. *Comment les chats parviennent-ils toujours à obtenir ce qu'ils veulent en toutes circonstances ?* La petite chatte passa le reste du dîner à observer le professeur Obruchev, ses grands yeux verts suivant chacun de ses mouvements tandis qu'il buvait sa soupe, puis goûtait l'agneau rôti, la sauce à la menthe, la purée et le jus de viande. Enfin, après un délicieux *sticky toffee pudding*, nous nous rendîmes au salon pour prendre le thé et le café, et Muesli nous suivit, s'installant une fois de plus à côté du professeur russe et le regardant avec curiosité.

— On dirait qu'elle s'est attachée à vous, dit mon père en gloussant.

Ma mère fit un geste de la main.

— Si elle vous dérange, professeur, nous pouvons toujours…

— Non, non, c'est bon. Comme je l'ai dit, j'aime les chats. Il semble qu'elle veuille jouer… dit-il en riant lorsque Muesli se leva brusquement et attrapa l'un des bouts du foulard noué autour de sa gorge.

— Muesli ! s'écria ma mère, mortifiée. Je suis terriblement confuse…

— Non, ce n'est rien, lui assura le professeur. Tous les chats sont comme ça. Les miens aussi.

Il s'adossa à sa chaise et essaya de lisser son foulard contre sa poitrine, mais plus il essayait de l'éloigner, plus Muesli semblait s'intéresser au tissu soyeux. Elle l'attrapa avec sa patte. Ma mère eut le souffle coupé lorsque nous vîmes les petites griffes acérées de Muesli s'enfoncer dans le matériau délicat.

Je regardai autour de moi et pris un jouet en forme de canne à pêche posé sur une table d'appoint.

— Tenez, voulez-vous utiliser ceci, professeur ? dis-je à la hâte.

Le professeur Obruchev prit le jouet et l'agita. La

tête de Muesli se redressa d'un bond et je vis ses pupilles se dilater, ses yeux devenir sombres et énormes. Elle se retourna, le foulard oublié, et se jeta sur l'appât en forme de plume au bout de la ficelle.

— Oh, oh ! C'est qu'elle est rapide ! s'esclaffa le professeur Obruchev en agitant la canne à pêche.

Muesli se lança à sa poursuite.

Je devais admettre que j'étais assez impressionnée par les réflexes de ma petite chatte : quelle que soit la vitesse à laquelle le professeur faisait bouger la ficelle, elle semblait toujours avoir une longueur d'avance sur lui, bondissant et se tordant dans les airs. Ses prouesses parurent encourager le professeur, qui rentra dans son jeu en tentant de duper Muesli.

— Aaah ! Non... non... *Oy !* Tu vois, je suis plus rapide !

Il rit et éloigna la canne à pêche sur le côté, arrachant l'appât des griffes de Muesli juste à temps. La petite chatte se jeta dessus, attrapa la ficelle et roula sur le dos, donnant des coups de pattes et griffant l'air.

— *Ozornik !* Pas mal... Mais tu ne gagneras pas... aaah... non ! Tu n'as pas tout vu... Regarde ! Et ça ! Oh, mais c'est que tu es maline... oh ! *Ne etot...*

— Professeur !

Je lui attrapai le bras.

— Qu'est-ce que vous venez de dire ?

Il me regarda, surpris.

— Je... Je ne suis pas sûr... ?

— La dernière chose que vous avez dite, insistai-je.

— J'ai dit « ne etot ». Ça veut dire : « pas ça ».

Je me penchai en avant avec enthousiasme.

— Y a-t-il une autre phrase en russe qui sonne pareil ?

Ils me regardaient tous d'un air perplexe à présent, ma mère et mon père en particulier.

— Que voulez-vous dire par « pareil » ? demanda le professeur. Il y a beaucoup de phrases qui sont similaires, avec ces mêmes mots...

— Je pensais à quelque chose qui ressemblait à... « Né tôt chez l'évêque » ?

— « Né tôt chez l'évêque » ?

Le professeur fronça les sourcils.

— Mais ça n'a aucun sens.

— Non, pas en anglais, mais je viens de réaliser... peut-être que c'est une phrase en russe ? Je prononce probablement mal. En fait, je répète ce que quelqu'un d'autre a dit, mais est-ce que ça pourrait ressembler à une phrase en russe ?

— *Né tôt chez l'évêque... Né tôt chez l'évêque ?...* marmonna le professeur en baissant les yeux et en caressant sa barbe. Puis il s'illumina.

— Peut-être faites-vous référence à « ne tot chelovek » ?

— Oui ! m'exclamai-je avec enthousiasme. Oui, ça pourrait être ça ! Qu'est-ce que ça veut dire ?

Je lui jetai un regard impatient.

— Cela signifie « pas cet homme » – en anglais,

vous diriez peut-être « ce n'est pas lui ».

— Ce n'est pas lui ?

Je le regardais fixement, mon cerveau tournant à plein régime.

— Où avez-vous entendu ces mots ? demanda le professeur.

— Je...

Je m'arrêtai net, me rappelant son intérêt pour les progrès de l'enquête, et le fait qu'il était arrivé à Oxford le jour du meurtre, et non *après* comme je le pensais... Peut-être étais-je à nouveau paranoïaque, mais que savais-je vraiment du professeur Obruchev ? Ce n'était pas un collègue proche de mon père. Était-ce une coïncidence qu'un universitaire russe – qui connaissait personnellement les Koskov – arrive à Oxford à peu près au moment du meurtre de Charlie ?

— Oh, hum... ce n'est rien d'important, dis-je en lui adressant un sourire nonchalant. C'est juste une phrase qui a été prononcée par des touristes dans mon salon de thé et je me suis demandé ce qu'elle signifiait. C'était un groupe de jeunes hommes particulièrement bruyants. Ils n'arrêtaient pas de se crier cette phrase les uns aux autres. Ils devaient discuter d'une erreur sur une personne ou quelque chose comme ça.

Le professeur Obruchev parut satisfait et ne me posa pas davantage de questions. Muesli semblait s'être calmée et s'était installée à côté de notre invité pour faire sa toilette. Ma mère s'empressa de servir le thé et le café, et de faire circuler la boîte de chocolats belges. La conversation dévia vers l'état de la politique britannique et je décrochai, m'adossant au canapé pour réfléchir à ce que je venais d'apprendre.

Ce n'étaient que des suppositions, bien sûr, mais si cette phrase avait été dite à côté de Charlie, juste avant qu'il ne passe par-dessus le pont, il y avait une chance qu'il s'agisse des propos du meurtrier. Ce qui signifiait que le meurtrier était russe et que, dans le feu de l'action, il avait lâché ces mots dans sa langue maternelle.

Ça suggère aussi que le meurtrier a fait une erreur, pensai-je avec une excitation soudaine. Le routard australien avait rapporté qu'il avait entendu quelqu'un crier « Argh ! » et ensuite cette phrase : « Ne tot chelovek ! » ce qui aurait pu être le cri du meurtrier : « Argh ! Ce n'est pas lui ! »

Cela signifiait-il que Charlie Foxton n'était pas visé après tout ?

Chapitre 28

Ce fut une sensation merveilleuse de pouvoir marcher – ou plutôt de pouvoir boiter – dans mon salon de thé le lendemain matin et de reprendre le cours des choses. Ma cheville allait bien mieux. Je pouvais à présent mettre un peu de poids dessus et je n'utilisais plus qu'une seule béquille. Même si je savais que je ne pouvais toujours pas servir les clients, j'avais convaincu Cassie que je serais utile derrière le comptoir – en particulier pour enregistrer les notes des clients qui avaient terminé et qui partaient.

Alors que le coup de feu du *morning tea* était donné et que les clients commençaient à remplir les tables, je regardais joyeusement autour de moi depuis le comptoir. Le soleil printanier qui pénétrait par l'épaisse vitre des fenêtres à meneaux faisait briller les couverts en argent et les théières en porcelaine fine sur les tables. Un jeune couple riait en voyant leur enfant de 2 ans mordre dans une tranche de *Victoria sponge cake* et se mettre de la confiture sur le menton. Deux vieilles dames – des résidentes du village visiblement – étaient penchées au-dessus de leur thé et de leurs scones, échangeant des ragots. Un groupe de touristes américains *s'extasiai*t devant la sélection de gâteaux que Cassie avait déposée sur leur table. Un autre groupe de touristes posait avec empressement devant la cheminée du salon et bavardait avec enthousiasme en japonais. Je poussai un soupir de contentement. Je n'avais pas réalisé à quel point mon petit royaume m'avait manqué.

Les vieilles chouettes étaient venues m'aider comme d'habitude, même si Mabel semblait un peu vexée d'avoir été « détrônée » au titre de reine du salon. Je l'amadouai toutefois en lui faisant part de tout ce que j'avais appris sur le meurtre depuis ce cours de krav maga fatidique, trois nuits auparavant.

— Hmm… ce Pete Morrow a tout d'un meurtrier, déclara Mabel. Je me rappelle l'avoir vu au club. Un petit homme trapu, au teint basané, n'est-ce pas, très chère ? Évidemment, on ne peut pas faire confiance aux hommes basanés. Ce sont toujours les méchants dans les livres. Et il a des sourcils si épais, ajouta-t-elle comme si cela voulait tout dire.

Je levai les yeux au ciel.

— On n'est pas dans un roman. Vous ne pouvez pas juger un homme à son apparence !

— Mais les méchants sont toujours basanés, insista Glenda. Bien que je doive dire que j'aime les hommes basanés. Il y a quelque chose de si attirant chez les hommes poilus, vous ne trouvez pas ?

— Je… euh…

À mon grand soulagement, Florence m'interrompit :

— C'est forcément le méchant ! Je suis sûre que Pete le basané a tué Damian.

— Il n'a pas d'alibi pour le meurtre de Damian, convins-je. Et il était dans les environs quelques heures auparavant.

— Oh, veux-tu dire quand tu l'as vu avec Damian dans la rue, très chère ?

— Oui, j'ai cru les voir échanger quelques mots au coin de la rue juste devant le Haverton College la nuit où Damian a été étranglé. Et j'ai parlé brièvement à Devlin ce matin avant de venir travailler – il m'a dit qu'il avait interrogé Pete Morrow hier après-midi et qu'il a confirmé que c'était bien lui qui parlait à Damian dans la rue.

Mabel rebondit sur mes propos :

— Eh bien, voilà ! N'est-ce pas un aveu de culpabilité ?

— Pas vraiment. Pete a dit que c'est Damian qui l'a arrêté dans la rue – Damian a reconnu le sweat à capuche – et lui a demandé des renseignements sur le club de krav maga parce qu'il voulait apprendre l'autodéfense.

— Oooh, on dirait que Damian était inquiet pour sa sécurité, dit Glenda.

Je me tournai vers elle.

— Je n'avais pas vu les choses comme ça… mais vous avez raison. Peut-être que Damian se doutait qu'il était en danger, ou peut-être même qu'il avait été menacé.

— Mais par qui ? Ça ne peut pas être Pete le basané. Damian ne serait pas allé lui demander de l'aide…

— À moins qu'il n'ait pas réalisé que la menace venait de Pete le ba…

Je me repris et j'adressai un regard noir aux vieilles chouettes.

— Hmm… Je veux dire, de Pete Morrow. Les menaces auraient pu être anonymes.

— Mais pourquoi quelqu'un aurait-il menacé Damian ? demanda Florence.

— Il savait quelque chose sur le meurtre de Charlie, répondit Mabel avec emphase. Peut-être qu'il a vu quelque chose le 1er mai susceptible d'incriminer le tueur – donc il devait être réduit au silence.

— Alors… vous voulez dire que c'est Pete le basané qui a aussi tué Charlie ? demanda Ethel.

Je fronçai les sourcils.

— Eh bien, pour l'instant, il a l'air d'être le principal suspect. Il y a beaucoup de choses qui s'accumulent contre lui.

Je levai les doigts pour compter.

— Un : il avait un vrai mobile – se venger après que Charlie l'a humilié au club de krav maga. Deux : on l'a aperçu s'enfuyant du pont le 1er mai – et il a admis devant Devlin qu'il y était. Il a dit qu'il était allé voir les célébrations, mais après que le chœur a fini de chanter, il a eu besoin d'aller aux toilettes, et c'est pour ça qu'il s'est enfui. Excuse qui laisse à désirer. Trois : il travaille comme boucher au marché couvert, donc il doit savoir où poignarder quelqu'un pour infliger une blessure mortelle, et il est aussi habitué à manipuler des brochettes à viande en métal. Quatre : c'est l'une des dernières personnes vues avec Damian juste avant que ce dernier ne soit tué et il n'a pas d'alibi pour l'heure de ce meurtre. Oh ! Et... et... ajoutai-je avec excitation en tendant le dernier doigt. Cinq : il est russe – son vrai nom est Morozov – et la phrase que le routard australien a entendue, qui était probablement le cri du meurtrier juste après avoir poignardé Charlie, était en russe.

Les vieilles chouettes me regardaient en ouvrant de grands yeux.

— Mais alors... c'est le meurtrier ! s'écria Glenda. Pourquoi la police ne l'a-t-elle pas arrêté ?

— Bon nombre de ces preuves sont circonstancielles. Ça ne tiendrait pas devant un tribunal. Devlin dit qu'il a besoin de concret. En plus, Pete Morrow n'est pas le seul suspect. Il ne faut pas oublier Tanya Koskov. Elle avait des raisons de tuer

Charlie et Damian, même si j'admets qu'elles sont plus faibles. Elle a certainement eu une occasion en or de poignarder Charlie, et elle est étudiante en médecine, donc elle doit savoir où et comment infliger une blessure mortelle. Et elle avait facilement accès à l'arme du crime.

— Mais n'as-tu pas dit, très chère, qu'elle avait un alibi pour le meurtre de Damian ?

— Eh bien... elle *affirme* qu'elle se trouvait à la J.C.R. pendant tout ce temps, mais la seule personne qui peut en témoigner est Mikhaïl Petrovsky, et ça ne m'étonnerait pas qu'il mente pour elle. Il est tellement patriote et loyal envers ses compatriotes qu'il considère probablement comme son devoir de « protéger » une autre Russe. En fait, je pense qu'il serait capable de le faire juste pour contrarier la police britannique !

— Et Miriam Hopkins ? demanda soudain Mabel. La police la considère-t-elle toujours comme suspecte ?

— Oh, non, j'ai de bonnes nouvelles à son sujet, dis-je en souriant. Devlin a de nouveau interrogé Miriam. Les images de vidéosurveillance montrent qu'elle se trouvait à proximité du Magdalen Bridge le 1er mai, alors qu'elle avait dit à la police que ce n'était pas le cas... Et elle a admis qu'elle avait menti.

Ethel poussa un hoquet de stupeur.

— Pourquoi a-t-elle menti ?

— C'était à cause de son fils. Il l'a contactée la nuit précédente, disant qu'il avait besoin d'argent et lui demandant de le retrouver au Magdalen Bridge. Apparemment, il a des problèmes et fuit la police. Il voulait la retrouver dans un lieu public très fréquenté, où il pourrait facilement disparaître dans la foule. Et il lui a fait promettre qu'elle ne dirait à personne qu'elle était allée le voir, surtout pas à la police. Il lui a raconté qu'il était persécuté injustement et qu'il avait juste besoin de plus de temps pour prouver son innocence.

Je levai les yeux au ciel.

— Donc Miriam a menti pour le protéger.

— Et la police la croit ?

— Devlin dit que oui. Il s'est renseigné sur le fils, Jeremy Hopkins, et l'histoire colle. Jeremy est recherché pour fraude et vol, et a évité une arrestation il y a quelques jours. Ils pensent qu'il a pu prendre un ferry pour l'Irlande, mais ils ont alerté la Garda – la police irlandaise – et Devlin est sûr qu'ils vont bientôt l'attraper. Il semble donc que la seule chose dont Miriam était coupable était d'avoir agi comme une mère.

Mabel fit claquer sa langue d'un air désapprobateur.

— C'est toujours la même chose. Les mères ne voient jamais les défauts de leurs propres enfants.

Ni les pères, pensai-je, au vu des nombreuses fois où Vladimir Koskov avait tiré sa fille d'affaire. Pourtant, si Tanya était coupable de meurtre – voire de double meurtre –, je ne pensais pas que Koskov pourrait la protéger cette fois…

⁂

Ce fut une journée bien remplie et, même si j'avais passé la majeure partie du temps perchée sur un tabouret derrière le comptoir, j'étais épuisée à l'heure de la fermeture. Je décidai tout de même de rester pour rattraper un peu de paperasse et m'occuper de la comptabilité. Dora et Cassie partirent peu avant 18 heures, mais les vieilles chouettes semblaient vouloir s'attarder, piochant dans les restes en cuisine et s'installant pour un « thé » tardif – ou peut-être un dîner précoce. Elles préparaient le thé et m'en proposaient une tasse quand la porte d'entrée du salon de thé s'ouvrit dans un tintement de clochettes.

— Je suis désolée, nous sommes fermés… dis-je, puis je m'interrompis, surprise, en voyant qui se tenait dans l'embrasure.

C'était Tanya Koskov.

Chapitre 29

— Bonjour, Tanya, dis-je d'un ton méfiant, me souvenant de la façon violente dont elle m'avait poussée la dernière fois que je l'avais vue.

La Russe hésitait dans l'embrasure de la porte, tripotant la fermeture éclair de son sac à main Gucci, et je remarquai qu'elle n'avait pas son air hautain et sardonique habituel. Au lieu de cela, elle semblait mal à l'aise et embarrassée.

— J'ai demandé à l'inspecteur O'Connor où vous trouver, dit-elle enfin. Il m'a donné cette adresse.

— Oh. Euh... oui ?

Elle jeta un coup d'œil aux vieilles chouettes qui la regardaient avec une curiosité avide. Je suivis son regard, puis demandai :

— Voulez-vous passer dans la cuisine ? Nous pourrons parler tranquillement.

Elle hocha la tête et me suivit à l'intérieur. Je savais que les vieilles chouettes seraient probablement collées à la porte, mais au moins cela donnait une illusion d'intimité. Désignant une chaise près de la grande table en bois au centre de la pièce, j'invitai Tanya à s'asseoir.

Elle secoua la tête et resta raide comme un piquet. Le silence s'étira entre nous. Puis elle fit un mouvement maladroit.

— Je… je viens m'excuser, marmonna-t-elle.

— Vous excuser ?

Je la regardai fixement. C'était la dernière chose à laquelle je m'attendais.

— Pour la façon dont je vous ai traitée hier, s'empressa-t-elle de dire. Je n'aurais pas dû vous pousser comme ça ou… ou vous insulter. J'étais en colère… mais… c'était mal. Je suis désolée. J'espère… J'espère que je ne vous ai pas blessée.

Elle baissa à nouveau les yeux.

J'étais touchée malgré moi. Il était évident que cela mettait un coup à l'ego de Tanya de venir s'excuser de la sorte. Je me demandai si ce n'était pas la première fois de sa vie qu'elle s'excusait pour son comportement. Je m'adoucis.

— Merci… Je n'ai pas été blessée.

Je marquai une pause, puis j'ajoutai :

— C'est très gentil de votre part d'être venue spécialement pour vous excuser. J'apprécie.

Elle se renfrogna et garda la tête baissée, tripotant toujours la fermeture éclair de son sac.

— Je sais reconnaître quand je me trompe. Je n'ai pas peur de l'admettre.

J'hésitai, puis je décidai de saisir ma chance :

— Tanya... je peux vous demander quelque chose ?

— Quoi ?

Elle me regarda à nouveau.

— C'est à propos du meurtre de Damian.

Je la regardai droit dans les yeux.

— Hier, quand l'inspecteur O'Connor vous a interrogée sur vos déplacements entre 22 heures et minuit, vous avez dit que vous étiez à la J.C.R. pendant tout ce temps.

— Oui, et ?

— Ce n'était pas vrai, n'est-ce pas ? J'ai vu votre visage quand Mikhaïl a pris la parole et a dit qu'il pouvait se porter garant que vous y étiez restée tout ce temps. Il vous couvrait, n'est-ce pas ?

Pendant un moment, Tanya sembla ne pas vouloir répondre, puis elle haussa les épaules et dit :

— Et si c'était le cas ?

— Donc il a bien menti ! m'exclamai-je. Dites-moi la vérité, Tanya. Où étiez-vous ?

Elle poussa un soupir impatient.

— J'étais à la J.C.R. comme je l'ai dit. Mais je suis partie plus tôt, peut-être vers 23 h 40. Quelle importance ?

— C'est important, car cela peut faire toute la différence dans une enquête pour meurtre ! Où êtes-vous allée ?

Elle leva le menton.

— Je suis allée me promener.

— Où ça ?

Elle haussa les épaules.

— Autour du collège. Je voulais prendre un peu d'air frais avant de retourner dans ma chambre.

— Avez-vous croisé quelqu'un ? Quelqu'un vous a-t-il vue ?

— Non, il était très tard et il faisait nuit, dit-elle d'un ton irrité. Il n'y avait personne.

— Donc personne ne peut confirmer que vous vous promeniez et que vous n'étiez pas dans la chambre de Damian ? Cela signifie que pendant vingt minutes, vous ne pouvez pas prouver où vous étiez... c'est suffisant pour que vous ayez commis ce meurtre.

La fureur brilla dans ses yeux et le rouge lui monta aux joues. Pendant un moment, je crus qu'elle allait encore me frapper. Je fis un pas en arrière. Ce geste sembla ramener Tanya à elle-même et elle prit une profonde inspiration. Puis elle m'adressa un regard dédaigneux.

— C'est la vérité. Je suis allée me promener. Je ne suis pas allée dans la chambre de Damian. Je n'ai pas besoin que quelqu'un le confirme. Je sais que je suis innocente.

— Si c'est le cas, pourquoi avoir menti à la police ? Pourquoi avoir prétendu que vous étiez à la J.C.R. tout ce temps ?

— Je n'ai pas menti, cracha-t-elle. C'est Mikhaïl

qui a dit ça. Je l'ai simplement laissé parler pour moi.

— Vous n'avez pas non plus pris la parole pour le corriger.

Elle me regarda comme si j'étais stupide.

— Bien sûr que non je ne l'ai pas corrigé. Je sais que je n'ai pas tué Damian. Donc ce n'est pas important que j'aie quitté la J.C.R. plus tôt. Sinon, la police va penser comme vous - elle va me demander où je suis allée et qui j'ai vu pendant ces vingt minutes - et tout ça est inutile. C'est une perte de temps pour la police.

— Ce n'est pas leur faire perdre leur temps, c'est leur dire la vérité, dis-je, exaspérée. Donner à la police des informations erronées pourrait sérieusement affecter leur enquête. Vous devez en parler à Devlin - l'inspecteur O'Connor, je veux dire. Vous devez revoir votre déposition.

Elle roula des yeux.

— Très bien. Je l'appellerai pour lui dire.

Elle me jeta un regard inquisiteur.

— Pourquoi ça vous intéresse tant ? Pourquoi voulez-vous tant aider la police ?

— Pourquoi ne le voulez-vous pas ? rétorquai-je. Votre petit ami a été assassiné. J'aurais pensé que vous voudriez traduire son assassin en justice.

Tanya cligna des yeux et, pendant un instant, je vis un éclair de douleur dans ses beaux yeux gris. Puis le masque glacial revint.

— Il ne s'agit pas de Charlie. Il s'agit de Damian, et pour lui, je ne ressens rien.

— Mais ces meurtres sont liés ! insistai-je. Damian a dû être tué par l'assassin de Charlie. Ça ne peut pas être une coïncidence. Réfléchissez, Tanya… vous les connaissiez très bien tous les deux. Vous avez passé tellement de temps ensemble. Vous ne voyez aucune raison pour laquelle ils auraient été tués tous les deux ? Étaient-ils impliqués dans quelque chose ensemble ?

Elle secoua lentement la tête, semblant pour une fois faire l'effort de réfléchir sérieusement à la question.

— Je ne vois pas, dit-elle enfin. Ils faisaient beaucoup de choses ensemble ; des fêtes, des… comment dire… des farces, mais rien à voir avec le crime.

— Et pendant les quelques jours qui ont précédé le 1er mai – vous souvenez-vous de quelque chose de spécial qui se serait produit ? Je sais que la police vous a déjà posé la question, dis-je rapidement devant son mouvement d'humeur. Mais vous avez eu plus de temps pour réfléchir. Avez-vous pensé à quelque chose d'autre ? Quelque chose d'étrange qui aurait pu se produire ?

— Non, rien. Nous suivions les cours magistraux… les travaux pratiques… et les *tutorials*…

— Et vos soirées ? Le 1er mai était un vendredi. Qu'avez-vous fait le jeudi soir ? Je me souviens que Damian a parlé d'une fête dans votre chambre…

— Oui, Charlie et moi, on a décidé de faire une

fête ensemble. Mais pas dans sa chambre, dans ma chambre. J'ai eu l'idée d'une soirée déguisée, dit-elle avec un soupçon de sourire lorsque le souvenir lui revint. Charlie a beaucoup aimé l'idée. Il voulait être Sinbad le marin. Moi, je voulais être Xena la guerrière.

— Oui, je me souviens. C'est pour ça que vous avez emprunté la brochette à barbecue de Miriam, c'est bien ça ? Mais finalement vous ne l'avez pas utilisée ?

— C'est ça. Je voulais une épée arabe pour aller avec le costume de Xena, mais je n'ai pas pu en trouver dans les magasins de déguisements. Et puis Charlie m'a dit que Miriam avait une collection d'objets arabes et qu'il allait lui demander. Elle a confirmé qu'elle avait une brochette de barbecue qui ressemblait à une épée arabe. Elle l'a apportée au collège pour moi. Mais j'ai changé d'avis et j'ai décidé de m'habiller en génie pour ne pas avoir besoin d'épée. Je n'ai donc pas utilisé la brochette. Je l'ai laissée dans le salon de Charlie pour la rendre à Miriam.

— Et qui d'autre était au courant pour cette brochette ? Je veux dire, à part vous et Charlie... et Damian, je suppose, puisqu'il partageait la chambre de Charlie.

Tanya haussa les épaules.

— Beaucoup de gens. Charlie avait beaucoup, beaucoup d'amis. Ils passaient tout le temps dans sa chambre – la porte n'était jamais fermée. Tout le monde était là jeudi, avant la fête. Charlie avait acheté des tas de costumes pour que tout le monde puisse se déguiser, et de quoi faire la fête aussi. Des boissons, de la nourriture et de quoi s'amuser.

Je me souvins que Damian avait mentionné combien Charlie était généreux. On aurait dit qu'il s'agissait d'une journée portes ouvertes. J'imaginais bien les accessoires et les costumes éparpillés partout, les ballons, les packs de bière, les verres en plastique, les bouteilles de vin… N'importe qui aurait pu se trouver dans la chambre des garçons ce jeudi-là et dérober la brochette sans que personne ne le remarque dans le chaos général. Je laissai échapper un soupir. C'était une impasse. Pourtant, je ne pus résister à l'envie de tenter une dernière fois :

— Et vous êtes *certaine* que personne n'a agi bizarrement à la fête ?

Tanya leva les bras au ciel.

— Comment voulez-vous que je m'en souvienne ? Il y avait tellement de gens ! Tenez…

Elle fouilla dans son sac à main et en sortit un smartphone coûteux dans un étui en or. Elle balaya l'écran, faisant apparaître sa galerie de photos, et le plaça sous mes yeux.

— Voyez par vous-même. Regardez comme il y avait du monde !

Je pris le téléphone et fis défiler les photos. Elle avait raison : cela ressemblait à une fête d'étudiants typique. La pièce était pleine à craquer et tout le monde s'amusait. Des gens posaient dans leurs costumes. Des couples s'embrassaient pour la caméra. Des amis faisaient des grimaces. Chaque photo montrait des visages rouges et des sourires légèrement ivres. Je vis un cliché de Damian et Charlie, bras dessus bras dessous, regardant l'appareil photo. Ils étaient tous deux déguisés en Sinbad, sauf que Charlie portait un turban en satin sur la tête, ce qui allait bien avec son costume, tandis que Damian portait un bonnet tricoté aux couleurs de l'arc-en-ciel, ce qui était légèrement ridicule.

Tanya me vit marquer un temps d'arrêt devant cette photo.

— Vous trouvez que Damian a l'air idiot, pas vrai ? Il portait toujours ce bonnet. Tout le temps. Partout. Il disait que c'était son « bonnet porte-bonheur », mais je le trouvais laid, stupide et tellement sale ! Il ne le lavait jamais.

Elle eut une moue de dégoût.

Je continuai à faire défiler les photos, constatant que Tanya avait raison. Damian portait son bonnet sur toutes les photos… et je me souvins de sa photo de profil sur Facebook, avec le même bonnet.

Puis je réalisai que les photos sur le téléphone de Tanya avaient changé. Au lieu d'une fête tapageuse, les dernières photos montraient un ciel brumeux à l'aube, des silhouettes assombries marchant dans une rue, et une haute structure que je reconnus, se détachant sur un pâle lever de soleil. Le grand clocher du Magdalen College.

— Oh… dis-je.

Le visage de Tanya changea.

— Ce sont des photos du 1er mai, dit-elle d'une voix blanche.

Je regardai sans mot dire la dernière photo du téléphone. Il s'agissait manifestement d'un selfie. Tanya et Charlie se tenaient ensemble sur le Magdalen Bridge, avec la Magdalen Tower en partie visible derrière eux, et une foule de gens autour d'eux. Je fixai la photo, mais ne reconnus personne dans la foule. J'avais eu l'espoir d'apercevoir Pete Morrow, peut-être, se cachant de façon sinistre à l'arrière-plan de la photo. Mais ça aurait été trop beau pour être vrai.

— C'est... c'est la dernière photo que j'ai de Charlie, dit Tanya d'une voix rauque.

Je me raclai la gorge et commençai à revenir en arrière, puis je me figeai.

Je fixai la photo.

— Tanya, dis-je avec empressement, vous avez dit que ce bonnet était un signe distinctif de Damian, pas vrai ? Vous avez dit qu'il le portait toujours... alors pourquoi Charlie le porte-t-il sur cette photo ?

Elle regarda la photo, surprise, comme si elle remarquait le bonnet pour la première fois.

— Oh... ça. C'est parce que Damian l'a laissé dans ma chambre après la fête. Peut-être qu'il est tombé. Il était ivre et il est retourné dans sa chambre pour dormir, et il l'a oublié. Charlie est resté avec moi cette nuit-là et le matin, lorsque nous sommes sortis pour la célébration, il faisait très froid. Charlie n'avait pas de bonnet et il a décidé de le mettre pour être au chaud. Il avait prévu de le rendre à Damian plus tard quand on l'aurait retrouvé sur le pont.

— Mon Dieu, c'est ça ! m'exclamai-je en agrippant son bras. Vous ne comprenez pas ? C'est pour ça que Charlie a été tué ! Il y a bien eu erreur sur la personne !

Tanya me regarda, perplexe.

— Erreur sur la personne ?

— Oui ! Charlie n'était pas censé être la victime – le tueur en avait après *Damian*, mais dans la foule et dans la pénombre précédant l'aube, il était difficile de voir autre chose qu'une marée de têtes... Les deux garçons étaient de taille et de corpulence similaires – et comme Damian était connu pour porter toujours son « bonnet porte-bonheur » – c'était un peu sa marque de fabrique –, n'importe qui aurait supposé que c'était lui en voyant le bonnet aux couleurs de l'arc-en-ciel dans la foule. Cela expliquerait aussi pourquoi le meurtrier s'est écrié : « Ce n'est pas lui ! » – il a réalisé après avoir poignardé Charlie qu'il avait fait une erreur !

Tanya avait l'air encore plus désemparée à présent.

— « Ce n'est pas lui » ? Qui a crié ça ?

Je ne pris pas la peine de lui expliquer. Les rouages de mon cerveau travaillaient fébrilement, assemblant les pièces de l'affaire. Tout avait un sens désormais. Et cela expliquait aussi le second meurtre : Damian n'avait pas été tué parce qu'il savait quelque chose sur le meurtre de Charlie, mais parce qu'il était la victime pressentie depuis le début. Le meurtrier avait simplement fini son travail.

Mais pourquoi quelqu'un aurait-il voulu tuer Damian ? Était-ce à cause de quelque chose que Damian aurait vu ou entendu ? Des informations sensibles dont il aurait eu connaissance et pour lesquelles on l'aurait réduit au silence ? Il avait peur, j'en étais sûre. Je me souvins de sa nervosité et de son désir soudain d'apprendre l'autodéfense. Je repensai aussi au jour où je l'avais suivi sur ce chemin isolé entre la Cherwell et le Christ Church Meadow... Dans mon esprit, je rejouai toute la scène : Damian se cachant dans le fossé près du pré, tâtonnant dans les broussailles... puis se retournant, surpris, et tombant à la renverse dans la flaque d'eau avec un *plouf*... puis se relevant, époussetant son jean et s'éloignant à toute vitesse... sa silhouette disparaissant au loin...

Je fronçai les sourcils. Il y avait quelque chose... quelque chose qui m'avait dérangée alors et qui me tracassait depuis. Une chose que j'avais vue ? Une chose qui ne m'avait pas semblé normale...

Je manquai de m'étrangler. Je venais de mettre le doigt dessus : le jean de Damian. Pendant qu'il s'éloignait, je l'avais vu clairement et il n'était pas mouillé. Et pourtant... s'il était tombé dans la flaque, il aurait dû être trempé. Donc il n'était pas vraiment tombé dans l'eau du fossé. Mais il y avait eu un grand *plouf*. J'en étais certaine. Alors, qu'est-ce qui avait provoqué ce bruit ?

Je compris soudain : *quelque chose était tombé dans l'eau.*

Damian ne *cherchait pas* quelque chose – il essayait de *cacher* quelque chose qu'il possédait déjà ! Je me souvins alors de la façon dont il plaquait sa main gauche contre son corps – comme s'il tenait quelque chose. Il portait une veste courte ce jour-là et avait peut-être quelque chose dans une poche intérieure. Quelque chose qui était tombé quand il avait chuté dans le fossé. Il était probablement en train de chercher un bon endroit pour le cacher quand j'étais tombée sur lui. Je me souvins de la façon dont il avait jeté un rapide coup d'œil à la flaque d'eau après être tombé – il avait dû vérifier si son paquet était visible et avait été soulagé de voir qu'il était complètement recouvert par l'eau.

Comme je le regardais, il avait manifestement décidé qu'il valait mieux laisser le paquet submergé plutôt que d'attirer l'attention sur lui. Il avait donc trouvé une excuse et s'était dépêché de partir. En tout cas, s'il cherchait un endroit sûr pour cacher quelque chose, une flaque d'eau au fond d'un fossé n'était pas une mauvaise idée.

Il faut que je mette la main sur ce paquet pour voir ce qu'il y a dedans ! pensai-je. Mais serait-il encore là, caché dans la flaque d'eau ? Ou Damian avait-il eu l'occasion de revenir le chercher ?

Il n'y avait qu'un seul moyen de le savoir.

Chapitre 30

Je me rendis compte qu'on m'appelait et repris mes esprits. Tanya me regardait avec un mélange de confusion et d'impatience. J'avais dû rester là, perdue dans mes pensées pendant plusieurs minutes, pendant qu'elle attendait que je réponde à sa question.

— Je suis désolée, Tanya !

Je consultai ma montre. Il était un peu plus de 19 heures. Il restait encore au moins une heure de lumière.

— Je n'ai pas le temps de vous expliquer, mais je dois aller au Christ Church Meadow chercher quelque chose ! Ça pourrait permettre d'élucider ce mystère !

Je me précipitai hors de la cuisine et j'entrai en collision avec les vieilles chouettes, regroupées de l'autre côté, l'oreille collée à la porte.

— Aïe !

Je titubai, m'appuyant sur ma béquille pour me stabiliser.

— Gemma... que se passe-t-il ?

— Je ne peux pas parler maintenant !

Je réprimai un hoquet de stupeur en voyant un bus à travers les fenêtres du salon de thé. C'était le bus pour Oxford et il s'arrêtait à l'arrêt de l'autre côté de la rue.

Laissant les vieilles chouettes me fixer, je quittai le salon de thé en boitillant comme une folle et traversai la route, montant dans le bus juste à temps. En m'installant dans un siège au fond, j'eus une soudaine pensée pour Devlin. Je devais vraiment lui faire part de ce dernier rebondissement : Charlie avait été tué par erreur et Damian avait probablement été assassiné pour quelque chose qu'il savait - peut-être quelque chose qu'il avait - et qu'il avait caché. Mais en fouillant dans mes poches, je réalisai que je n'avais pas mon téléphone avec moi. *Argh.* Je me souvins alors que je l'avais sorti pour utiliser la fonction calculatrice lorsque je faisais les comptes et j'avais dû le laisser sur le comptoir du salon de thé dans ma hâte de partir.

Je poussai un soupir agacé. Tant pis. J'aurais largement le temps de fournir tous ces détails à Devlin plus tard. L'important pour l'heure était de me rendre au Christ Church Meadow et de trouver ce paquet.

Le trajet jusqu'en ville me parut d'une lenteur interminable – le bus semblait s'arrêter toutes les dix minutes – et je tressaillais d'impatience lorsqu'il me déposa enfin en haut de la High Street. Je pris le raccourci après Merton Street jusqu'à la ruelle qui menait au Dead Man's Walk et à l'accès au Christ Church Meadow. Une impression de déjà-vu m'envahit. J'avais l'impression d'avoir parcouru cette route encore et encore ces derniers jours.

Il était huit heures moins le quart et la lumière commençait à décliner. Je boitillai plus vite, ne voulant pas être coincée sur la promenade de Christ Church Meadow quand le soleil se coucherait enfin. Il n'y avait pas de lumière le long du chemin, ni près de la prairie ni près de la rivière, et il ferait bientôt nuit noire. Au loin, j'entendais faiblement le bruit des voitures et le bourdonnement de la ville, mais dans la prairie, tout était calme, presque sinistre. Il n'y avait que le murmure de la brise dans les hautes herbes et le grondement sourd occasionnel du troupeau de longhorns au loin.

Enfin, j'arrivai à un virage dont je me souvenais. La rivière s'incurvait au niveau d'une partie saillante de la berge. Je savais que c'était juste après cet endroit que Damian avait quitté le sentier pour descendre dans le fossé au bord de la prairie. Je lui emboîtai le pas, cherchant du regard, dans la lumière défaillante, le signe de cette grande flaque...

Ah, ah ! Là ! Je vis le scintillement de l'eau et je m'approchai en boitillant, tombant à genoux près de la flaque. Je jetai un coup d'œil à la surface, mais ne vis rien dans l'eau boueuse. Me remontant les manches, je plongeai les bras dans la flaque, grimaçant lorsque l'eau froide entra au contact de ma peau.

— Argh… marmonnai-je en tâtonnant et en remuant la boue.

La flaque était plus profonde qu'elle n'y paraissait – il devait y avoir un creux dans le sol, ce qui était probablement la raison pour laquelle la pluie s'était accumulée, formant ce bassin stagnant.

Puis je le sentis : le bord d'un objet fin et lisse. Je le sortis de l'eau, dégoulinant dans la lumière déclinante. Il était petit, plat et rectangulaire, enveloppé dans plusieurs couches de plastique. Je me levai et, m'appuyant sur ma béquille, commençai à déballer soigneusement le paquet. Il avait été scellé très solidement avec du ruban adhésif, ce qui me demanda un certain effort pour l'arracher, mais l'objet avait ce faisant été protégé de l'humidité. Je décollai plusieurs couches de scotch pour trouver une enveloppe brune en papier kraft, complètement sèche. Le papier bruissa quand j'ouvris le rabat pour voir ce qu'elle contenait.

C'étaient des photos, compris-je. Puis, alors que la lumière déclinante accrochait les contours brillants d'un bras nu, d'une longue jambe lisse, de la courbe ombragée d'un sein, je sentis mon visage rougir en réalisant de quel genre de photographies il s'agissait. Elles avaient été réalisées par un photographe de talent, en noir et blanc, avec un éclairage qui n'en montrait pas trop. Néanmoins, ce n'était pas le genre d'images érotiques que l'on voulait voir dans les journaux à sensation. Surtout quand on était la fille d'un éminent milliardaire russe.

Je scrutai les grands yeux gris de Tanya Koskov qui me regardaient depuis la photo du dessus. Elle ne portait qu'un collier noir autour du cou. Puis quelque chose me revint… une chose que j'avais lue ce jour où j'étais restée coincée à la maison à faire des « recherches sur Internet ». Parmi les articles de journaux et de magazines sur le dernier sac à main de marque de Tanya et sur son éventuelle grossesse, il y en avait un sur le scandale des photos nues. Des clichés de la jeune Russe étaient soudain apparus sur Internet – puis avaient disparu tout aussi mystérieusement. Je me souvenais de l'article parce qu'il était récent ; en fait, il datait peut-être d'un mois à peine.

Je baissai de nouveau les yeux sur les photos que j'avais entre les mains. Ça ne pouvait pas être une coïncidence… Il ne pouvait pas y avoir deux séries de photos de nu… ce qui signifiait que Damian avait probablement été impliqué. Il était peut-être même responsable de ce scandale. Je me souvins de Kate, la gentille blonde avec qui j'avais discuté dans la J.C.R. du Haverton College. Elle avait dit : « … je pense qu'il aimait cette vie de riche et à force de fréquenter Charlie... eh bien, je suppose qu'il voulait être au même niveau que son ami... » et je me demandai soudain si Damian avait d'une manière ou d'une autre mis la main sur ces photos et essayé de les utiliser à des fins de chantage. Après tout, Tanya était riche et Damian avait dû la considérer comme une proie facile. Avait-il essayé de lui soutirer de l'argent en la menaçant de révéler ces photos ? Peut-être en avait-il même mis une en ligne comme preuve de ce dont il était capable – ce qui aurait expliqué pourquoi une photo était apparue brièvement puis avait disparu.

Et cela expliquait aussi autre chose ! Je repensai à cette bagarre entre Charlie et Damian : Charlie, furieux, avait accusé Damian de « profiter d'une fille vulnérable ». Ce n'était pas parce que Tanya s'était vu offrir un peu de marijuana, comme le prétendait Damian – c'était parce que Charlie avait découvert que son meilleur ami essayait de faire chanter sa petite amie !

Cela fournissait aussi à Tanya Koskov le meilleur mobile pour tuer Damian, réalisai-je. Peut-être que ces photos étaient le fruit d'une indiscrétion de jeunesse – elles ressemblaient au genre de choses qu'une mannequin en herbe pourrait être tentée de faire si elle était séduite par un photographe beau parleur – et à présent, elle le regrettait. Ou peut-être qu'elle ne le regrettait pas, qu'elle en était fière et qu'elle les avait gardées, peut-être même partagées avec Charlie. Ce qu'elle n'avait pas prévu, cependant, c'était que Damian découvre leur existence et, pire encore, qu'il s'en empare. En le tuant, elle éliminait donc non seulement la menace des photos, mais aussi son pouvoir de chantage. Une personne aussi fière que Tanya Koskov n'aurait jamais cédé au chantage. En fait, je l'imaginais bien se venger de Damian juste pour avoir osé penser qu'il pouvait la contrôler. Était-ce ce qu'elle avait voulu dire quand elle avait dit qu'elle allait le « faire payer » ?

Mais… si Tanya était la tueuse, pourquoi avoir tué Charlie ? Elle n'aurait pas pu le confondre avec Damian, car elle savait que c'était Charlie qui portait le bonnet et, de toute façon, il se tenait juste à côté d'elle. Je fronçai les sourcils. Ça n'avait pas de sens.

Je remis les photos dans l'enveloppe. Ça n'avait pas d'importance. Je devais rentrer, trouver un téléphone et dire à Devlin ce que j'avais découvert. Serrant l'enveloppe contre ma poitrine, je me mis à tituber vers les lumières de la ville. Je réalisai alors que j'avais un problème plus urgent : sortir du Christ Church Meadow avant d'y être enfermée. Les différentes entrées étaient fermées au coucher du soleil. Je les avais escaladées une fois lorsque j'étais étudiante et que je m'étais faufilée dans la prairie à la nuit tombée avec quelques amis, mais c'était une ascension dangereuse sur des grilles métalliques à pointes et je n'avais pas envie de renouveler l'expérience, surtout avec une béquille.

Je jetai un coup d'œil inquiet au ciel : le soleil était

tout juste visible à l'horizon. Je pressai le pas, boitillant plus vite. Les portes menant à Rose Lane à l'extrémité est du Dead Man's Walk étaient les plus proches. Le crépuscule tombait et la lumière devenait si faible qu'il était difficile de distinguer les formes autour de moi. Les arbres et les bâtiments se transformaient en silhouettes sombres au loin et le chemin devenait une bande brumeuse qui s'étendait devant moi.

Avec un certain soulagement, je vis devant moi l'endroit où le Christ Church Meadow Walk et le Dead Man's Walk se rejoignaient et se fondaient en un chemin menant vers les portes de sortie. À cette distance, je ne pouvais pas voir si elles étaient encore ouvertes… mais elles semblaient l'être. En fait, on aurait dit qu'il y avait une silhouette à côté. Je sentis l'espoir renaître. C'était probablement le jardinier qui venait fermer. J'étais arrivée juste à temps.

— Hé ! Attendez ! lançai-je en essayant de boiter plus vite.

Quelques instants plus tard, j'arrivais à bout de souffle aux portes et les franchissais péniblement.

— Ouf, merci mon Dieu ! Merci de m'avoir attendue, je pensais que j'allais être enfermée pour la nuit… haletai-je.

Puis je m'arrêtai en reconnaissant la silhouette.

— Oh ! C'est vous. Je pensais que vous étiez… Que faites-vous ici ?

— Je vous attendais, dit Mikhaïl Petrovski en sortant quelque chose de la poche de son manteau et en s'approchant de moi.

Je baissai les yeux et poussai un hoquet de stupeur en apercevant l'éclat soudain d'un couteau aiguisé.

Chapitre 31

— Je vous attends depuis longtemps, dit Mikhaïl sur le ton de la conversation. Je ne voulais pas vous suivre jusqu'à la rivière – trop exposé –, mais je savais que vous alliez probablement sortir par cette porte, il suffisait donc de vous attendre ici. Comme une araignée guettant une mouche.

Il eut un petit rire. Ce n'était pas un son agréable.

Je le regardai fixement, remarquant que le fort accent russe avait disparu. Il y avait toujours une touche d'accent, mais beaucoup plus faible et agrémenté de sonorités « américaines ». Cela lui donnait une personnalité totalement différente – plus jeune, plus lisse. Il ressemblait moins à un universitaire russe sec et pompeux... ce qui, je le réalisai alors, devait être un déguisement.

— Qui *êtes-vous* ? demandai-je d'une voix rauque.

— Vous pouvez toujours m'appeler Mikhaïl, dit-il avec un sourire. Ce nom vaut bien les autres.

— Que voulez-vous ? demandai-je.

Il fit un signe de tête vers le paquet toujours serré contre ma poitrine.

— Ah... Je veux ce que vous avez trouvé. Je suppose que c'est ce que je cherchais – ce que ce *kozyol*, Damian, essayait de me cacher.

— Les photos de Tanya ? Mais pourquoi voudriez-vous... ?

Je compris et le regardai avec horreur.

— C'était *vous*, n'est-ce pas ? Ce n'est pas Tanya – c'est *vous* qui avez poignardé Charlie sur le pont. Et c'est vous qui avez étranglé Damian, probablement avec le foulard que vous portez ! C'est pour ça que vous avez sauté sur l'occasion de confirmer que Tanya était à la J.C.R. entre 22 heures et minuit – pas pour *lui* donner un alibi, mais pour *vous* en donner un ! Vous prétendiez protéger Tanya, mais en fait vous l'utilisiez pour vous protéger vous-même – en disant que vous l'aviez vue dans la J.C.R., vous indiquiez à la police que vous étiez avec elle pendant ce temps et que vous ne pouviez donc pas être dans la chambre de Damian. Mais en fait, c'est exactement ce que vous avez fait, n'est-ce pas ? Dès que Tanya a quitté la J.C.R. à 23 h 40, vous vous êtes glissé dans la chambre de Damian et l'avez assassiné.

Il me regarda d'un air moqueur.

— *Bravo*. Vous êtes perspicace – plus que la police anglaise, semble-t-il.

— Et ça explique aussi le meurtre de Charlie. Tanya n'aurait pas confondu les deux garçons, mais *vous* oui ! Comme vous étiez pressé, vous n'avez vu Charlie que de dos – et vous saviez que Damian devait les rejoindre – alors quand vous avez aperçu son bonnet arc-en-ciel, vous avez supposé que c'était Damian. Vous l'avez poignardé, puis vous avez réalisé votre erreur. C'est pour ça que vous avez crié.

— Oui, c'était une erreur, dit-il sans la moindre émotion. Mais cela n'a pas eu d'importance au final. Charlie Foxton n'était pas digne de la fille de Vladimir Ivanovich Koskov. C'était une bonne occasion pour Tatiana Vladimirovna d'en finir avec lui.

J'inspirai profondément.

— Alors j'avais raison ? Vous avez fait tout ça par amour pour Tanya ?

— L'amour ?

Il éclata de rire.

— Qu'est-ce que l'amour ? C'est une émotion pour les faibles. Non, je ne perds pas de temps avec l'amour. Je fais mon devoir envers mon pays, les grands hommes de mon pays – les hommes qui rendront la Russie plus forte.

Il marqua une pause, puis ajouta avec amertume :

— Mais même lui est faible à cause de l'amour.

C'est terrible de voir un homme – un grand homme, puissant, impitoyable, craint par tous dans les affaires – se plier à la volonté d'une fille pourrie gâtée.

— Vous parlez de Vladimir Koskov, n'est-ce pas ? Vous travaillez pour lui ! J'avais raison de trouver que vous étiez comme un fidèle chien de garde autour de Tanya... Vous *êtes* un chien de garde ! Ou plutôt un garde du corps. Vladimir Koskov vous a envoyé à Oxford avec sa fille, n'est-ce pas ? Pour veiller sur elle et la protéger discrètement. C'est la raison de votre déguisement d'universitaire russe. Il s'est arrangé pour que vous soyez accepté pour un diplôme dans la même université que Tanya. Et puis quoi... ? Vous avez attrapé Damian qui essayait de faire chanter Tanya avec ces photos ?

— J'ai intercepté le message, dit froidement Mikhaïl. Tatiana Vladimirovna ne le sait pas, mais je vérifie tous ses e-mails, toute la correspondance qui entre dans son casier dans la Porter's Lodge du collège, tous les messages et notes qui arrivent dans sa chambre. J'ai vu le message de Damian demandant de l'argent. Et Mr Koskov m'a parlé des photos sur Internet. Il voulait que je paie – comme avant, pour acheter leur silence. Il était prêt à tout pour protéger sa Tatiana.

Il eut une moue de dégoût.

— Mais moi, je n'ai pas voulu. Hors de question de payer un *kozyol* comme Damian Heath ! Je connais le chantage – ça ne s'arrête jamais. Ils reviennent toujours... et ils réclament plus d'argent.

Je n'aurais pas toléré qu'un grand homme comme Vladimir Ivanovitch Koskov soit contrôlé par un stupide garçon anglais !

Il devint rouge de colère.

— J'ai donc décidé de le tuer. C'était facile, j'avais déjà tué avant. Ainsi, tout serait réglé. Plus de danger pour Tatiana Vladimirovna, plus de messages demandant de l'argent.

— Est-ce que Tanya est au courant ?

Il eut un rire dépourvu d'humour.

— Non. Elle ne sait rien. Pourquoi devrais-je lui dire ? Elle n'a pas à le savoir. Elle pense seulement que je suis une ennuyeuse nounou envoyée par son *papa* pour s'occuper d'elle. Elle ne se rend pas compte que je la protège.

— Vous voulez dire qu'elle n'aurait pas gardé le silence si elle avait su que vous aviez assassiné Charlie.

— Non, elle n'aurait pas compris que c'était un sacrifice nécessaire. Elle aurait causé des problèmes. Elle vous a déjà trop parlé à vous et à la police. Mais que voulez-vous ?

Il haussa les épaules, l'air méprisant.

— C'est une femme. Elles sont faibles.

Je ressentis un éclair d'irritation face à son attitude machiste et dus me retenir de lui répondre. Je n'étais pas particulièrement féministe, mais la supériorité condescendante de cet homme était extrêmement agaçante. Pourtant, j'étais bien consciente que dans cette situation, il avait le dessus. D'abord, il avait un couteau – je pouvais sentir la pointe de sa lame contre mon côté droit. Son autre main était serrée autour de mon bras gauche, me plaquant contre lui. Je n'osais pas me débattre de peur que le couteau ne se plante dans ma chair.

Je jetai un coup d'œil autour de moi, désespérée. Devant nous, la voie s'étendait, déserte. Derrière nous, de l'autre côté des portes, se trouvaient la vaste étendue de la prairie et les sombres allées qui l'entouraient... mais même si je parvenais à me libérer, jusqu'où irais-je en boitant ? Il me rattraperait à quelques mètres de là, dans la ruelle. Et si je m'échappais dans la prairie, je serais piégée à l'intérieur. Toutes les autres portes devaient être verrouillées à cette heure, et la seule autre façon de s'échapper était de traverser la rivière qui bordait l'autre côté – ce que je n'avais pas envie de faire dans le noir, sachant de plus que je ne pourrais pas nager correctement avec ma cheville fragilisée...

— Ne perdez pas votre temps à envisager de fuir, dit Mikhaïl d'un ton amusé alors qu'il lisait dans mes pensées. C'est impossible. Je vous rattraperais en deux secondes.

Il avait raison. Je pris une inspiration tremblante. Mon seul espoir était de gagner du temps, avec l'infime chance que quelqu'un puisse descendre cette voie et me sauver. Ce n'était pas complètement impossible. Il était vrai que peu de gens avaient tendance à venir là après la tombée de la nuit, surtout une fois que les portes de la prairie étaient verrouillées. Mais on ne savait jamais...

En fait...

Je sondai la voie sombre devant moi. Étais-je en train de rêver ou y avait-il quatre petites silhouettes qui s'approchaient lentement de nous ? Elles se déplaçaient furtivement, le long du mur de pierre qui longeait la ruelle, et il était difficile de les voir dans l'obscurité... mais était-ce possible que ce soit... ?

Mon cœur bondit d'espoir et je faillis crier à l'aide. Puis je me ressaisis juste à temps. Je jetai un coup d'œil à Mikhaïl. Il m'avait pris le paquet de photos et était occupé à en vérifier le contenu. Il avait la tête baissée et n'avait pas remarqué les quatre personnes âgées qui avançaient furtivement vers nous.

Nonchalamment, je changeai de position et tournai sur place. Mikhaïl se déplaça distraitement en même temps, gardant son couteau plaqué contre moi, mais le regard toujours rivé sur les photos. Lentement, je parvins à le placer face aux portes, dos à la voie. Mais au moment où je me félicitais, il rangea les photos dans une poche intérieure de sa veste et leva les yeux.

— Très bien, allons-y, dit-il en appuyant la pointe du couteau.

J'eus un instant de panique. Mes yeux se tournèrent vers les silhouettes sombres qui arrivaient furtivement derrière lui. Le seul avantage qu'elles avaient était l'élément de surprise. Je devais le faire parler.

— Comment avez-vous su que je viendrais ici ?

m'empressai-je de demander. Qu'est-ce qui vous a conduit au Christ Church Meadow ?

— Je vous ai suivie, dit-il avec un rire insouciant. Vous ne m'avez pas vu, n'est-ce pas ? J'étais dans le bus de Meadowford-on-Smythe.

— Que diable faisiez-vous là ?

— J'ai suivi Tatiana Vladimirovna. Sans qu'elle le sache. Je l'ai vue entrer dans votre salon de thé et je me suis dit qu'elle allait vous parler, qu'elle vous en dirait trop. Puis je vous ai vue partir en courant et j'ai eu – comment disent les Américains déjà ? – un pressentiment ? Alors je vous ai suivie. Je suis descendu du bus après vous et je vous ai suivie jusqu'au Meadow. Mais quand je vous ai vue emprunter le chemin au bord de la rivière, je suis revenu attendre ici. Je savais que vous reviendriez par là.

Il eut un mouvement d'humeur.

— Assez parlé. Allons-nous-en. Je dois…

Il s'interrompit brusquement, tendit l'oreille et se retourna au moment où les vieilles chouettes franchissaient les derniers mètres pour nous rejoindre.

— Laissez-la partir ! s'écria Mabel.

— Oui ! Laissez Gemma partir ou vous le regretterez ! s'écria Glenda en levant les bras, les coudes en avant dans une position familière de krav maga.

— Qu'est-ce que c'est que ça ?

Mikhaïl eut l'air surpris pendant un moment, puis

il éclata de rire.

— Ce sont quatre *baboushkas* que je vois devant moi ?

— Baboushka vous-même ! claqua Florence. On vous prévient...

— *Vous me* prévenez ? HA ! HA ! HA ! HA !

Mikhaïl partit d'un rire si tonitruant qu'il dut me lâcher pour se tenir les côtes. Il s'étranglait de rire, des larmes coulant de ses yeux.

— HA ! HA ! HA ! H...

Il s'interrompit quand, dans un cri, les vieilles chouettes se jetèrent sur lui. Elles se mirent à hurler, le bousculer, le frapper, lui donner des coups de pied. Elles l'attaquèrent de tous côtés. Pendant un instant, je ressentis une vague de triomphe et souris. *Voyons si Mikhaïl se sent supérieur maintenant !* J'avais hâte que les vieilles chouettes le démolissent avec leurs nouvelles compétences en krav maga.

Puis mon sourire se figea.

Attendez... Que se passe-t-il ?

Je réalisai tardivement à quel point j'avais été stupide de penser que quatre petites vieilles pouvaient maîtriser un garde du corps russe. Ce n'était pas un cours de krav maga encadré et simulé. C'était la réalité. Et si Mikhaïl avait pu être temporairement surpris, il s'était vite remis. C'était un garde du corps entraîné, pas n'importe quel type croisé dans la rue. Les vieilles chouettes se retrouvaient soudain face à un adversaire expert dans l'art de donner la mort.

Mon cœur s'emballa lorsque je vis Mikhaïl bloquer un coup de poing de Mabel et la repousser, la faisant vaciller. Il attrapa le bras de Glenda au moment où elle essayait de le frapper dans les yeux et le tordit, lui arrachant un cri de douleur. Il esquiva un coup de pied de Florence et agrippa sa cheville avec sa jambe, la faisant trébucher. Elle s'écrasa par terre.

— Non ! m'écriai-je en boitillant pour aller les aider.

Puis il y eut un hurlement à vous glacer le sang, suivi d'un cri aigu et chevrotant :

— *Espèce d'idiot !*

Je levai les yeux et vis Ethel agiter son sac à main devant la tête de Mikhaïl. Le Russe ne broncha pas. Il se moqua d'elle tandis qu'elle décrivait un arc de cercle avec le sac à main lavande. Puis elle le fracassa avec un bruit sourd sur le côté de sa tête.

Mikhaïl arrêta de rire.

Sans faire de bruit, il tomba à genoux et s'effondra par terre. Je le regardai, incrédule. Il était dans les vapes. Je regardai alors d'un air interrogateur Ethel, qui se tenait à côté de moi et contemplait son œuvre.

Elle leva les yeux, serrant son sac à main lavande contre sa poitrine, et me sourit à la façon d'une gentille vieille dame.

— Nous l'avions prévenu, très chère. Nous lui avions dit qu'il le regretterait !

Chapitre 32

— Les *vieilles chouettes* l'ont assommé ? fit Devlin d'un air incrédule.

Il jeta un coup d'œil à l'endroit où les ambulanciers chargeaient Mikhaïl sur un brancard, puis à l'ambulance où un urgentiste vérifiait si les quatre petites vieilles étaient blessées.

J'acquiesçai.

— Je ne l'aurais pas cru si je ne l'avais pas vu de mes propres yeux ! J'ai cru qu'il allait les tuer, et puis Ethel a crié et l'a assommé avec son sac à main.

Je secouai la tête avec admiration.

— Honnêtement, je pensais que tous ces trucs de krav maga étaient un ramassis de bêtises, mais ça peut s'avérer bien utile après tout. Je veux dire, comment expliquer autrement qu'une frêle petite vieille ait réussi à assommer un garde du corps entraîné qui fait le double de sa taille ?

— Hmm… dit Devlin, l'air sceptique.

Il plissa ses yeux bleus alors que Mabel, Glenda, Ethel et Florence venaient nous rejoindre, suivies par l'urgentiste qui les avait examinées.

— Comment vont-elles ? demanda-t-il à l'urgentiste.

— Rien de grave. Quelques égratignures et contusions – oh, sauf pour miss Webb qui s'est fait mal à l'épaule. Ça doit être quand elle a assommé le Russe avec son sac à main, dit-il en regardant la vieille dame avec admiration.

Ethel rougit.

— Oh, ce n'était rien, vraiment. Juste un petit mouvement que j'ai appris au cours de krav maga, glissa-t-elle en serrant son sac à main lavande contre sa poitrine.

Devlin haussa un sourcil et regarda Ethel d'un air interrogateur.

— Ça a dû être un coup extrêmement puissant pour mettre à terre un homme adulte avec rien de plus qu'un sac à main en cuir…

Pendant qu'il parlait, il prit le sac à Ethel. Il tituba et faillit le laisser tomber. Il le souleva à nouveau au prix d'un certain effort.

— Bon sang ! Qu'est-ce que vous avez là-dedans ? demanda-t-il.

Il se baissa et ouvrit le sac en cuir vintage. Là, nichée parmi les mouchoirs en papier, les chewing-gums, les crèmes pour les mains et la petite monnaie, se trouvait une énorme brique rouge. Nous la fixâmes, abasourdis.

— Technique de krav maga, hein ? dit sèchement Devlin en sortant la brique. Je pense que Mikhaïl Petrovsky doit plutôt son état actuel au fait qu'il a été frappé à la tête par une très grosse brique.

Il regarda les vieilles chouettes d'un air sévère, attendant une explication.

— Eh bien, ils nous ont dit en cours d'utiliser tout ce que nous pouvions trouver comme armes, déclara Mabel avec beaucoup de dignité. Et d'avoir toujours sur soi des objets que l'on peut utiliser pour se protéger.

Glenda hocha la tête.

— Ça fait partie de la philosophie du krav maga.

— Où diable l'avez-vous trouvée ? demandai-je sans quitter des yeux la brique monstrueuse.

— Oh, là-haut, dit Ethel en faisant un signe de tête vers le début de l'allée. Quelqu'un a fait des réparations ou des rénovations, et les ouvriers ont laissé un tas de briques sur le bord du chemin. J'en ai pris une en cours de route et je l'ai mise dans mon sac à main – j'ai pensé que ça pourrait être utile.

Elle gloussa et les autres vieilles chouettes sourirent.

— Miss Webb, dit Devlin, l'air exaspéré, je n'irai pas plus loin cette fois-ci, mais sachez à l'avenir que, quoi qu'en dise votre professeur de krav maga, le port d'arme dissimulée est un délit au Royaume-Uni, même en cas de légitime défense.

Ethel ouvrit de grands yeux et le regarda d'un air innocent.

— Oh, mais je n'ai pas ramassé la brique pour l'utiliser comme une *arme*, inspecteur. Je voulais dire qu'elle aurait pu être pratique dans mon *jardin* – voyez-vous, j'ai vu cette émission à la télé où ils montraient comment utiliser des briques en trop pour son jardin d'herbes aromatiques. Vous pouvez écrire le nom des herbes sur le côté à l'aide de pochoirs et cela ajoute une jolie touche personnelle à vos bordures. C'est très astucieux, vraiment !

Devlin soupira.

— Juste... s'il vous plaît, laissez les briques en trop où elles sont et ne les transportez pas dans votre sac à main.

Alors que les vieilles chouettes s'en allaient, escortées par un agent, Devlin se tourna vers moi et dit, exaspéré :

— C'est un miracle qu'elle ne se soit pas démis l'épaule en balançant cette brique. Elle pèse une tonne !

Je réprimai un rire.

— Tu ne peux pas t'attendre à ce que je les critique. Les vieilles chouettes m'ont probablement sauvé la vie.

— Ce qui n'aurait pas été nécessaire si tu ne t'en étais pas mêlée, grogna Devlin. Je t'ai dit de ne pas interférer, Gemma. Vous avez eu beaucoup de chance. Mikhaïl Petrovsky aurait pu vous blesser gravement. Vous toutes. Il a assassiné deux personnes récemment et il n'aurait pas hésité à tuer à nouveau.

J'affichai une mine penaude.

— Oui, bien sûr, tu as raison. Il n'y a pas de quoi rire.

Le visage de Devlin s'adoucit. Il glissa un bras autour de moi et me serra contre lui.

— Mais je suis vraiment soulagé que les vieilles chouettes aient si bien maîtrisé la technique du krav maga, déclara-t-il avec un sourire en coin.

Il déposa un tendre baiser sur mon front.

— Dieu merci, tu n'as pas été blessée, Gemma.

— Mmmh...

Je glissai mes bras autour de sa taille et me blottis contre sa poitrine, savourant la chaleur rassurante et solide de son corps. Je sentis Devlin m'attirer contre lui, puis sa tête se baissa et ses lèvres capturèrent les miennes dans un baiser. C'était le baiser que j'avais tant attendu. Doux et tendre, puis se transformant en un désir urgent et affamé qui semblait vouloir me dévorer. Autour de nous, le monde cessa d'exister. Il n'y avait plus que Devlin... la dureté de son corps... le poids de ses mains possessives autour de ma taille... le contact de sa bouche sur la mienne...

Peu à peu, je pris conscience des sifflements et des huées autour de nous. Quelqu'un – on aurait dit le sergent de Devlin – lança :

— Je vous prends une chambre, chef ?

Nous nous séparâmes. Devlin rougit en voyant ses

collègues hilares.

— Très bien, très bien… Remettez-vous au travail ! dit-il, un sourire penaud sur le visage.

Mes propres joues étaient brûlantes. Je m'éloignai de Devlin et remis de l'ordre à mes vêtements. En me raclant la gorge, je dis :

— Je n'ai jamais eu l'occasion de leur demander comment les vieilles chouettes ont su où me trouver. D'ailleurs, comment as-tu fait ? J'ai cru que j'hallucinais quand j'ai entendu les sirènes - nous n'avions même pas eu le temps d'appeler la police.

— Tu peux remercier Tanya Koskov pour ça, dit Devlin. Elle m'a appelé quand elle est rentrée au collège et m'a dit qu'elle était allée te voir au salon de thé – et qu'elle avait promis de me parler de son faux alibi pour le meurtre de Damian. Quand je lui ai demandé où tu étais, elle m'a dit que tu t'étais précipitée au Christ Church Meadow. J'ai eu un mauvais pressentiment, alors j'ai laissé tomber ce sur quoi je travaillais à Blackbird Leys et je suis venu aussi vite que possible. Bien sûr… sourit-il, je n'ai pas été aussi rapide que les vieilles chouettes. Elles t'ont suivie depuis Meadowford.

— On dirait que tout le monde m'a suivie depuis Meadowford aujourd'hui, dis-je sèchement.

— Elles écoutaient à la porte de la cuisine et ont entendu la majeure partie de ta conversation avec Tanya. Après son départ, elles ont discuté entre elles et ont commencé à s'inquiéter pour toi. Elles ont appelé un taxi et demandé au chauffeur de les conduire au Christ Church Meadow. En chemin, elles m'ont appelé pour me raconter tout ce qu'elles avaient entendu. J'étais moi-même en route. On ne savait pas par quelle porte tu allais entrer ou sortir, mais j'ai pris le parti de leur dire d'aller vers Rose Lane, comme c'était la porte la plus proche du Haverton College.

Il poussa un soupir.

— Dieu merci, mon intuition a payé.

Il y eut de l'agitation plus loin dans la rue et je vis des phares s'approcher, puis une Land Rover vert foncé s'arrêta alors que des agents de police l'empêchaient de s'approcher davantage. Mes yeux s'écarquillèrent lorsque Lincoln s'extirpa du siège conducteur. Il se dirigea côté passager et ouvrit la portière. Ma mère en sortit et se précipita vers moi. Derrière elle, mon père et le professeur Obruchev sortirent lentement de l'arrière de la voiture. Ce dernier avait l'air légèrement déconcerté. Il tenait toujours une serviette de table à la main.

— Ma chérie ! Mabel Cooke a appelé et m'a raconté ce qui s'est passé ! s'écria ma mère en se précipitant vers moi. Nous avons quitté le restaurant tout de suite. Quel cauchemar d'essayer de trouver un taxi un vendredi soir ! Dieu merci, Lincoln était à la maison et a pu venir nous chercher et nous conduire jusqu'ici.

Elle tournait autour de moi, tapotant mes bras, lissant mes cheveux.

— Est-ce que ça va ?

Elle se pencha vers moi, adoptant un chuchotement théâtral :

— Cet animal t'a-t-il agressée ?

— Je vais bien, mère. Il m'a à peine touchée. Ça n'a pas duré longtemps.

— Mabel a dit que le Russe était un peu mou du genou. Je pense tout de même que c'est une bonne idée de laisser Lincoln t'examiner, dit allègrement ma mère en saisissant le bras de Lincoln et en le tirant vers moi. Rien ne vaut l'avis d'un expert !

Je rougis et jetai un coup d'œil à Devlin, qui se tenait toujours à côté de moi, puis à Lincoln, qui avait l'air très embarrassé.

— *Mère !* Les urgentistes m'ont déjà examinée et je vais bien, je te l'ai dit, sifflai-je entre mes dents serrées.

Devlin s'éclaircit la gorge.

— Je vais aller dire deux mots à mon équipe. Si vous voulez bien m'excuser.

Il se retourna et s'éloigna.

Je voulus lui dire de revenir, mais fus interrompue par mon père et le professeur Obruchev qui nous rejoignaient. Mon père me demanda de sa voix douce et tranquille comment j'allais, puis le professeur russe s'avança et prit mes deux mains dans les siennes.

— Oh ! Gemma Philipovna ! Je suis tellement affligé d'apprendre que c'est un de mes compatriotes qui est responsable de ces meurtres !

Il me regarda avec insistance.

— J'espère que cela ne vous donnera pas une mauvaise image de la Russie...

— Oh, non, pas du tout. Il y a des hommes mauvais partout, dans chaque culture et chaque pays.

Je lui souris.

— J'ai hâte de visiter la Russie un jour et de déguster du thé dans un samovar.

— *Davai !* J'aurai grand plaisir à partager la culture du thé russe avec vous !

— Tout cela est charmant... mais je pense vraiment que nous devrions laisser Lincoln examiner Gemma, dit ma mère en bousculant mon père et le professeur Obruchev.

Elle nous adressa un sourire timide par-dessus son épaule.

— Prends ton temps, Lincoln. Assure-toi de tout bien vérifier.

Alors qu'ils se dépêchaient tous les trois de retourner à la voiture, je lançai un regard d'excuse à Lincoln.

— Je suis vraiment déso...

— Ce n'est rien, fit-il en gloussant. Il n'y avait rien de bien à la télé ce soir de toute façon. Sérieusement, Gemma, je suis content que tu n'aies pas été blessée. Je n'aurais pas aimé te revoir à l'hôpital.

— J'ai eu de la chance que les vieilles chouettes soient arrivées à temps. Même si... tu sais que ce sont *elles* qui m'ont envoyée à l'hôpital la dernière fois ?

— Non, vraiment ?

Lincoln éclata de rire.

— Oui, elles s'entraînaient au krav maga sur moi et sont devenues un peu trop enthousiastes, dis-je.

Lincoln rit de plus belle.

— Peut-être que Devlin devrait envisager de les engager comme consultantes pour le CID, suggéra-t-il en jetant un coup d'œil à la ruelle où la Jaguar noire de Devlin était garée devant une voiture de police.

Je suivis son regard et vis une jolie femme blonde familière se tenant près de la voiture de Devlin. Mel Buckley. Elle regardait sa montre et disait quelque chose à Devlin. Il hocha la tête et fit un geste vers la voiture de police, et Mel lui fit un signe de la main, puis commença à marcher vers la voiture. Je réalisai qu'elle devait être avec Devlin à Blackbird Leys, pour travailler sur l'autre affaire, et qu'elle s'était retrouvée entraînée ici avec lui. Elle souhaitait manifestement ne pas rester plus longtemps que nécessaire et demandait qu'une voiture de patrouille la ramène chez elle.

Lincoln remarqua que je la regardais et je me sentis obligée de m'expliquer :

— C'est l'une des informatrices du CID, dis-je. Devlin travaille avec elle sur une affaire d'homicide à Blackbird Leys. C'est la femme avec qui tu l'as vue à l'hôpital.

Lincoln lui jeta un coup d'œil et parut confus pendant un moment.

— Non… ce n'était pas elle.

— Comment ça ?

Il hésita.

— Je veux dire que j'ai vu une autre femme avec Devlin.

Je fronçai les sourcils.

— Tu en es sûr ?

— Oui. Elle était similaire à certains égards… blonde et… tu sais, attirante…

Lincoln rougit légèrement.

— Mais c'était clairement une autre femme.

Je me retournai et fixai Mel Buckley, qui montait dans la voiture de police. Puis je regardai Devlin qui parlait à son sergent. Pourrait-il y avoir *deux* informatrices travaillant avec le CID, toutes deux blondes et séduisantes ? Cela semblait incroyablement peu probable. Dans ce cas, qui était la femme avec qui Devlin parlait à l'hôpital ? Je sentis ce picotement familier de malaise et m'empressai de le chasser. *Non, hors de question que ça me rattrape.*

Je pris une profonde inspiration et plaquai un sourire sur mon visage.

— Oh… peut-être que j'ai mal compris. Ça n'a aucune importance. Je pense que Devlin va être coincé ici pour un moment encore. Tu voudrais bien me ramener, avec mes parents ?

— Bien sûr. Avec plaisir.

Lincoln plaça une main pleine de sollicitude sous mon coude et se tourna vers sa voiture.

Devlin leva les yeux et nous vit. Il m'adressa un signe de tête et un sourire, et me fit un geste de la main. J'hésitai, puis fis de même. Puis, avec un dernier regard troublé, je me retournai et suivis Lincoln jusqu'à sa voiture.

⁂

— Qu'est-ce qu'une tarte banoffee ? Je n'en ai jamais entendu parler, mais ça a l'air très intéressant, dit l'Américaine en levant les yeux du menu du salon de thé.

Je lui souris, avec une étrange impression de déjà-vu. À peine une semaine plus tôt, j'étais là, dans mon salon de thé, en train de répondre à cette même question. C'était le vendredi précédent, le matin des célébrations du 1er mai et du meurtre de Charlie Foxton. Nous étions à nouveau vendredi ; je n'arrivais pas à croire qu'une semaine seulement s'était écoulée depuis lors. D'une certaine manière, j'avais l'impression que toute une vie avait défilé…

Quand je retournai enfin au comptoir, je trouvai Cassie en train de rire et de parler avec Seth, qui était revenu de sa conférence universitaire la veille et était passé dire bonjour.

— Gemma, Cassie vient de me raconter ce qui s'est passé.

Seth remonta ses lunettes sur son nez, ses yeux

bruns habituellement sérieux brillants d'intérêt.

— Je n'arrive pas à croire que je parte une semaine et que tu te retrouves impliquée dans un autre meurtre !

— Pas seulement impliquée... elle l'a résolu ! lança une voix derrière nous.

Nous nous retournâmes et vîmes Dora passer la tête par la porte de la cuisine. Elle était tout sourire.

— Gemma, je viens de parler à Miriam au téléphone et elle m'a demandé de vous remercier personnellement. Elle est vraiment, vraiment reconnaissante pour...

— Oh, je n'ai quasiment rien fait, protestai-je.

— Vous avez trouvé le vrai tueur, dit Dora avec un hochement de tête emphatique. C'était la meilleure chose que vous puissiez faire pour Miriam. Si vous n'aviez pas fait toutes ces connexions, la police pourrait encore...

Elle s'interrompit soudain et renifla l'air. Un délicieux parfum de pâtisseries beurrées s'échappait de la cuisine, mais teinté d'une légère odeur de brûlé.

— Oh mon Dieu, les scones ! s'écria Dora en disparaissant dans la cuisine.

— Je suis contente que Miriam n'ait pas été impliquée dans les meurtres, dit Cassie quand la porte de la cuisine se referma. Pendant un moment, ça semblait mal se présenter.

— Oui, moi aussi je suis soulagée, admis-je. Je ne sais pas ce que j'aurais fait si j'avais dû annoncer à Dora que son amie était coupable. Je pense que je me serais dégonflée et que j'aurais laissé Devlin le lui dire.

— En parlant de Devlin, les choses vont mieux entre vous ? demanda Cassie en baissant le ton.

J'hésitai, puis dis d'un ton enjoué :

— Euh... oui, bien sûr. On sort dîner demain soir, en fait. Devlin m'a dit qu'il avait réservé une table au Cherwell Boathouse.

— Oooh... le Cherwell Boathouse – le restaurant le plus romantique d'Oxford ! dit Cassie avec un clin d'œil.

Je souris faiblement.

— Oui, ça devrait être sympa. Devlin a aussi bouclé l'affaire de Blackbird Leys, et les choses devraient être plus calmes dans les prochains jours. Peut-être même durant les prochaines semaines avec un peu de chance.

— Eh bien, c'est ce qui arrive quand on tombe amoureuse d'un bel inspecteur, dit Cassie avec un sourire. Et on dit qu'ils sont mariés avec leur travail ! Espèce de veinarde, je n'ai pas mis les pieds au Cherwell Boathouse depuis une éternité ! Je dois trouver un mec pour m'y emmener...

Seth s'éclaircit la gorge à côté de nous.

— Hum... euh... Cassie ? Je me demandais si tu... Je veux dire, tu ne voudras probablement pas... mais j'ai pensé que... euh... au cas où, tu sais... que... euh... peut-être tu aimerais... voudrais... euh... aller avec moi à...

— Oh, bon sang ! J'ai oublié d'apporter les

fourchettes à cette famille indienne !

Cassie se leva de derrière le comptoir, se précipita vers le buffet, prit des couverts et s'approcha d'une table près de la cheminée, laissant derrière elle un Seth à l'air chagriné. Je lui adressai un sourire compatissant.

— Peut-être que tu peux essayer de lui redemander plus tard.

— Oh... euh...

Seth rougit furieusement et baissa les yeux, tripotant son casque de vélo.

— En fait... Hum... Je ferais mieux d'y aller. Je donne un *tutorial* demain et je dois faire quelques préparations, corriger quelques essais...

Je soupirai en le regardant battre en retraite précipitamment. J'aurais voulu pouvoir aider Seth, mais c'était une bataille qu'il allait devoir mener lui-même. Pas tellement la bataille pour l'affection de Cassie, mais contre sa propre timidité et son manque de confiance. Chaque fois que je trouvais qu'il faisait des progrès, il enchaînait avec deux pas en arrière.

Une fille entra dans le salon de thé au moment où Seth en sortait et je réalisai avec étonnement qu'il s'agissait de Tanya Koskov. Elle croisa mon regard et m'adressa un sourire hésitant, puis s'approcha du comptoir.

— Bonjour Tanya, dis-je, légèrement mal à l'aise.

Après tout, le meurtrier s'était avéré être son garde du corps et, même si je savais qu'elle n'était pas impliquée, elle avait quand même un lien avec tout ça.

— Bonjour…

Elle se racla la gorge, semblant inhabituellement peu sûre d'elle.

— Je… j'espère que vous vous êtes remise de…

Elle se racla à nouveau la gorge.

— Mikhaïl était mon… mon protecteur, mais je n'ai pas… Ce n'était pas mon…

— Tout va bien, je sais que vous n'étiez pas impliquée, dis-je rapidement. Mikhaïl m'a dit qu'il agissait de son propre chef et que vous n'étiez pas au courant.

Elle eut l'air soulagée.

— C'est vrai. Je ne savais rien… C'est mal, ce qu'il a fait. Je suis… Je suis désolée.

Je lui souris.

— Vous n'avez pas à vous excuser pour lui, Tanya.

— Si, je le veux, dit-elle férocement. Et mon *papa* s'excuse aussi. Je lui ai parlé hier soir. Il sort de l'hôpital demain. Il est très en colère. Ils renvoient Mikhaïl en Russie et… mon *papa* s'occupera de lui.

Elle prit une profonde inspiration et ajouta :

— Je lui ai aussi dit que je n'avais plus besoin de *nyanya*. Je ne suis plus un bébé. Je peux prendre soin de moi.

Je haussai les sourcils.

— Votre père a accepté ?

Elle souleva légèrement le menton.

— Il ne voulait pas au début. Mais il a changé

d'avis. Il doit me laisser devenir une femme et une adulte n'a pas besoin de nounou.

Elle sourit.

— Donc... plus de *nyanya* pour moi à Oxford.

Je souris aussi, sentant soudain que cette fille était différente de celle que j'avais rencontrée une semaine plus tôt. Plus mature, plus sage, et... plus attentionnée envers les autres.

Tanya éclata soudain de rire.

— Vous savez ce que mon *papa* refuse de croire ? L'histoire de vos amies, les vieilles dames, qui ont attaqué Mikhaïl. Il ne comprend pas comment elles l'ont battu.

Je gloussai et regardai le salon de thé. Les vieilles chouettes allaient de table en table dans leurs solides chaussures orthopédiques et leurs cardigans en laine, hochant la tête, souriant et bavardant avec les clients.

Tanya suivit mon regard et demanda :

— Ce sont elles, c'est ça ?

— Oui, elles ont l'air de vieilles dames si douces et inoffensives, n'est-ce pas ?

— Oh... dit Tanya avec un sourire. En Russie, nous savons qu'il faut toujours faire attention aux *baboushkas*. Elles sont vieilles, mais elles sont puissantes.

Je regardai à nouveau les vieilles chouettes et souris à mon tour.

— Oui, je pense qu'en Angleterre aussi.

Épilogue

— Muesli ! Arrête… Qu'est-ce que tu fais ?

Je regardai avec exaspération ma petite chatte tigrée s'attaquer à la pile de papier de soie que je venais de lisser et de plier minutieusement. C'était samedi matin et j'avais quelques heures devant moi avant de devoir me rendre au salon de thé, aussi avais-je décidé d'en profiter pour défaire quelques cartons.

Jusqu'à présent, cependant, le cottage ressemblait encore plus à un gigantesque chaos, avec des montagnes de cartons vides, du papier bulle usagé et du papier d'emballage froissé partout. Et mon chat ne m'aidait pas. Muesli était ravie de tous les nouveaux « jouets » proposés et avait passé la dernière demi-heure à plonger dans les boîtes et à en sortir, à déchiqueter le carton et à se rouler partout, bondissant sur tout ce qui bougeait.

Elle tenait à présent un morceau de papier journal froissé sur son ventre, se roulait sur le dos et donnait des coups de patte enthousiastes pour « éventrer » sa proie. J'essayai de l'arracher à son emprise et elle y enfonça ses griffes.

— *Miaou !* protesta-t-elle.

— Muesli, arrête... tu fais n'importe quoi ! J'ai besoin de...

Le bruit de la sonnette me fit lever les yeux. Je me penchai et j'aperçus un véhicule à travers les fenêtres de la cuisine, garé devant le cottage. On aurait dit une camionnette de livraison. Mon cœur s'enfonça dans ma poitrine.

Oh, non. Pitié. Pas d'autres plantes.

Je jetai un coup d'œil au coin du salon où, en plus de l'hévéa taïwanais, du sagoutier du Jurassique et du bromélia hérissé, il y avait maintenant deux plantes-araignées en pleine croissance, un yucca mexicain et un figuier pleureur, rapportés par ma mère la veille au soir. À ce rythme, j'allais devoir engager un jardinier à plein temps.

Je poussai un soupir et me levai. En me dirigeant vers la porte d'entrée, je me demandai avec un frisson ce que ce serait cette fois-ci. *Un dragonnier de Madagascar ? Une sansevière d'Afrique de l'Ouest ?*

Mais quand la porte s'ouvrit, je me retrouvai face à un énorme bouquet de deux douzaines de roses rouges.

— Miss Gemma Rose ? demanda le livreur en levant les yeux de son porte-bloc.

— Oui, c'est moi, dis-je en regardant toujours le bouquet avec étonnement.

Il sourit et me tendit les roses.

— C'est pour vous.

Il souleva sa casquette, puis tourna les talons et regagna la camionnette.

Je fermai la porte d'entrée et retournai lentement dans le salon en respirant le parfum divin des roses. Elles étaient absolument magnifiques – d'un rouge profond, avec des pétales doux et veloutés qui venaient de se déployer, élégamment emballées dans du papier de soie noir avec un ruban ivoire. Il y avait une petite carte attachée au ruban et je la retournai. Mon cœur manqua un battement quand je reconnus l'écriture manuscrite.

Vivement ce soir.

D

Une bouffée d'amour et de bonheur me remplit. J'inspirai profondément et j'expirai doucement. Tout allait bien se passer. Je questionnerais Devlin au sujet de cette femme blonde au dîner et j'étais sûre qu'il aurait une bonne explication à me donner…

À côté de moi, Muesli sauta sur une chaise et étira son cou vers les roses.

— *Miaouu ?* dit-elle, son petit nez rose frétillant en

reniflant le bouquet et en levant les yeux vers moi d'un air inquisiteur.

J'éclatai de rire.

— Oui, Muesli, je suis sûre que certaines sont pour toi.

FIN

À propos de l'auteure

Auteure à succès reconnue, H.Y. Hanna écrit des cozy mysteries amusants, remplis de rebondissements habiles, d'humour, de personnages excentriques – et de chats avec de fortes personnalités !

Après avoir été diplômée d'Oxford, Hsin-Yi s'est essayée à divers métiers, dont la publicité, le mannequinat, l'enseignement de l'anglais, le dressage de chiens... avant de revenir à ses premières amours : l'écriture. Elle a travaillé en free-lance pendant plusieurs années et a remporté des prix pour ses poésies, ses nouvelles et ses articles de journaux.

Née à Taïwan, Hsin-Yi est une véritable globe-trotteuse, imprégnée de différentes cultures. Ayant vécu de Dubaï à Auckland, en passant par Londres ou encore le New Jersey, elle habite à présent en Australie, avec son mari et un petit chaton du nom de Muesli qu'elle a récupéré dans un refuge.

Pour en savoir plus sur ses livres et elle, rendez-vous sur **www.hyhanna.com** ou abonnez-vous à la newsletter française pour être informé de ses nouvelles parutions, obtenir des cadeaux exclusifs et tout savoir sur ses livres !

http://www.hyhanna.com/french-newsletter

À propos de la traductrice

Diane Garo est traductrice de l'anglais et de l'espagnol vers le français, transcréatrice, rédactrice, coordinatrice linguistique et webmaster. Diplômée du Centre de traduction, d'interprétation et de médiation linguistique (CETIM) de l'université de Toulouse II après avoir étudié en classe préparatoire, elle travaille aujourd'hui avec des maisons d'édition, des agences de traduction littéraire ainsi que des auteurs autoédités. Elle est notamment la plume française de Barbara Kloss (*Gods of Men*, éditions Rivka), Julia Kent (*Un milliardaire sinon rien*), Toni Anderson (*Le Sommeil des Justes*) ou encore Lauren Smith (*Séduction*).

Site web : www.garotypos.com

Twitter et Instagram : @DianeGaro_Trad

Recette de la tarte Banoffee

INGRÉDIENTS :

Pour la base :

- 100 g de beurre fondu
- 250 g de biscuits sablés

Pour le nappage :

- 1 boîte de lait concentré sucré, par exemple Nestlé
- 100 g de beurre fondu
- 100 g de cassonade
- 3 cuillères à soupe d'eau
- 300 ml de crème fouettée
- 4 petites bananes (plus ou moins selon vos besoins)
- Chocolat râpé

+ moule à gâteau à fond amovible d'environ 20 cm de diamètre, graissé

INSTRUCTIONS :

1) Passez les biscuits sablés (ou les biscuits Graham) dans un robot de cuisine pour en faire de fines miettes. Versez le beurre fondu et mélangez bien, jusqu'à ce que les miettes deviennent solidaires.
2) Pressez les miettes dans le fond et sur les côtés de votre moule à gâteau. C'est la base de la tarte. Laissez refroidir au réfrigérateur pendant au moins 10 minutes.
3) Faites fondre la cassonade et 3 cuillères à soupe d'eau dans une poêle antiadhésive, à feu doux, en remuant continuellement jusqu'à ce que le sucre soit complètement dissous. Ajoutez le reste du beurre et le lait concentré et portez à ébullition rapide, pendant au moins 1 minute. Remuez sans discontinuer jusqu'à ce que le mélange forme un caramel épais et doré. (Cette étape est importante pour obtenir un caramel optimal.)
4) Retirez le caramel du feu et étalez-en la plus grande partie sur le fond de tarte (réservez une petite quantité à température ambiante pour en arroser la tarte à la fin). Placez au réfrigérateur pendant au moins une heure – jusqu'à ce que le caramel soit semi-ferme. (Il peut être conservé au réfrigérateur jusqu'au moment de servir.)
5) Battez la crème fouettée à l'aide d'un batteur

électrique, jusqu'à ce qu'elle soit bien épaisse et forme des pics mous.

6) Retirez délicatement le fond de tarte du moule et placez-le sur un plat de service.
7) Coupez les bananes en fines tranches. Disposez-les sur le caramel dans la tarte, avant d'ajouter une couche de crème fouettée (vous pouvez aussi les incorporer délicatement à la crème fouettée, puis verser le mélange sur le caramel). Gardez quelques tranches pour décorer le dessus.
8) Décorez le dessus de la tarte avec les dernières tranches de banane et saupoudrez le tout de chocolat râpé. Vous pouvez également verser un peu plus de caramel sur le dessus (vous devrez peut-être le réchauffer légèrement s'il est devenu trop épais pour couler).

Conseils

Refroidissez bien le saladier et le fouet avant de fouetter la crème.

Utilisez un économe pour les copeaux de chocolat. Faites-le glisser sur le bord d'une tablette de chocolat.

Bon appétit !

Manufactured by Amazon.ca
Bolton, ON

37994433R00215